MIRA VALENT

Der Mitreiser und die Überfliegerin

MIRA VALENTIN

Der Mitreiser und die Überfliegerin

LAGO

Bibliografische Information der Deutschen Nationalbibliothek
Die Deutsche Nationalbibliothek verzeichnet diese Publikation in der Deutschen Nationalbibliografie. Detaillierte bibliografische Daten sind im Internet über http://dnb.d-nb.de abrufbar.

Für Fragen und Anregungen:
info@lago-verlag.de

2. Auflage 2019

Nymphenburger Straße 86
D-80636 München
Tel.: 089 651285-0
Fax: 089 652096

Redaktion: Katharina Areti Dargel
Umschlaggestaltung: Rica Aitzetmüller
Umschlagabbildung und Bilder im Innenteil: shutterstock; S. 205: Anne Hartwig
Satz: Marlena Anders
Druck: CPI books GmbH, Leck
Printed in Germany

ISBN Print 978-3-95761-183-3

Weitere Informationen zum Verlag finden Sie unter

www.lago-verlag.de
Beachten Sie auch unsere weiteren Verlage unter www.m-vg.de

Für alle, die sich da draußen verloren fühlen.
Ihr seid nicht schuld.
Ihr seid magisch.

Sei leise.
Sei professionell.
Passe dich an.
Übertreibe nicht.
Sei nicht peinlich.
Hab die richtigen Hobbys.
Und die richtigen Klamotten.
Schwimm mit dem Strom.

Und wann lebst du?
Wann liebst du?
Wann hört man deinen Frühlingsschrei durch die Wälder klingen?
Wann beginnst du, mit den Lerchen zu singen?
Wann wagst du den Sprung ins kalte Wasser?
Wann wirst du lauter und bunter und krasser?
Wann, wann, wann, wenn nicht jetzt?

Pass auf! Sie kommen und sie holen dich.
Sie lachen und reiben die Hände sich.
Sie rupfen deine Federn und klauen dein Gold.
Sie stehlen deine Magie, denn das ist ihr Sold.

Sie machen dich erfolgreich.
Wie alle. Aus einem Guss.
Verpassen dir den Todesstoß
Und werfen dich zurück in den Fluss.

Wo du für immer mit dem Strom schwimmen wirst.
Lauf!

(Julie Montalbano)

Prolog

Jo starb an ihrem siebzehnten Geburtstag. Es war der 13. April und ein Freitag. Aber damit hatte ihr Tod nichts zu tun. In Wahrheit lag es daran, dass Milan nicht den Mut aufbrachte, sie zu küssen. Auch wenn die Erwachsenen später behaupteten, es sei ganz anders gewesen.

Alles begann damit, dass die beiden am Nachmittag aufeinandertrafen. Milan saß in der Gabelung einer Weide und bereitete sich ebenfalls auf seinen Geburtstag vor, denn auch er wurde heute siebzehn. Sie waren exakt gleich alt.

»Nur Affen und Freaks hängen in ihrer Freizeit auf Bäumen herum«, spottete Jo, während sie ihre Finger in die knorrige Rinde des Stammes grub und sich hochzog.

»Wer darf der Affe sein?«, fragte Milan lachend. Er freute sich darüber, dass Jo ihn gefunden hatte. Einsame Geburtstage waren schlechte Geburtstage. Der Junge saß mitten in einem riesigen Herz aus Holz. Denn direkt über seinem Kopf fanden die beiden Ausläufer der Gabelung wieder zusammen. »Herzbaum« hatten sie die Weide deshalb früher genannt, aber mittlerweile vermieden sie den Ausdruck. Er warf zu viele Fragen auf.

»Du siehst aus wie der Wassermann aus dem Sandmännchen«, stichelte Milan, als Jo ebenfalls die Herzmitte erreichte. Schwer atmend ließ sie sich neben ihn plumpsen und verpasste ihm einen Hieb auf den Oberarm.

»Du guckst das Sandmännchen?«

Sie lachten beide. Jos Lachen war ansteckend. Das war es immer gewesen. Die grünen Haare verstärkten ihre Ausstrahlung noch mehr, fand Milan. Er hatte sie mit allen möglichen Haarfarben gesehen, schwarz, rot, blau, gescheckt. Doch grün mochte er am liebsten. Jo wusste das.

»Alles Gute zum Geburtstag«, sagte sie leise, wobei sie ihn mit ihren Glitzeraugen musterte. Ihre Wimpern waren lang und dicht, vielleicht etwas verklebt von all der schwarzen Schminke, aber dennoch anziehend. Atemberaubend war wohl eher das richtige Wort. Milan schluckte. Er riss seinen Blick von ihr los und starrte über die Schlossmauer hinweg in die Ferne. »Das wünsche ich dir auch.« Seine Stimme klang heiser.

Jo legte einen Arm um ihn. Aber auch ihre Bewegungen waren steif. Er hätte gern gewusst, warum das so war. Hatte sie die gleiche Angst wie er, etwas kaputtzumachen? Oder widerstrebte es ihr einfach, ihn anzufassen? Sie beide waren hundertprozentig die besten Freunde. Aber ob sie auch mehr sein konnten, wusste er nicht. Was, wenn es nicht funktionierte? Milan hatte so viel Angst davor, Jo zu verlieren, dass er darauf verzichtete, einen Versuch zu wagen. Ein Leben ohne Jo – das wäre, wie Arme und Beine gleichzeitig zu verlieren. Und den Kopf noch dazu. Nein, es wäre wie sterben. Seine Brust krampfte sich bereits bei dem Gedanken daran schmerzhaft zusammen. Er schüttelte sich, um das erdrückende Gefühl loszuwerden. Jo verstand die Bewegung falsch und ließ ihn los.

»Also«, stieß sie etwas unsicher hervor und strich sich die grünen Strähnen aus den Augen. »Wo steigt deine Geburtstagsparty?«

Er versuchte sich an einem Lächeln. »Ich dachte, dieser Baum sei der perfekte Platz, um meine Kerzen auszupusten. Und wo steigt deine?«

Sie warf den Kopf in den Nacken und lachte.

»Ich hatte in etwa dieselbe Idee«, antwortete sie.

Also hatten ihre Punkerfreunde sie wohl vergessen. Milan war das nur recht. Er feierte seinen Geburtstag nicht mehr, seit die Kinderpartys zu Saufgelagen verkommen waren. Außerdem gab es nicht viele Gäste, die er gerne eingeladen hätte – mit Ausnahme von Jo natürlich. Ein angenehmes Prickeln machte sich in seinem Bauch breit, und er musste sich eingestehen, dass es Freude war. Dafür schämte er sich, denn Jo hätte eine ausgiebige Punkparty mit viel Toten Hosen, Wodka und Nietenarmbändern wahrscheinlich der Baumsitzerei mit ihm vorgezogen. Ihm hingegen hätte heute nichts Besseres passieren können. Er streckte die Beine aus und lehnte sich ein Stück zur Seite, um an den Inhalt seiner Jackentasche heranzukommen. Dann zog er lächelnd zwei Kerzen daraus hervor und hielt sie Jo vor die Nase.

»Eine für dich, eine für mich!«, sagte er.

Sie grinste und griff als Antwort in ihre Umhängetasche. Hervor kam – wie sollte es anders sein – eine volle Flasche Wodka.

»Eine für dich und mich zusammen.«

Schicksalsergeben zog Milan eine Augenbraue hoch und nickte den Plan ab, wie er es immer tat. Jo hatte die verrückten Ideen, er spielte mit. So war das schon gewesen, als sie sich an ihrem achten Geburtstag kennen gelernt hatten. Und nächstes Jahr, wenn sie beide volljährig würden, würde es immer noch so sein. Er hoffte, dann wieder im Herzbaum mit ihr aufeinanderzutreffen und nicht in irgendeinem Partyzelt. Feierlich zündete er die Kerzen an und klebte sie mit ihrem eigenen Wachs in die Äste über ihnen.

Die folgenden drei Stunden verbrachten sie damit, in der Weide zu sitzen und sich zu betrinken. Sie redeten über Leute aus dem Dorf, über Schulkameraden und Kurt Cobain. Jo drehte sich einen Joint, und Milan zog zweimal daran, um ihr nicht die Lust an ihrem Geburtstag zu verderben. Irgendwann waren die Kerzen heruntergebrannt, und die Sonne näherte sich dem Horizont. Von ihrer Wohnungstür aus schrie Jos Mutter nach ihrer Tochter, aber sie bekam keine Antwort. Das Schlossareal von Falkenstein, auf dem sie beide lebten, war eine Welt für sich. Aus undefinierbaren Gründen zogen nur Menschen hierher, deren Leben an einem gewissen Punkt gescheitert war. Alleinerziehende, Geschiedene, Insolvenzler, brotlose Künstler. Hinter dem Fachwerkschloss selbst, das ziemlich unbekannt war und nur wenige Touristen anzog, gab es ein ehemaliges Stallgebäude und ein altes Gesindehaus, durch eine kleine Mauer voneinander getrennt. Jo wohnte mit ihrer Mutter und ihrem Bruder im Gesindehaus, Milan mit seiner Mutter im Stallgebäude. Die Wohnungen waren alt und billig. Im Winter war es so kalt, dass man sich den ganzen Tag über in Daunendecken einwickeln musste, obwohl die Kohleöfen auf Vollgas brannten. Ganze Familien schliefen zusammen im Bett, um sich gegenseitig warm zu halten. Aber im Sommer gab es keinen schöneren Ort auf der Welt. Trat man vorne durch das bemooste Steintor des Schlossareals, so fiel etwas von einem ab. Es war, als ließe man all den Schmutz und Dreck der Welt dort draußen hinter sich und wurde reingewaschen von einem unsichtbaren lauwarmen Regenschauer. Auf einmal war man kein Freak mehr, sondern ein strahlendes Lichtwesen voller pulsierender Energie. Leider schwand das Gefühl bereits beim ersten Schritt hinaus, hatte Milan festgestellt.

»Woran denkst du?«, klinkte Jo sich in seine Gedanken ein.

»An das hier alles«, antwortete er, wobei er eine ausschweifende Geste über alles machte, was hinter der Schlossmauer lag.

»An unsere Käseglocke«, sagte Jo und nahm einen großen Schluck Wodka.

Milan lächelte. Es war nie nötig, ihr irgendetwas zu erklären, denn sie wusste genau, was er meinte. Vielleicht lag es daran, dass sie am selben Tag geboren worden waren. Aber womöglich war es auch mehr als das. Sie kannten sich eben in- und auswendig.

»Wenn ich hier drin bin, bin ich ganz ruhig«, sagte Jo. »Aber da draußen pocht mein Herz immer wie verrückt. Ich habe Angst vor dem Tag, an dem ich das Schloss verlassen muss.«

Milan fühlte dasselbe. »Vielleicht müssen wir das nicht.«

Sie sah ihn ernst an, ohne das Funkeln in ihren Augen. Aber das lag sicher am Alkohol. »Wir müssen«, stellte sie dann fest, nahm noch einen Schluck aus der Flasche und starrte ins Abendrot. »Selbst ich werde irgendwann mit der Schule fertig sein. Und du hast es sogar verpasst, oft genug sitzen zu bleiben, um die Sache hinauszuzögern. Nächstes Jahr um diese Zeit hängst du schon an Unis rum und suchst dir ein WG-Zimmer.«

Er wollte darauf antworten, dass ihn das nicht davon abhalten würde, jede mögliche freie Sekunde mit ihr zusammen im Herzbaum zu sitzen, war aber nicht betrunken genug, um ein solches Gespräch zu wagen. Eine Bewegung unten auf der Straße, die an den Schlossberg angrenzte, lenkte sie beide ab.

»Was ist das denn?«, fragte Jo und kniff die Augen zusammen. Sie war kurzsichtig, weigerte sich aber seit Jahren hartnäckig, eine Brille zu tragen.

»Sieht wie ein Konvoi aus«, kommentierte Milan. Ein Wohnwagen nach dem anderen schlängelte sich die schmale Straße entlang, um dann direkt auf der Wiese unter ihnen haltzumachen. Den Wohnwagen folgte eine Reihe von heruntergekommenen Lastwagen, aus denen jede Menge Tiergeräusche zu hören waren. Die Aufschrift darauf machte ihnen endgültig klar, womit sie es hier zu tun hatten.

»Ein Zirkus!«, rief Jo erfreut und klatschte in die Hände. Dabei entglitt die fast leere Wodkaflasche ihren Fingern, doch Milan fing sie auf.

»Willkommen im Reich der Magie …«, las er die bunte Schnörkelschrift auf den Lastwagen vor, »Zirkus Salto verzaubert dich.«

Jo stieß ein glucksendes Lachen aus. »*Das* ist doch mal was!« Mittlerweile lallte sie leicht. »Ein Zirkus in Falkenstein. Ich glaub, das gab's noch nie.«

Auch Milan konnte sich nicht erinnern, dass jemals eine Artistentruppe in ihrem kleinen Örtchen haltgemacht hätte. Dafür gab es in der Gegend viel zu viele größere Gemeinden und Städtchen mit mehr Publikum. Wahrscheinlich war dieser Zirkus Salto so unbekannt – oder so schlecht –, dass er sich keinen anderen Stellplatz leisten konnte. Sie beobachteten, wie die einzelnen Fahrzeuge sich im Kreis auf der Wiese gruppierten. Dann stiegen Menschen aus und fingen an, zielstrebig herumzuwuseln. Die ganze Aktion schien einigermaßen hektisch, aber dennoch routiniert vonstattenzugehen.

»Wieso kommen die hier abends kurz vor Sonnenuntergang an?«, wunderte sich Milan.

»Ist doch egal«, sagte Jo. »Ich finde sie faszinierend! Stell dir vor, wir könnten unsere Käseglocke überall mithin nehmen. Egal, wo das Leben uns hinverschlagen würde, wir hätten unsere Heimat immer dabei. Für immer in Sicherheit …«

Sie hatte einen träumerischen Zug um den Mundwinkel, als sie das sagte. Und ihre Augen glitzerten wieder, türkisblau wie das Meer. Dann streckte sie plötzlich den Zeigefinger aus und deutete auf eine der mittlerweile ziemlich undeutlich erkennbaren Silhouetten dort unten. »Was macht dieser Typ da nur?«

Milan war nicht kurzsichtig, doch auch er musste seine Augen anstrengen, um zu sehen, was Jo meinte. Als er es dann erkannte, runzelte er die Stirn. »Ich würde sagen, es ist eine Frau. Eine alte Frau. Sie läuft im Kreis um die Wohnwagen und betet. Oder so was Ähnliches.«

»Sie betet?« Jo setzte ein ungläubiges Gesicht auf.

»Na ja, vielleicht …« Er sah genauer hin. »Vielleicht beschwört sie auch irgendwas. Sieht komisch aus. Sie fuchtelt mit den Armen herum und wiegt sich im Kreis. Das ist ganz schön abgefahren.«

»Nein, das ist Magie!«, jubilierte Jo und sprang auf. Der Ast, auf dem sie nun stand, geriet von der heftigen Bewegung ins Schwanken. Sie strauchelte. Doch bevor sie aus dem Gleichgewicht geraten konnte, war Milan bei ihr und umklammerte sie mit beiden Armen. Die Wodkaflasche machte endgültig einen Abgang nach unten und zerschellte auf einem Stein.

»Um ein Haar wärst du …«

Schon lange waren sie sich nicht mehr so nahe gekommen wie in diesem Moment. *Küss sie einfach,* schrie eine innere Stimme in Milans Kopf. Jo sah ihm jetzt direkt in die Augen. Er fühlte den Druck ihrer Fingerspitzen auf seinem Rücken. Sein Mund näherte sich ihrem ganz von selbst. Dann fiel ihm auf, wie ernst der Ausdruck in ihrem Gesicht war. *Sie wird dir eine Ohrfeige geben und abhauen!* Das durfte auf keinen Fall passieren. Himmel, was hatte er sich nur dabei gedacht! Schnell ließ er sie los und brachte eine Armlänge Abstand zwischen sie. Jos Stirn runzelte sich beunruhigend heftig. Aber woher ihr Missfallen rührte, verriet sie nicht. Einfach, um irgendetwas zu sagen, machte Milan den Vorschlag, sich den Zirkus einmal genauer anzusehen.

»Von mir aus«, murmelte Jo, nur halbherzig interessiert. Und das, obwohl sie gerade noch so fasziniert von den Artisten und ihrem Hokuspokus gewesen war. Behänder, als er es ihr zugetraut hätte, drehte sie sich um und kletterte an der Weide hinab. Milan tat es ihr gleich. Dabei hatte er das Gefühl, mit einem eiskalten Waschlappen verprügelt worden zu sein. Mit den Händen in den Hosentaschen lief er Jo hinterher, die dem Verlauf der Schlossmauer folgte. Sie schwankte jetzt kein bisschen mehr. Sein plumper Versuch, sie zu küssen, schien sie völlig ernüchtert zu haben. Aber Milan kam nicht dazu, weiter darüber nachzudenken. Denn auf einmal blieb sie stehen, beugte sich über die Schlossmauer und sah hinunter. »Hier war es doch, oder?«, fragte sie.

»Hier war … äh, was?«

»Na, an dieser Stelle sind wir letztes Jahr runtergeklettert, oder?«

»Ja. Das müsste hier gewesen sein.«

Milan war nicht ganz bei der Sache. Erst als Jo ein Bein über die Mauer schwang, kam er wieder zu sich. Seine Hand hatte sie gepackt, bevor er darüber nachdenken konnte, ob es klug war, sie gerade jetzt wieder anzufassen. Sie verengte die Augen zu schmalen Schlitzen und streifte ihn ab wie ein lästiges Insekt.

»Uuuh, wenn Gefahr im Raum steht, wächst der große Milan über sich hinaus.« Sie sagte es spöttisch, aber es schwang ein Hauch von Frustration in ihrer Stimme mit.

»Tu das nicht!«, rutschte ihm heraus. Er wusste genau, wie sinnlos es war, Jo von etwas abzuhalten, das sie sich in den Kopf gesetzt hatte. Mit Belehrungen schon gar nicht. Aber anders wusste er sich nicht zu helfen. Es war nicht das erste Mal, dass sie ihn in eine solche Situation brachte.

»Wir haben es letztes Jahr getan. Also was spricht dagegen, die kleine Klettertour zu wiederholen?«

Alles, wollte Milan sie anschreien. *Es ist dunkel, du bist betrunken, und wir haben keine Gurte und kein Seil, um uns zu sichern!*

»Nichts«, sagte er. »Außer dass zehn Meter weiter ein wunderbar einfacher Weg nach unten führt.«

Jos Augen blitzten. Sie schwang auch das zweite Bein über die Mauer. »Dann nimm doch den!«, sagte sie provozierend, drehte sich um und begann mit dem Abstieg.

Die Schlossmauer war bestimmt zwanzig Meter hoch und mündete unten direkt auf die Wiese, wo der Zirkus stand. Sie bestand aus gelbem Sandstein, der an vielen Stellen ausgebrochen und mit Gestrüpp überwuchert war. Das machte das Klettern auf der einen Seite leicht, denn man fand überall Halt. Auf der anderen Seite wusste man nie, welche Steine lose genug waren, um darauf abzurutschen. Als sie letztes Jahr hinabgestiegen waren, hatten sie ihre Sicherheitsgurte nicht gebraucht. Doch wer sagte ihnen, dass es heute wieder so sein würde?

Ohne weiter darüber nachzudenken, kletterte Milan seiner Freundin hinterher. Er wählte einen Weg zwei Meter weiter rechts, um keine Steine auf sie hinabrieseln zu lassen – und weil dadurch die Möglichkeit bestand, sie zu überholen und im schlimmsten Fall vielleicht aufzufangen. Eigentlich kletterte Jo besser als er. Aber heute waren ihre Bewegungen langsamer als sonst. Unkoordinierter. Er schlug sich an einem spitzen Stein ein Knie blutig, griff mit den Fingern in Dornen, merkte aber nichts davon. Seine ganze Aufmerksamkeit galt dem grünen Haarschopf unter ihm, dem er Meter um Meter näher kam. Sie befanden sich jetzt fast auf halber Höhe der Mauer. Milan sah hinunter und spürte einen Anflug von Schwindel aufkommen.

»Warte auf mich!«, bat er.

Jo hielt kurz inne und sah zu ihm hoch. In ihren Augen stand so etwas wie Belustigung. »Hast du Angst?«

»Ja«, keuchte Milan. »Ja, ich habe Angst, stell dir vor!«

»Um mich oder um dich?«

Solange sie redete, hielt sie inne, und nur das war jetzt wichtig. Er arbeitete sich einen weiteren Meter auf sie zu.

»Um uns beide. Aber eigentlich mehr um dich.«

»So?« Eine ihrer Augenbrauen tanzte nach oben. »Was würdest du tun, wenn ich das hier mache?« Sie nahm eine Hand von der Wand und winkte in Richtung des Zirkus. »Oder das?« Die zweite Hand. Jetzt stand sie nur noch auf einem schmalen Steinabsatz.

»Jo, bitte! Bitte hör damit auf!« Milans Herz begann zu rasen. Er trat mit dem Fuß einen Mauerbrocken aus der Wand, verlor kurz den Halt und rutschte mit dem Schienbein an den Steinen entlang. Ein stechender Schmerz durchzuckte ihn, aber er war nichts gegen den Aufruhr, der in seiner Brust tobte. Zentimeter für Zentimeter kämpfte er sich weiter nach unten.

»Nun sag schon«, stichelte sie. »Was würdest du tun, um mich davon abzuhalten?« Dabei ruderte sie mit den Armen. Unter ihren Füßen bröckelten die Steine.

Er hatte keine Ahnung, was er darauf sagen sollte. Denn es gab einfach gar nichts, das er dagegen tun konnte. Jo machte, was sie wollte. Regeln und Grenzen hatte sie schon immer gehasst.

»Bitte, Jo … Was willst du denn, dass ich tue?«, keuchte er.

»Komm her und küss mich!«

Das Adrenalin, das schon die ganze Zeit durch Milans Adern rauschte, schien sein Gehirn zu vernebeln. Hatte sie das wirklich gesagt? Ein Blick in ihre Augen bestätigte es ihm. Sie glänzten herausfordernd, beinahe hungrig. Gerade fegte ein lauer Windstoß durch ihre Haare, der letzte Schein des Abendlichts zauberte geheimnisvolle Schatten auf ihr Gesicht. Sie sah so verwegen, so unglaublich anziehend aus. Milan lächelte.

»Ich komme«, sagte er.

In dem Moment gab der Steinabsatz nach, und Jo stürzte in die Tiefe.

Ein Jahr später

Vogel

Das Gefühl kam nicht wieder. Das Schlosstor war entzaubert. Die pulsierende Energie, der unsichtbare Regenschauer, die Käseglocke. Alles verloren, abgestürzt, tot. Keine Lichtwesen mehr, nur noch Überlebende, innerhalb des Schlossareals und außerhalb. Grau wabernde Nebelmasse. Das war alles, was Milan noch wahrnahm. Ohne Jo zu leben müsse sich anfühlen wie selbst zu sterben, hatte er damals gedacht. Es war schlimmer. Jeder Gedanke an sie zerfetzte ihn in tausend Stücke, setzte ihn wieder zusammen und riss ihn erneut entzwei. Es hörte einfach nicht auf.

Was der Psychologe wohl sagen würde? Er war nicht der erste seiner Art, der es mit ihm aufnehmen wollte. Milan kannte die Fragen in- und auswendig, die diese Leute stellten.

»Was fühlst du, Junge?«

»Grau wabernde Nebelmasse. Zerbrochene Käseglocke.«

Vielleicht hielt er besser den Mund. Er wollte nicht wieder eingesperrt und festgebunden werden. Auch keine Tabletten mehr. Es sei an der Zeit, Jos Tod zu verarbeiten, hatte seine Mutter gesagt. Aber gemeint hatte sie: Zeit, um sie zu vergessen. Zeit, um endlich das Schuljahr zu wiederholen, an die Zukunft zu denken, erwachsen zu werden. Das war es, was alle von ihm wollten. Neu anfangen. Nicht mehr täglich auf dem Friedhof herumsitzen. Die zerzausten schwarzen Haare abschneiden und wieder blond färben. Über Witze lachen. Ein Ding der Unmöglichkeit. Er hatte nicht die geringste Lust, den Psychologen zu treffen. Lieber wollte er zurück zu Jos Grab gehen und ihr noch ein Lied vorspielen. Milans Finger wanderten über die Musikbox in seiner Jackentasche. Ob er besser verschweigen sollte, dass sie weiterhin zusammen Linkin Park hörten? Für solche Einfälle kam man in die Klapse, oder? Und da musste er so schnell nicht wieder hin.

Er dachte immer noch darüber nach, auf dem Absatz kehrtzumachen und zurück auf den Friedhof zu gehen, als seine Beine plötzlich wie von selbst ihren Dienst verweigerten. Ruckartig blieb er stehen und starrte auf den weißen Wellensittich, der fast auf Augenhöhe mit ihm auf einem tief hängenden Zweig am Wegrand saß. Er zwitscherte nicht, flüchtete nicht, sondern hockte regungslos da und fixierte Milan mit seinen schwarzen Knopfaugen.

»Na, Vogel«, murmelte er. »Abgehauen? Hast du gut gemacht.«

Er machte einen Schritt auf ihn zu, aber der Vogel wich nicht zurück. Im Gegenteil – er starrte ihn so provozierend an, dass es fast schon einer Herausforderung gleichkam. Das Tier war irgendwie seltsam. Aber Milan dachte nicht weiter darüber nach. Er wusste nur eines: Dieses kleine Federknäuel war kein Teil der grau wabernden Nebelmasse. Es war weiß. Wie Schnee. Wie die Unschuld. Wie …

»Wie Jo.«

Er streckte den Finger nach ihm aus, und der Wellensittich stieg ohne zu zögern darauf, trippelte Schritt für Schritt an Milans Arm nach oben und nahm schließlich auf seiner Schulter Platz. Mit einem Mal war es wieder da, das Gefühl. Es kam einfach so zurück, wie die Blüten am Apfelbaum nach einem langen Winter. Plötzlich öffneten sich ohne erkennbaren Grund die Knospen, und der Frühling war da. Zum ersten Mal seit einem Jahr fühlte es sich so an, als könne man im Schlossareal wieder frei durchatmen.

Milan schielte zu dem Vogel auf seiner Schulter hinüber und betrachtete ihn genauer. Es war ein ganz normaler Wellensittich, nur eben nicht bunt, wie die meisten seiner Artgenossen, sondern schneeweiß. Er war garantiert aus irgendeinem engen Käfig entflohen. Aber warum brachte er diese unglaublich helle, positive Stimmung über ihn? Ein ganzer Schrank voller Psychopharmaka hatte das im letzten Jahr nicht geschafft.

Nachdenklich, aber immer noch seltsam befreit, marschierte er über das holperige Kopfsteinpflaster am Schloss vorbei in Richtung seines Hauses. In der Einfahrt parkte ein schwarzer Mercedes, wahrscheinlich der Wagen des Psychologen. Bei dem Anblick bohrten sich die Krallen des Vogels in seine Schulter, wesentlich heftiger, als er das von einem Wellensittich erwartet hätte. Milan unterdrückte einen Schmerzenslaut und blieb stehen.

»Was denn? Das ist nur ein Arzt. Kein Vogelfänger«, sagte er.

Als Antwort hackte ein spitzer Schnabel nach seinem Ohrläppchen. Milan zuckte zurück. »Autsch, spinnst du?«

Auf seiner Schulter wurde es plötzlich hektisch. Aufgeregt, beinahe hysterisch flitzte der Vogel hin und her. Milan widerstand dem Impuls, nach ihm zu schlagen. Um nichts in der Welt wollte er riskieren, dass er davonflog und das Gefühl wieder mitnahm. Er brauchte es so dringend. Jetzt, da es wieder da war, wurde ihm erst bewusst, wie sehr er es vermisst hatte.

»Halt still, wir gehen jetzt da rein. Du kannst so lange in meinem Zimmer herumfliegen, aber bleib da, okay?«

Er griff nach dem Wellensittich, war jedoch nicht schnell genug. Der Vogel breitete seine kleinen weißen Flügel aus und flog weg. Mit ihm zog das Gefühl davon. Die Käseglocke zerbarst. Der lauwarme Regenschauer gefror zu Eis.

»Nein!«, flüsterte Milan und drehte sich nach allen Seiten um. »Wo bist du? Komm zurück!«

Da sah er ihn. Er saß jetzt auf der Mauer, die das Stallgebäude vom Gesindehaus trennte. Aber er drehte sich bereits um und nahm Abflugposition in Richtung des Hügels ein, der sich in der Mitte des Schlossareals auftat. Dort oben gab es zwischen einer Menge undurchdringbaren Gestrüpps, ein paar alten Grabsteinen und verwitterten Steinskulpturen eine kleine Höhle, deren ursprünglicher Zweck sich ihm nie erschlossen hatte. Milan war seit einem Jahr nicht mehr dort oben gewesen, denn neben dem Herzbaum war die Höhle der häufigste Ort gewesen, an dem er sich mit Jo getroffen hatte. Er hatte den Gedanken kaum zu Ende gedacht, als der Vogel genau in diese Richtung davonflog.

»Verdammt!«

Er entschuldigte sich innerlich bei dem Psychologen, den sicher keine Schuld daran traf, dass sein verrückter Patient einen unsagbaren Drang verspürte, lieber einem Vogel hinterherzurennen, als die Sitzungen mit ihm aufzunehmen. Dann rannte er zum Hügel und kämpfte sich durch das Dornengestrüpp nach oben.

Der Vogel wartete an der Höhle auf ihn. Ja, er wartete. Eine andere Erklärung als diese gab es nicht. Er saß nicht etwa auf einem Zweig, wie es sich gehörte, sondern thronte auf dem steinigen Boden direkt im Eingang. Sobald er Milan erkannte, tschilpte er. Es war ein rührender Laut, fast wie ein Freundschaftsangebot. Milan atmete einmal tief durch. Dann setzte er sich und begann, von Jo zu erzählen. Der Vogel legte den Kopf schief und lauschte.

»Wo hast du gesteckt? Der Psychologe ist vor einer Stunde wieder gefahren«, sagte Milans Mutter vorwurfsvoll. »Und was ist das für ein Vogel?«

Im Gegensatz zu vorhin hatte der Wellensittich sich diesmal ganz ohne Gegenwehr mit ins Haus nehmen lassen. Er saß friedlich auf Milans Schulter, ohne seine Krallen oder seinen Schnabel in Einsatz zu bringen.

Seine Mutter stand in der Küche und rührte in einem Topf herum. Dabei musterte sie ihn gleichzeitig vorwurfsvoll und mitleidig. Man konnte erkennen, dass sie wieder geweint hatte. Auch wenn seine Mutter sicher ebenfalls um Jo trauerte, so ahnte er doch, dass sie sie gleichzeitig hasste für ihren Tod. Hätte Jo niemals beschlossen, in der Abenddämmerung betrunken an einer zwanzig Meter hohen Mauer hinabzuklettern, so wäre Milan jetzt ein lebenslustiger Student und kein depressiver Schulversager. Das war die Meinung seiner Mutter. Milan selbst sah es etwas anders.

»Tut mir leid, dass ich nicht gekommen bin«, brachte er als Entschuldigung hervor. »Ich fühle mich irgendwie austherapiert.«

Seine Mutter legte den Kochlöffel beiseite und wischte sich die Hände an ihrer Schürze ab. Dann ließ sie sich schwerfällig auf einen Stuhl am Esstisch plumpsen.

»Wie lange soll das so weitergehen?«, fragte sie leise.

»Ich weiß es nicht«, antwortete Milan. *Für immer. Für ewig. Bis wir uns wiedersehen.*

»Was mit Johanna passiert ist, war ein furchtbarer, tragischer Unfall. Aber du bist nicht gestorben, Milan. Du musst damit anfangen, wieder zu leben. Richtig zu leben.«

Ich habe niemals gelebt. Nur dann, wenn sie in meiner Nähe war. Und jetzt ist sie fort.

»Gib mir noch etwas Zeit. Ich schaff das schon.«

Seine Mutter seufzte, dann fiel ihr wieder der Wellensittich ein, der immer noch reglos auf Milans Schulter hockte.

»Wo hast du den denn her?«, wollte sie wissen.

»Ich habe ihn vorhin am Schlosseingang gefunden. Oder er mich, wie man's nimmt.«

In kurzen Worten berichtete er ihr, wie »Vogel« bereitwillig auf seinen ausgestreckten Finger gestiegen war, verschwieg aber den Teil mit dem Wagen des Psychologen.

»Wenn er dir guttut, behalte ihn«, sagte seine Mutter. »Ich kauf dir morgen einen Käfig. Aber sieh zu, dass dein Teppichboden so lange sauber bleibt.«

Er spürte ihre Blicke in seinem Nacken, als er die Küche verließ, um nach oben in sein Zimmer zu gehen. Er war schon auf der Treppe, da kam sie ihm hinterher. »Du weißt schon, dass es nur ein Vogel ist, oder?« Ihre Stimme klang unsicher.

Milan nickte.

Nur ein Vogel.

Im Lauf des restlichen Tages kamen ihm Zweifel. Vogel benahm sich, als sei er eben genau das nicht. Er setzte sich auf die Stange am Kopfende seines Betts, wenn er versuchte zu lesen. Und solange er dort saß, funktionierte es auch. Auf einmal konnte Milan sich wieder auf die Geschichte konzentrieren. In letzter Zeit war er dabei in Gedanken bei Jo gewesen, während seine Augen eine inhaltslose Aneinanderreihung von Buchstaben abgrasten. Heute ging es plötzlich.

Dann pickte Vogel an einem Fotoalbum von früher herum. Milan nahm es heraus, obwohl er genau wusste, wie randvoll es mit Bildern von Jo war. Seit Monaten hatte er ihr Gesicht nicht mehr gesehen. Der Anblick haute ihn dermaßen um, dass er über eine Stunde lang weinend auf seinem Bett lag. Danach fühlte er sich seltsam befreit. Vogel spazierte über die Fernbedienung seines Fernsehers hinweg – ob nun bewusst oder unbewusst –, und das Gerät schaltete sich ein.

»Aha, nun gönnst du mir Ruhe«, murmelte Milan. Er sah nicht auf den Bildschirm, sondern betrachtete stattdessen seinen neuen Mitbewohner ganz genau. Aber er konnte nichts entdecken, was auch nur ansatzweise gespenstisch oder wenigstens ungewöhnlich gewesen wäre. Schließlich entschied er, dass er nun endgültig zu spinnen anfing. Wahrscheinlich hätte er den Psychologen dringend nötig gehabt. Welches Geheimnis Vogel auch immer umgab – in dieser Nacht schlief Milan seit langer Zeit wieder tief und fest. Selbst die Albträume ließen ihn ausnahmsweise in Ruhe.

Am nächsten Morgen räumte er all seine Schulsachen aus seinem Rucksack und steckte stattdessen Vogel hinein, mit einem kleinen Luftloch am Ende des Reißverschlusses. Er wollte nicht riskieren, dass sein neuer Freund ihm abhandenkam, nur weil er sechs unsinnige Stunden in der Schule absaß, wo er ohnehin nicht zuhörte, sondern sich nur in sein inneres Schneckenhaus verkroch. Solange er keinen Käfig für Vogel hatte, würde er ihn nicht allein lassen, hatte er beschlossen.

Er verließ das Schloss wie jeden Morgen, doch anstatt zur Bushaltestelle wandte er sich Richtung Friedhof, um zusammen mit Jo ein paar Lieder zu hören. Kaum war er um die letzte Kurve gebogen, wo das Dorf endete und der Weg sich Richtung Wald weiterschlängelte, blieb er abrupt stehen. Auf der Wiese vor ihm stand derselbe Zirkus wie letztes Jahr. Er musste wieder nachts gekommen sein, denn gestern Abend war noch kein einziger Wohnwagen da gewesen. Innerhalb einer Millisekunde beschleunigte Milans Puls auf Höchstgeschwindigkeit. Bilder aus dem letzten Jahr rasten in schrecklichen Fetzen durch seinen Kopf. Er sah Jo fallen, wieder und immer wieder.

Sah sich selbst hilflos in der Steilwand hängen, schluchzend, die Finger in die Fugen der Mauer gekrallt. Die Erinnerungen überwältigten ihn wie Faustschläge. Erst als er den Flügelschlag neben seinem Ohr bemerkte, konnte er sie abschütteln. Vogel hatte sich durch das Luftloch im Rucksack befreit und flog davon, genau in die Richtung des Zirkus.

»Komm zurück!«, schrie Milan. Er merkte selbst, wie schrill und hysterisch seine Stimme klang. Doch der Wellensittich beachtete ihn überhaupt nicht. Zielstrebig flog er auf einen der kleineren Wohnwagen zu, schlüpfte durch das gekippte Fenster und war verschwunden.

Milan trat von einem Bein aufs andere. Dieser Zirkus machte ihm Angst. Welche Form von Angst es war, konnte er nicht genau benennen. Vielleicht verband er die bunten Wohnwagen und die Zaubersprüche einfach viel zu stark mit dem schlimmsten Tag seines Lebens. Vielleicht war da aber noch mehr. *Geh einfach weiter!,* sagte eine Stimme in seinem Kopf. Aber dieselbe Stimme hatte ihm auch geraten, Jo nicht zu küssen. Er wollte nie wieder auf sie hören. Entschlossen verließ er den Weg und ging auf den Wohnwagen zu, in dem Vogel verschwunden war. Kurz davor blieb er stehen, denn ein gut eineinhalb Meter hoher Zaun aus ineinander verhakten Metallelementen versperrte ihm den Weg. Daran hing ein Schild mit der Aufschrift »Lebensgefahr! Betreten verboten!«. Milan warf seinen leeren Rucksack ins Gras und kletterte hinüber.

Kaum hatte er wieder festen Boden unter den Füßen, da ertönte ein markerschütterndes Grollen, ganz in der Nähe. Er fuhr herum. Erst jetzt fiel ihm der riesige Käfig auf, der zwischen ihm und dem Zirkuszelt stand. Das Grollen kam von einem Tiger, der soeben seinen Unterschlupf verlassen hatte und ihn nun aus gelben Raubtieraugen anstarrte. Er öffnete sein Maul, entblößte die gewaltigen Fangzähne und brüllte aus vollem Hals. Innerhalb weniger Sekunden sprangen weitere fünf Raubkatzen aus ihren Behausungen und stimmten in das Gebrüll mit ein.

»Was zum Teufel suchst du hier?«, schrie eine Stimme vom Wohnwagen her.

Milan war vor Schreck wie gelähmt. Er konnte den Blick kaum von den Tigern abwenden, auch wenn sie scheinbar sicher hinter dicken Eisenstangen eingeschlossen waren. Die Naturgewalt, die von ihnen ausging, zwang ihn trotzdem in die Knie. Am ganzen Körper zitternd wandte er sich zu der menschlichen Stimme um, die gerufen hatte. Ein junger Mann, nicht viel älter als er selbst, stampfte gerade aufgebracht und mit großen Schritten auf ihn zu.

»Wieso kletterst du über unseren Zaun?«

Je näher der Zirkusmann kam, desto kleiner wurde er. Als er Milan erreichte, ging er ihm gerade noch bis zum Kinn. Sein Auftreten wirkte mindestens doppelt so groß. »Bekomme ich vielleicht mal eine Antwort, du Einbrecher?«

»Ich wollte … mein Vogel … er ist in deinen Wohnwagen geflogen …«, stotterte Milan.

»Das ist nicht mein Wohnwagen.«

»Na dann eben … in *diesen* Wohnwagen.« Er zeigte auf genau das Gefährt, das der kleine Mann gerade verlassen hatte. Und dort, in den Türrahmen gelehnt, stand eine junge Frau mit hüftlangem tiefschwarzem Haar. Sie trug einen türkisfarbenen hautengen Overall, der über und über mit Hunderten von glitzernden Strasssteinen geschmückt war. Es war die Farbe von Jos Augen. Und derselbe Glanz. Auf ihrer Schulter saß Vogel und tschilpte. Das Bild verschwamm vor Milans Augen.

»Ach, jetzt heul doch nicht gleich«, sagte der kleine Mann und schlug ihm eine Hand auf den Rücken, die dem Aufprall nach eine wahre Pranke sein musste. »Wir machen hier immer ein bisschen Radau, wenn so etwas geschieht. Sonst brechen hier bald alle Privaten ein.«

»Alle … was?«

»Egal. Julie, bring mal den Vogel her!«

Er winkte in Richtung der Schwarzhaarigen, und sie kam seiner Aufforderung sofort neugierig nach. Milan wischte sich mit dem Handrücken über die Augen und blinzelte. So konnte er sehen, dass ihre Bewegungen nicht weniger geschmeidig waren als die der Tiger. Es schien, als würden ihre Füße den Boden beim Gehen überhaupt nicht berühren. Sie schwebte vielmehr über die Wiese. Sobald sie ihn erreicht hatte, blieb sie stehen und musterte ihn von oben bis unten. Der Ausdruck in ihrem Gesicht war erst genau so, wie man ihn von einer Zirkusartistin erwartete: geheimnisvoll, bezaubernd und ein wenig hochnäsig. Aber dann änderte er sich plötzlich grundlegend.

»Ich kenne dich«, sagte sie beinahe erschrocken. »Deine Haare sind anders als letztes Jahr. Aber ich weiß, wer du bist.«

Also hatte sie den Unfall irgendwie mitbekommen. Das war naheliegend, denn die Zirkusleute waren ihnen an diesem Abend am nächsten gewesen. Wahrscheinlich hatten sie sogar die Polizei angerufen. Im Gegensatz zu dem Mädchen konnte Milan sich aber nicht mehr daran erinnern. Das Letzte, was er noch wusste, war der Moment, als er sich in die Mauer gekrallt und darüber nachgedacht hatte, ebenfalls loszulassen. Er schüttelte sich, um den Gedanken daran zu verdrängen.

»Ich will meinen Vogel zurück«, sagte er, anstatt darauf einzugehen.

»*Deinen* Vogel?«, sagte das Mädchen, nun wieder fast spöttisch. »Wie kommt du darauf, das sei dein Vogel?«

Sie hatte kaum ausgeredet, da flatterte Vogel von ihrer Schulter auf die von Milan und rieb seinen Schnabel an seinem Hals.

»Genügt das als Antwort?«

Das Mädchen nickte, langsam, aber überzeugt. Dann streckte sie ihm plötzlich die Hand hin. »Ich bin Julie. Das ist Damian. Ihm gehören die Tiger. Ich hab eine Ratte.«

Ohne es zu wollen, musste Milan lachen. »Eine Ratte? Was für eine Show zeigst du denn mit einer Ratte?«

Julie schüttelte entrüstet den Kopf. »Fauntleroy ist nicht für die Show. Er ist mein Seelentier, so wie dein Vogel bei dir.«

Sie fixierte ihn mit ihrem Blick, als wollte sie seine Reaktion auf diese Aussage ganz genau ergründen. Milan blickte von ihr zu Damian, der ihn ebenfalls gespannt beobachtete, und dann wieder zurück.

»Seelentier«, sagte er dann.

»Seelentier«, bestätigte Julie. »Ich hätte nicht erwartet, dass du eines hast.«

»Warum nicht?« Er hatte zwar keine Ahnung, was ein Seelentier war, aber die Aussage, dass sie ihm keines zutraute, beleidigte ihn trotzdem.

»Weil du privat bist«, antwortete der Tigerdompteur anstelle von Julie.

»Was ist privat?«

»Das kannst du so nicht sagen, Damian«, mischte sich nun wieder Julie ein. »Es gibt jede Menge Privater, die Seelentiere haben. Wir kriegen das bloß nicht mit, weil wir nicht mit ihnen in Kontakt kommen. Sie leben alle hinter dem Zaun. Und wie oft gehst du da hin?«

Damian machte eine abwehrende Geste mit beiden Händen.

»Ich war letzte Woche mit Nancy im Kino. Ich kenne jede Menge Privater.«

»Das kannst du deiner Oma erzählen«, spottete Julie.

Milan sah von einem zum anderen und merkte, wie die Anspannung allmählich von ihm abfiel. Er verstand zwar weiterhin nur die Hälfte von dem Gespräch der Zirkusleute, aber in gewisser Weise hatten sie dieselbe Wirkung auf ihn wie Vogel. Wie es Jo gehabt hatte. Also gab es irgendetwas, das sie alle verband. Erst als das Schweigen neben ihm plötzlich auffallend wurde, merkte er, dass Julie und Damian sich irgendwie geeinigt hatten und ihn nun beide interessiert anstarrten.

»Was kannst du?«, fragte das Mädchen.

»Was meinst du damit? Was soll ich denn können?«

»Na, deine Gabe!«

Ihre Augen waren wirklich riesengroß. Sie trug zwar auch jede Menge Schminke, um die mandelartige Form noch zu betonen, aber Milan war sich sicher, dass diese Augen auch von Natur aus so tiefschwarz und geheimnisvoll aussahen.

»Meine Gabe ist, mich und andere in Schwierigkeiten zu bringen«, sagte er tonlos. »Ich kann gut falsche Entscheidungen treffen und feige sein, wenn Mut lebenswichtig wird.«

Damian ließ einen Seufzer hören, aber Julie schüttelte den Kopf. Sie trat noch ein Stück näher an ihn heran und funkelte ihn an.

»Du kannst etwas«, sagte sie dann überzeugt. »Du bist noch magisch. Irgendetwas hat dich beschützt. Fragen wir Madame Veritas!«

Damit nahm sie einfach seine Hand und zog ihn hinter sich her. Die Tiger fingen wieder an, sich aufzuregen, aber Damian hob seine Hand, pfiff sachte durch die Zähne, und das Knurren verstummte augenblicklich. Dann hastete er ihnen hinterher. Sie passierten drei weitere Wohnwagen, bevor sie den letzten erreichten. Er war in verschiedenen Blautönen gestrichen und über und über mit Mosaiken beklebt. Vor dem Eingang baumelten Ketten aus Glasperlen, Knochen und trockenen Pflanzen. »Madame Veritas sieht in deine Zukunft!« stand in silbernen Buchstaben quer über die gesamte Front.

»Eine Hellseherin. Ihr wollt mich hochnehmen, ja?«, versuchte Milan einzuwerfen. Aber da hatte Julie ihn schon die Treppe hinauf- und durch den Vorhang aus bunten Stoffbändern hineingeschoben. Milans Augen brauchten eine Weile, um sich an die Dunkelheit zu gewöhnen, die im Inneren des Wohnwagens herrschte. Warum mussten Wahrsager ihre Prophezeiungen immer in der Finsternis erfinden?

»Weil nur derjenige hellsehen kann, der seine oberflächlichen Sinne durch Dunkelheit lähmt. Und ich erfinde grundsätzlich nichts«, sagte jemand ganz dicht an seinem Ohr. Milan erschrak. Er wandte den Kopf nach rechts und fand sich plötzlich Auge in Auge mit einer alten Frau wieder. Ihr Gesicht bestand aus Hunderten winziger Fältchen, aber ihr Haar war nur von einigen grauen Strähnen durchzogen, der Rest war schwarz. Sie trug es offen, genau wie Julie.

»Haben Sie gerade meine Gedanken gelesen?« Es war Madame Veritas selbst, die seine Frage in Worte fasste. Dabei senkte sie ihre Stimme, damit sie mehr nach einem jungen Mann klang. Gleich darauf lieferte sie auch noch die Antwort dazu, diesmal mit ihrer normalen Stimme: »Aber nein. Gedankenlesen ist unmöglich, oder?«

Ein schelmisches Grinsen, wie man es einer so alten Frau normalerweise nicht zutrauen würde, schlich sich über ihr Gesicht. Milan räusperte sich.

»Ich glaube nicht an Magie«, antwortete er so gefasst wie möglich. Diese ganze Szene verwirrte ihn unendlich. Gleichzeitig machte sich eine prickelnde Aufregung in ihm breit, ein Gefühl, das er seit Jos Tod nicht mehr erlebt hatte. Es roch nach Morgentau und Lagerfeuer und wärmte ihn von ganz tief innen heraus.

»Du glaubst nicht an Magie«, wiederholte Madame Veritas kopfschüttelnd. »Und dennoch sprühst du nur so davon. Du würdest mich entzünden, wenn ich nicht ohnehin schon lichterloh brennen würde.« Sie griff nach seiner Hand und schloss die Augen. Als sie dann weitersprach, wurde ihre Stimme leiser. Und trauriger: »Dein Schutzkreis war durchbrochen, aber dein Seelentier hat die fehlenden Bruchstücke geliefert. Für eine Weile wird der Bann halten. Doch schon bald werden sie dich finden. Sie sind bereits auf der Suche nach dir.«

Nun bekam Milan es doch mit der Angst zu tun. Er entzog ihr seine Hand. Die Wahrsagerin öffnete die Augen und sah ihn forschend an.

»Wer? Wer ist auf der Suche nach mir?«

Auf einmal tauchte Julies Gesicht neben ihm auf.

»Die Vertreter«, sagte sie ernst. »Die Feinde der Magie. Sie jagen uns und entziehen uns unsere Zauberkraft. Sie haben Angst, andere Menschen würden durch uns in den wahren Kreislauf zurückgeführt werden, deshalb hassen sie den Zirkus. Denn zu Beginn seines Lebens ist jeder Mensch magisch. Aber die Welt, die die Vertreter erschaffen haben, hat keinen Platz für Magie. Ihnen geht es nur um Macht, Fortschritt und Geld. Magische Menschen verstehen sich nicht auf so etwas. Je weniger Magie in den Menschen wohnt, desto besser gedeiht die Vertreterkultur. Kannst du das nicht erkennen? Sieh dich doch mal in deinem Leben um!«

Es war nicht so, dass Milan ihr bis ins Detail folgen konnte. Es war nicht einmal so, dass er ihr glaubte. Aber ganz eindeutig war es so, dass diese Geschichte vieles erklärte.

»Dort oben im Schloss …«, murmelte er. »Ich hatte das Gefühl, die Mauer würde uns beschützen. Aber dann, als Jo starb …«

»… fehlte die wichtigste magische Person. Der Bannkreis zerfiel, und die Vertreter suchten euch heim.«

Das konnte einfach nicht stimmen. Milan wollte es nicht glauben. Trotzdem konnte er nicht verhindern, plötzlich an Andreas zu denken, einen Bildhauer, der im Gesindehaus direkt über Jos Familie gewohnt hatte. Nur wenige Wochen nach dem Unfall war er plötzlich von einem Krankenwagen abgeholt worden und nie mehr zurückgekehrt. Es hieß, er sei verrückt geworden und hätte sich selbst in die Klinik eingewiesen. Nicht viel später war etwas Seltsames mit dem Studenten in der Wohnung darüber passiert. Milan erinnerte sich nicht mehr an seinen Namen, wohl aber daran, dass er tagaus, tagein auf seiner E-Gitarre gespielt hatte. Bis zu dem Tag, an dem er aus unerklärlichen Gründen mit der Musik aufhörte, schwarze Anzüge trug und jeden Morgen pünktlich das Haus verließ, um irgendwelche Versicherungen zu verkaufen. Er hatte nie darüber nachgedacht, warum diese Menschen plötzlich eine solche Veränderung durchlaufen hatten.

»Der Psychologe … ‚Vogel sah das Auto und hielt mich davon ab, mit ihm zu sprechen‹«, fiel ihm siedend heiß ein.

»Das ist es, was Seelentiere tun. Sie schützen ihre Partner vor den Vertretern. Er hat dich gewarnt, und so konntest du entkommen«, sagte Julie.

»Aber was soll das alles mit dem Bannkreis?« Milan wehrte sich dagegen, die Geschichte der Zirkusleute zu glauben. Es war einfach zu extrem, zu abgefahren, zu unglaubwürdig. »Ich hab gesehen, wie Sie einen solchen Bannkreis erschaffen haben«, wandte er sich an Madame Veritas. »Jo hat so etwas nie getan. Ich glaube, ich wüsste davon, wenn irgendjemand aus dem Schloss jemals so einen durchgeknallten Tanz aufgeführt hätte.«

Die Alte lachte aus vollem Herzen. »Du glaubst doch wohl nicht, dass ihr das nötig hattet? So viele magische Personen an einem festen, umzäunten Ort. Der Bannkreis entstand ganz von selbst. Wahrscheinlich wusste keiner von euch, wie viel Macht ihr hattet«, sagte sie. Dann schlich sich wieder die Traurigkeit in ihr Gesicht, und sie senkte ihre Stimme: »Aber nun sind viele von euch weg. Du und dein Seelentier werdet nicht lange durchhalten. Ich habe es in deiner Hand gelesen.«

Milan wusste nicht, ob er darüber lachen oder schnellstmöglich Reißaus nehmen sollte. Die Menschen hinter diesem Zaun waren zweifelsfrei Verrückte, genau wie der Bildhauer Andreas, genau wie … Jo!

Er spürte eine Ader an seiner Schläfe pochen. Noch nie in seinem Leben hatte er sich so zerrissen gefühlt. Eine Seite von ihm wollte sich auf diese Geschichte einlassen und sich mit vollem Herzen ins Verderben stürzen. Einfach abtauchen und genauso verrückt werden wie sie. Aber endlich wieder fühlen, endlich wieder leben. Eine andere Seite sagte: *Geh nach Hause und lach darüber. Morgen schreibst du einen Mathetest.*

»Du wolltest nie wieder auf diese Stimme hören«, sagte die Wahrsagerin ganz nah an seinem Ohr. Er spürte Vogels flaumige Federn an seinem Hals entlangstreichen. Julie berührte seinen Arm. Irgendwo da draußen knurrten Damians Tiger.

»Komm mit uns«, sagte Madame Veritas. »Wir werden dich lehren, die Vertreter abzuschütteln. Und wir finden heraus, was deine Gabe ist.«

Gewissheit

Während der folgenden zehn Stunden schwor Milan sich, diese Menschen fortan zu meiden. Ein paar Tage, höchstens eine Woche lang, musste er ihre Nähe ertragen. Dann würden sie weg sein und damit aufhören, ihm diese Dinge zuzuflüstern. Diese verwirrenden, aufwühlenden Dinge, die ihn ganz zappelig machten. Im Grunde war es eine Gemeinheit, was Julie, Damian und diese … angebliche Wahrsagerin getan hatten. Sie hatten seine innere Not und die tiefe Depression, in der er seit einem Jahr steckte, ausgenutzt, um sich über ihn lustig zu machen. Endlich wieder ein »Privater«, der ihre verrückten Geschichten glaubte. Der sich mitreißen und verarschen ließ – das war es doch, was wirklich hinter all dem steckte: eine Show.

Es war erneut Vogel, der Milan am Abend zurück zum Zirkus brachte. Vielleicht war auch Milans Mutter schuld, obwohl sie ganz sicher nicht im Sinn gehabt hatte, etwas zu tun, das ihr ihren einzigen Sohn entreißen würde. Der Teil, den Milans Mutter dazu beitrug, das Schicksalsrad in Gang zu setzen, war denkbar klein, aber deshalb nicht weniger bedeutend: Sie vergaß, den Vogelkäfig zu kaufen. Ihr Vermieter habe sie abgelenkt, weil er über eine Hausmeistertätigkeit mit ihr sprechen wollte, sagte sie später. Milans Mutter verdiente ihren Lebensunterhalt eigentlich mit dem Bemalen von Tonscherben und Steinen. Sie nahm alte Fachwerkhäuser auseinander, sammelte zerbrochene Fliesen und konnte aus einem Stück Holz ein Kunstwerk schnitzen, sowohl mit einem Messer als auch mit einer Kettensäge. Was auch immer ihre geschickten Hände erschufen, war einzigartig und besonders. Ihre Kunstwerke verkaufte sie im Geschenkeladen einer Freundin und auf dem Markt. So hatten sie immer ihre Miete zahlen können und niemals Hunger leiden müssen. Mehr als das war eigentlich nicht nötig gewesen. Warum sie gerade heute über eine Hausmeistertätigkeit sprach, so kurz nach dieser verrückten Geschichte mit den Vertretern, machte Milan fertig. Dennoch verharrte er trotzig im Schneidersitz auf seinem Bett bis zum Abend. Vogel blieb bis fünf vor sechs Uhr hinter ihm auf seiner Stange sitzen. Dann startete er seinen revolutionären Rettungsflug durch das gekippte Fenster hinaus in Richtung Zirkus.

Milan fand ihn fünf Minuten später auf dem Fensterbrett des Kassenhäuschens, das die Zirkusleute vor den Zaun gestellt hatten. In der Scheibe hing ein Schild mit der Aufschrift »Junger Mann zum Mitreisen gesucht«. Direkt daneben stand Julie und wedelte mit einer Eintrittskarte. Diesmal trug sie auf den ersten Blick einen Bikini mit einem extrem knappen schwarzen Minirock. Erst bei genauerem Hinsehen erkannte Milan, dass es sich bei dem Kostüm um einen knallengen Einteiler mit zahlreichen hautfarbenen Stellen und silberglänzenden Ziernähten handelte.

»Du bist spät dran«, empfing sie ihn mit leicht säuerlichem Tonfall. »In zwei Minuten geht die Vorstellung los. Sei froh, dass dein Vogel rechtzeitig da war, um mich aufzuhalten, sonst wäre ich längst hinter dem Zelt. Die anderen Leute sind schon drin. Der Platz ist in der Loge, da siehst du am besten.« Damit drückte sie ihm die Eintrittskarte in die Hand und verschwand um das Zelt herum. Milan blieb davor stehen und starrte den Eingang an. Es war ein klassisches rot-gelbes Viermasterzelt, wie die meisten Zirkusse es hatten. Nichts wies darauf hin, dieses hier könnte etwas Besonderes sein. Von drinnen tönte so etwas wie Orchestermusik aus den Siebzigerjahren an sein Ohr. Er wollte nicht hineingehen. Nicht die anderen Leute aus dem Dorf sehen, keine Mütter mit Kleinkindern, erst recht keine Klassenkameraden. Er wollte nicht lachen und nicht applaudieren. Nur nach Hause.

»Komm, Vogel, lass uns einfach …« Da flatterte der Wellensittich auf und setzte sich auf seine Schulter. Als er sich zum Gehen umwandte, pickte er ihn ins Ohr.

»Verdammt, warum zwingst du mich? Ist das wieder so ein Vertreterscheiß? Was passiert mit mir, wenn ich nicht hineingehe? Werde ich vernichtet, ausgesaugt, meiner Seele beraubt?«

Vogel tschilpte. Was sollte er auch anderes antworten.

Ich stehe vor einem Zirkuszelt und rede mit einem Vogel.

Ich traue mich nicht hinein, weil ich Angst vor dem Leben habe.

Ich konnte Jo nicht auffangen.

Diese Stimme. Diese Stimme, die ihn immer wieder hemmte, bremste, lähmte. Allein schon, um ihr ein Schnippchen zu schlagen, setzte er seine Füße in Bewegung und trat durch den Zelteingang. Er landete in einem kleinen Vorraum, der zu beiden Seiten mit Pommes- und Süßwarenbuden vollgestellt war. Dazwischen einige Stände mit blinkendem Kinderspielzeug. Es roch nach Zuckerwatte und Popcorn. Alle anderen Gäste saßen scheinbar schon im Zelt, denn außer ihm und Vogel befand sich nur noch ein kleiner

Junge am anderen Ende des Raums und hielt ihm mit einer neckischen Verbeugung den Vorhang zur Manege auf. Er sah aus wie ein Zirkusdirektor im Miniaturformat, mit leuchtend rotem Anzug, goldenen Knöpfen und einem glänzenden Zylinder auf dem Kopf. Milan drückte ihm die Eintrittskarte in die Hand. Daraufhin tippte der Junge sich an die Krempe seines Huts und zwinkerte ihm zu. Nein, er zwinkerte Vogel zu, aber das registrierte Milan erst, nachdem er schon durch den Vorhang getreten war. Hier wurde das Retro-Orchester gerade von einer Art mystischer Trailermusik abgelöst, die wohl den Beginn der Show ankündigen sollte. Eine Nebelmaschine leitete Massen von Kunstnebel in die Manege, und Milan hatte Probleme damit, sich durch die Dunkelheit und das immer wieder wechselnde Farbenspiel der wenigen Lichtstrahler zur Loge vorzukämpfen. Wer hinter ihm in der Dunkelheit saß, konnte er nicht erkennen. Viele Leute konnten es nicht sein, denn Falkenstein war klein und die meisten Einwohner hatten mit Zirkus und halb nackten Körpern nichts am Hut. Hier wohnten anständige Leute, die sonntags zur Kirche gingen und die Primeln in ihrem Vorgarten auf gleiche Länge stutzten. Er fand schließlich einen Holzstuhl direkt vor der Bande, auf den er sich setzte, Vogel immer noch auf seiner Schulter.

Der Kunstnebel breitete sich mittlerweile über den kompletten Innenraum der Manege aus. Von dem sandigen Boden war nichts mehr zu sehen. Milan erschauderte.

Grau wabernde Nebelmasse.

Sphärische Klänge und Trommeln. Dann trat eine schmale Gestalt durch den Hintereingang, eingehüllt in einen weißen Umhang, die Kapuze bis tief in die Stirn gezogen. In der Hand hielt sie eine brennende Kerze. Ihre Schritte setzte sie im Takt zur Musik. Sie ging nicht, sie schwebte. Eine Glocke ertönte, ernst und episch. Zwölfmal hintereinander schlug sie, dann kehrte gespenstische Stille ein. Milan erwischte sich dabei, wie er die Kapuzengestalt anstarrte und den Atem anhielt.

Im gleichen Moment, als die Rockmusik einsetzte, riss die Gestalt sich den Umhang vom Leib und blies die Kerze aus. Lichtreflexe tanzten über das schwarze Haar der Frau. Es war Julie. Nur für Sekunden drehte sie sich zu der neuen Musik im Kreis, jeden Muskel ihres Körpers bis zum Zerreißen gespannt. Dann hatte der Ring sie erreicht, welcher von der Decke aus zu ihr herabschwebte. Sie griff ihn mit einer Hand und ließ sich hochziehen, lächelnd, als sei es das Einfachste der Welt. Ihr Blick streifte den von Milan, aber nur für Sekunden, bevor sie sich wieder im Glanz ihrer Darbietung verlor, vollkommen in dem Rausch aufging, sich zu wiegen und zu verbiegen, durch die Luft zu tanzen und auf die Schwerkraft zu spucken.

Milan sah die meiste Zeit nicht hin. Es war ein Jahr her, aber Mädchen, die zu hoch über der Erde turnten, konnte er weiterhin nicht ertragen. Den Anblick nicht und das Sehnen nicht, das ihn dabei überkam. Dieser Moment. *Komm her und küss mich!*

So falsch. So widersprüchlich. So ungerecht! Er würde niemals darüber hinwegkommen, niemals. Es war vollkommen gleich, ob er das Schuljahr fertig machte oder mit einem Zirkus davonzog. Übrig blieb doch nur der Scherbenhaufen, der einmal seine Seele gewesen war. Dunkelheit und Nebel.

Eine Träne tropfte auf seinen Oberschenkel, als Julie an ihrem Ring von der Decke wieder herabpendelte. Sie strahlte, verbeugte sich, nahm den dünnen Applaus entgegen, der bereits verriet, dass sich höchstens zehn oder fünfzehn Menschen in dem Zelt befanden. Gut so, fand Milan. Jeder Dorfbewohner, der ihn nicht im Zirkuszelt weinen sah, war ein Gewinn.

Im selben Moment, in dem Julie durch den Samtvorhang hinter die Bühne verschwand, trat der Zirkusdirektor hindurch und begrüßte sein Publikum. Er sah im Grunde genauso aus wie der kleine Junge, der die Eintrittskarten kontrolliert hatte, nur größer, älter und schmerbäuchiger. Sein gezwirbelter Schnurrbart und die runde Brille verliehen ihm den Anschein, er sei direkt aus einem tschechischen Märchenfilm entsprungen, als hätte eine fantastische Welt ihn versehentlich in die böse Realität ausgespuckt, wo er überhaupt nicht hingehörte.

»… werden wir Ihnen heute Abend den Atem rauben, Sie verführen und verzaubern«, sagte er eben. »Wir werden Ihre Sinne betäuben und Ihnen eine Welt zeigen, zu der Ihr Denken keinen Zutritt hat, sondern nur Ihr Gespür. Lassen Sie Ihren Verstand zurück und benutzen Sie Ihr Herz. Gehen Sie verloren und finden Sie sich selbst. Willkommen im Wunderland des Zirkus Salto.«

Applaus, immer dieser Applaus. Aber da war auch die anregende Musik und dieser Duft von Sägespänen und Kakao, von Schweiß und karamellisierten Erdnüssen. Irgendetwas von der Stimmung in diesem Zelt war stärker als Milans Gegenwehr. Er hätte später nicht mehr sagen können, was es war. Aber plötzlich wusste er, wie das Abenteuer roch. Er wusste, dass hinter der Schlossmauer von Falkenstein die Welt weiterging. Dass es Klänge gab, die den Takt seines Herzschlags zu ändern vermochten. Und vielleicht auch Menschen, die es wert waren, ihnen zuzuhören. Vielleicht.

Eine Stunde lang saß er in seiner Loge, spürte Vogel auf seinem Rücken herumturnen und den gefiederten Kopf an seine Wange drücken. Er sah Damian mit seinen Tigern zu, entdeckte den Jungen vom Einlass hinter einer roten Nase wieder, zusammen mit einem alternden Clown. Er bewunderte eine Schlangenfrau, die ihren Körper bis zum Gehtnichtmehr verbog. Doch endgültig fasziniert war er erst in dem Moment, als ein Gespann von acht schwarzen Pferden in weißem Geschirr und mit wehenden Straußenfedern geschmückt die Manege betrat. Ihre herumwirbelnden Hälse, die fliegenden Mähnen, das Stampfen ihrer Hufe synchron zur Musik – all das ließ ihn vor Ehrfurcht erstarren. Nie zuvor war ihm bewusst gewesen, dass eine simple Pferdedressur ihn so faszinieren konnte. Es war völlig absurd. Diese Pferde und ihr Trainer, sie waren wie ein Wesen. Wie ein Gehirn mit vierunddreißig Beinen. Dieser kleine Mann mit dem schütteren Haar und den Schweißflecken auf der Stirn – er musste lediglich seine Schulter ein wenig drehen, um die Pferde zu einer Kehrtwendung aufzufordern. Er musste nur einmal mit der Zunge schnalzen, und sie wechselten die Gangart. Und wenn er sich vor sie stellte und beide Peitschen in die Höhe reckte, dann erhoben sie sich auf die Hinterbeine. Sie rollten die Hälse ein, ließen ihre Mähnen fliegen wie schwarze Wellen auf einem düsteren See. Es war ihre Kraft, die Milan faszinierte, diese tierische, unendliche Kraft, die auf so spielerische Art und Weise kontrollierbar erschien.

Nach dieser Darbietung bekam Milan nichts mehr mit. Zwar hätte er danach noch sagen können, dass Julie einen weiteren Auftritt mit einem Tuch in schwindelerregender Höhe hatte, der Clown und die Schlangenfrau auch jonglieren konnten und Madame Veritas sich mit durchaus verwirrenden, weil undurchschaubaren Zaubertricks in Szene setzte. Aber all das erreichte nicht mehr sein Herz. Das nämlich schlug jetzt schneller als zuvor, in einem bedrohlich abenteuerlustigen Rhythmus. Durch seinen Kopf geisterten absurde Dinge, die allesamt mit einem Leben auf vier Rädern zu tun hatten, mit gebrannten Mandeln und Leierkastenmusik. Vogel schien diesen neuen Rhythmus ebenfalls zu spüren, denn er raste wie verrückt auf Milans Schultern hin und her. Aufgeregt, in freudiger Erwartung.

Milan saß immer noch in der Loge, nachdem längst alle anderen Gäste gegangen waren. Durch die offene Zelttür zu seiner Rechten drang das Licht der Abendsonne herein und tauchte die Manege in ein zauberhaftes Orange. Es war die Farbe des Untergangs, des Aufbruchs und des Neuanfangs. Dass Julie plötzlich vor ihm stand, wunderte Milan nicht allzu sehr, denn er hatte mit ihr gerechnet. Diesmal hatte sie eindeutig die Showklamotten in eine Ecke gepfeffert und sich etwas Bequemes angezogen, bevor sie nach ihm gesucht hatte. Ihre muskulösen Beine steckten in einer grauen Jogginghose, darüber hing ein schwarzes Schlabber-T-Shirt, aus dessen Ausschnitt eine rosafarbene Nase mit langen, schwarzen Schnurrbarthaaren hervorlugte. Das musste wohl ihre Ratte sein. Milan stand auf.

»Und? Hat es dir gefallen?«, fragte Julie ihn.

Er nickte. »Ihr seid gut. Viel besser, als ich gedacht habe. Irgendwie …« Die richtigen Worte wollten nicht so recht kommen.

»… magisch«, vollendete Julie den Satz. »Hab ich dir ja gesagt. Uns haben sie noch nicht erwischt.«

»Und du meinst, ihr seid deshalb so gut?« Ein Hauch von Spott lag in Milans Stimme. »Weil dir deine Ratte sagt, mit wem du reden darfst und mit wem nicht? Das ist Bullshit, Julie, das weißt du im Grunde, nicht wahr?«

Anstelle einer Antwort runzelte sie nur die Stirn. Dann griff sie mit der rechten Hand in ihren Ausschnitt und zog die grau-weiß gefleckte Ratte heraus. Das Tier schnupperte kurz in seine Richtung, dann krabbelte es an Julies Arm nach oben und platzierte sich frech auf ihrer Schulter. Die hervorstehenden, schwarzen Knopfaugen musterten Milan und seinen Vogel eingehend.

»Das ist Fauntleroy«, stellte Julie ihn vor. »Und ja, er ist der Meinung, dass ich gefahrlos mit dir reden kann.«

»Hat er dir das gesagt?«, fragte Milan spitz.

»Ja«, gab sie entrüstet zurück. Einen Moment lang betrachteten sie einander kritisch, bevor Milan die Arme vor der Brust verschränkte und einen Schritt zurück tat. »Aha. Und wie hat er das gemacht? Hat er gesagt: Rede mit Milan. Er ist nicht gefährlich. Sein Gehirn ist noch damit beschäftigt, die Tatsache zu verkraften, dass er seine Freundin in den Tod hat stürzen lassen. Er ist noch nicht wieder auf dem besorgniserregenden Niveau anderer Männer angekommen, die dir gefährlich werden könnten. Rede ruhig mit ihm, der ist harmlos wie eine tote Laus.«

Anstatt zu lachen oder überfordert von einem Bein auf das andere zu treten, wie andere Mädchen das für gewöhnlich in einer solchen Situation taten, musterte Julie ihn eine ganze Weile schweigend. So lange, bis ihr Blick unangenehm wurde und Milan sich seiner Worte schämte.

»Nein, es ist eher wie bei deinem Vogel. Wenn mein Gegenüber den Vertretergeruch verströmt, dann schlägt Fauntleroy Alarm. Er wird hektisch, rast wie ein Wilder umher und beißt mich im Notfall sogar in die Hand. Aber bei Menschen wie dir, an die man sich gefahrlos heranwagen kann, bleibt er ganz entspannt.«

»Bist du sicher? Dass man sich gefahrlos an mich heranwagen kann?«, fragte Milan schneidend. Er wusste selbst nicht, warum diese verrückte Artistin mit ihrer Ratte ihn plötzlich so aus dem Konzept brachte, ja, nicht einmal, ob er nun aggressiv oder eher verunsichert auf sie reagierte. »Immerhin ist bereits jemand durch meine Schuld in den Tod gestürzt.

Gerade du mit deinem … deinem Beruf … solltest dich besser von mir fernhalten.«

Was war das hier? Gerade eben hatte er noch von einem Leben im Wohnwagen geträumt. Von der Leichtigkeit des Seins und der großen Chance, sich nie mehr zu binden. Niemals mehr an einen Ort zu gehören, nie mehr jemanden zu verlieren. Und da erinnerte sie ihn kurzerhand daran, dass auch der Zirkus keine Zuflucht für ihn war, nicht durch ihre Worte, einfach so, durch ihre Präsenz. Sie war der lebende Beweis dafür, dass man auch in dieser Welt abstürzen konnte. Mehr noch als in jeder anderen. Julie schien seine Stimmungsschwankung zu spüren. Ihre Gesichtszüge wurden mit einem Mal weicher. Sie streckte eine Hand nach ihm aus, doch er wich zurück. Da ließ sie die Hand wieder sinken und kraulte stattdessen ihre Ratte damit.

»Das stimmt wohl«, sagte sie seufzend. »Es wäre besser, sich von dir fernzuhalten. Denn deine Seele ist rabenschwarz. Du bist kaputt und auseinandergerissen, und solche Leute ziehen das Unglück an. Wahrscheinlich kann man nicht mit dir lachen. Oder Spaß haben. Ich denke, du bist kein guter Gesellschafter.«

Anstelle einer Antwort gab Milan nur einen dumpfen Ton von sich.

»Hast du gedacht, ich sage etwas anderes?«

Er nickte. »Ja, ich … so etwas kannst du mir doch nicht einfach vor den Kopf knallen. Du kennst mich doch gar nicht!«

»Nein.« Sie zuckte mit den Schultern. »Aber muss ich dich deswegen anlügen?« Sie schien das wirklich ernst zu meinen. Ihre dunklen Augen waren so groß, so rein und so ehrlich, dass einfach keine Heimtücke dahinterstecken konnte. Wenn überhaupt, dann war sie einfach irre. Durchgeknallt wie diese Madame Veritas und der Typ, der sein Leben im Tigerkäfig aufs Spiel setzte. Das schien es zu sein – sie waren alle lebensmüde.

Milan räusperte sich. »Ist okay, ich … ich geh dann mal.« Er strich Vogel übers Gefieder, um sich zu beruhigen. Die glatten, warmen Federn unter seiner Haut fühlten sich gut an. Sofort verlangsamte sich sein Herzschlag. Julie lächelte. »Bist du traurig, weil niemand mehr in deine Welt passt, oder weil du in keine Welt mehr passt?«, fragte sie unvermittelt.

Er zuckte mit den Schultern. »Keine Ahnung.«

»In unsere Welt passt du. Wir können dir nicht viel bezahlen, aber aufs Geld kommt es dir ja ohnehin nicht an. Du kannst bei Pedro wohnen. Er ist alt, aber weise und nett.«

Milan schnappte nach Luft. »Wie kommst du darauf, ich würde …«

»Du hast dich doch längst entschieden. Schon vorhin, während der Vorstellung«, unterbrach sie ihn. »Wenn es dir hilft, es noch eine Weile abzustreiten, dann bleiben wir gerne zwei Tage länger hier. Wir warten.« Sie lächelte noch einmal, dann hob sie Fauntleroy von ihrer Schulter und ließ ihn in den Ärmel ihres Schlabbershirts krabbeln.

Milan brachte kein Wort mehr heraus. Er sah ihr dabei zu, wie sie sich umdrehte und hinaustänzelte. Wie sie davonflog, die Trapezkünstlerin, die Überfliegerin. War sie das? Eine Überfliegerin? Eine, die über den Dingen schwebte und auf die grauenvolle Welt unter ihr einfach herabspuckte? Leise zwitscherte Vogel an seinem Ohr. *Finde es heraus*, schien er zu sagen. Milan stand immer noch bewegungslos vor der Manege, nachdem Julie längst verschwunden war. Dann schüttelte er den Kopf und begann damit, die Stühle aufeinanderzustellen.

Seine Mutter kam genau in dem Moment in sein Zimmer, als er seine Sachen packte. Er war noch nicht einmal ganz sicher, ob er diese Reisetasche voller Klamotten wirklich aus dem Haus tragen würde. Im Grunde wollte er nur wissen, wie es sich anfühlte, sie zu packen. Aber dann, als seine Mutter dastand, in einem grauen Kittel mit der Aufschrift »Hausmeister« über der Brust, beschloss Milan, dass er wirklich wegmusste.

»Wo willst du hin?«, fragte sie.

»Was hast du da an?«, entgegnete er.

Sie schüttelte verständnislos den Kopf. »Ich habe jetzt eine richtige Arbeit, Milan. Wir brauchen das Geld, und ich muss mir nicht mal ein Auto kaufen, um zu meinem Arbeitsplatz zu kommen. Es ist quasi Heimarbeit. Wo willst du hin?«

»Und deine eigentliche Arbeit, die Kunstwerke? Was ist mit denen?«

»Das kann ich nebenbei immer noch machen, wenn ich Zeit dafür habe.«

»Wenn du Zeit dafür hast. Wann wird das sein? Alle zwei Wochen samstags?«

Seine Mutter trat näher und legte die Stirn in Falten. »Milan, du hast achtzehn Jahre lang mit einer erfolglosen Künstlerin gelebt. Du hast ständig Secondhandklamotten getragen, und wir waren nie im Urlaub. Vielleicht hast du es nicht gemerkt, aber es gab Nächte, in denen habe ich mich in den Schlaf geweint, weil ich nicht wusste, wie ich uns am nächsten Tag etwas zu essen organisieren sollte.«

Er seufzte, setzte sich neben seine Reisetasche aufs Bett und sah sie an. Seine Mutter war trotz ihres Alters immer eine schöne Frau gewesen. Sie trug für gewöhnlich selbst genähte Kleidung, flocht sich die dunkelblonden

Haare zu einem Zopf und ging fast das ganze Jahr über barfuß. Die kleinen Lachfältchen an ihren Augen schmälerten ihre Ausstrahlung in keiner Weise. Was es aber tat, war dieser graue Kittel.

»Du hast recht«, sagte er. »Das habe ich nicht gemerkt. Und es tut mir leid, dass du solche Sorgen hattest. Aber ich erinnere mich auch an die Geburtstagspartys im Schloss, die du für Jo und mich veranstaltet hast, an das Kerzengießen und Sackhüpfen mit den Dorfkindern. Ich weiß noch, wie du uns beigebracht hast, Strickleitern zu knüpfen, und wie wir beschlossen haben, auf dem Eschenberg die Walpurgisnacht zu feiern. Als die Feuerwehr anrückte, um unser Feuer zu löschen, hast du Jo und mich an die Hand genommen und bist mit uns davongerannt. Ich hatte niemals wieder so viel Spaß wie in dieser Nacht. Ganz gleich, ob ich dabei Secondhandklamotten getragen habe oder nicht.«

Er blinzelte bei der Erinnerung eine Träne weg. Seine Mutter setzte sich zu ihm und strich ihm übers Haar. »Und glaubst du, ich würde mich durch einen Job als Hausmeister so sehr verändern, dass all das nicht mehr möglich ist?«

Milan schüttelte den Kopf. »Alles hat sich verändert. Nichts ist mehr möglich. Das hier ist nur der letzte Beweis.«

Sie presste die Lippen aufeinander, wohl um sich selbst an einer Antwort zu hindern, die zu keinem Ergebnis führen würde. Milan konnte den Satz dennoch von ihrer Stirn ablesen*: »Aber das liegt nicht an mir. Es liegt an Jo.«*

Dabei lag es an niemand anderem außer ihm selbst. Er wusste es. Und im Grunde ihres Herzens wusste seine Mutter es auch. Genau wie Jos Mutter. Alle wussten es. Er hätte es verhindern können.

»Und nun denkst du, weglaufen wäre eine Lösung für dein Problem?«

»Weglaufen ist immer eine Lösung.«

»Das stimmt nicht«, sagte seine Mutter. »Weglaufen kannst du nur vor Dingen, die hinter dir her sind. Aber das, was in dir drin ist, holt dich immer wieder ein.«

Milan wandte sich ab, wollte nicht darüber nachdenken. Vielleicht hatte sie recht mit allem, was sie sagte. Vielleicht hatte aber auch Julie recht, und die Vertreter hatten seine Mutter erwischt. Vielleicht aber hatte auch gar niemand recht oder alle zusammen, denn womöglich gab es gar eine allumfassende Wahrheit. Er musste es selbst herausfinden. Und dafür gab es nur eine Lösung.

»Ich werde eine Weile mit dem Zirkus mitreisen, der dort unten auf der Wiese steht«, verkündete er. »Sie brauchen jemanden, der beim Aufbau des Zelts hilft und bei der Fütterung der Tiere. Ein Mädchen für alles, verstehst du. So eine Art … Hausmeister.«

Die Augen seiner Mutter wurden riesengroß. Eine Weile sagte sie gar nichts, rang mit sich. Als sie dann endlich etwas hervorbrachte, handelte es sich um den Satz, der Milans endgültige Entscheidung hervorrief: »Spinnst du?«

Wenn seine Mutter so etwas sagte, wenn sie so wenig wusste, was in ihm vorging, wenn sie so sehr auf Äußerlichkeiten und Konventionen achtete – dann hatte die Welt der Vertreter sie wohl wirklich eingefangen. Milan glaubte nicht an die Vertreter, aber ihm fiel nichts anderes ein, was das Problem besser beschrieben hätte. Er legte seine Hand auf die seiner Mutter.

»Wenn ich nicht mehr da bin, brauchst du weniger Geld. Dann kannst du wieder von deiner Kunst leben. Vielleicht denkst du noch einmal darüber nach und ziehst diesen Kittel wieder aus.«

Damit stand er auf und schulterte seine Reisetasche. Ohne sie noch einmal zu Wort kommen zu lassen verließ er sein Zimmer, das Haus, das entzauberte Schlossareal von Falkenstein. Sobald er durch das Tor trat, landete Vogel auf seiner Schulter. Er sah stur geradeaus, also blickte auch Milan nicht zurück. Als sie unten auf der Wiese ankamen, hatte der Zirkus bereits sein Zelt abgebaut und sein Hab und Gut in die Wohnwagen verladen.

»Ich dachte, ihr würdet warten«, sagte Milan zu Julie, die bereits am Steuer eines alten blauen Vans saß, hinter dem ihr Wohnwagen angekoppelt war.

»Haben wir doch«, antwortete sie lächelnd und stieß die Beifahrertür auf.

Ankunft

Sie fuhren den ganzen restlichen Tag lang, machten nur halt, um die Tiere zu tränken, aufs Klo zu gehen und an der Tankstelle Kaffee zu holen. Vogel zog von Milans Schulter in einen Käfig mit offen stehender Tür um, der neben der Behausung von Fauntleroy angeschnallt auf der Rücksitzbank stand. Milan sprach nicht viel. Er ließ Julie fahren, sah zum Fenster hinaus und beobachtete seine Heimat bei dem Versuch, ihn durch ihren vertrauten Anblick zu binden. Doch mit jedem Kilometer, den sie sich weiter von Falkenstein entfernten, stürzten weniger Erinnerungen an vertraute Orte über ihn herein, so lange, bis sie abends schließlich um eine Kurve fuhren, die Milan noch nie zuvor in seinem Leben gesehen hatte. Da erst fand er seine Sprache wieder.

»Ist es nicht eigentlich so, dass ihr immer nur ein paar Dörfer weiter zieht?«, fragte er Julie.

Die Überfliegerin lenkte ihr überlanges Gespann gerade routiniert in den Sonnenuntergang hinein. Das lange schwarze Haar hatte sie zu einem lässigen Knoten hochgesteckt, ein paar abspenstige Strähnen hatten sich daraus gelöst und flatterten im Wind, der durchs offene Fenster in den Van drang.

»Eigentlich ja«, antwortete sie. »Aber es kommt oft vor, dass wir auf der Flucht sind. Meistens vor Vertretern, manchmal auch vor anderen Gespenstern.« Sie lächelte ihm zu, als sei das alles ganz normal. Wahrscheinlich war es das für sie auch: Seine Zelte aufschlagen, seine Masken und Kostüme anlegen, ein paar Menschen zum Träumen bringen und dann wieder verschwinden. Früher verschwinden als üblich, weil Leute in ihr Leben traten, die alles durcheinanderbrachten. Weiter wegfahren als üblich, weil diese Leute es sonst nicht aushalten würden. Neu anfangen, irgendwo, wo die Welt noch rein war und nach Magie duftete. Milan wünschte, er könnte so sein wie sie. So unbedarft, so heil, so verrückt.

»Erzähl mir was über die anderen Artisten. Seid ihr so eine Zirkusfamilie, in der alle miteinander verwandt sind?«, wollte er wissen.

»Fast alle«, antwortete sie bereitwillig. »Ricardo, unser Direktor, und seine Frau Rosa sind die Eltern von Nancy. Und Nancy ist die Frau von Damian, den du schon kennst. Er hat die Tiger mitgebracht, als sie heirateten. Die hat er von seinem Vater geerbt. Nancy und Damian haben zwei Kinder: Damian junior, der die Eintrittskarten kontrolliert und den alle nur Junior nennen, und Ole, sein kleiner Bruder, der ein ganz besonderer Junge ist. Die andere Tochter von Ricardo und Rosa ist Marcella, die Schlangenfrau. Dann gibt es noch Pedro, den alten Clown. Er ist zwar irgendein weitläufiger Verwandter von Ricardo, aber wie genau sie verwandt sind, kriege ich nicht mehr zusammen. Tony hingegen ist Ricardos älterer Halbbruder. Er macht die Pferdedressur – daran erinnerst du dich sicher noch gut. Und zuletzt ist da natürlich noch Madame Veritas. Sie ist die Cousine von Rosa. Du siehst also: Ich bin die Einzige, die nicht zur großen Familie Lauenberger gehört. Na, und jetzt natürlich noch du.«

»Und wie bist du dann hier dazugekommen?«, fragte Milan, zum ersten Mal wirklich interessiert. Doch zu seiner Enttäuschung winkte Julie ab. Ihre Antwort fiel wesentlich kürzer aus als alle anderen zuvor: »Von einem anderen Zirkus. Meine Mutter war auch Trapezkünstlerin, aber sie … ist tot. Den Zirkus gibt es nicht mehr.«

»Oh«, machte Milan. »Wie hieß er?«

Julie sah ihn fragend von der Seite an. »Ich erzähle dir, dass meine Mutter tot ist, und du fragst mich, wie der Zirkus hieß?«

Er zuckte mit den Schultern. »Das ist eine Frage, wie ich sie in dieser Situation gerne gestellt bekommen würde. Eine unverfängliche, deren Beantwortung nicht wehtut.«

Sie dachte kurz nach. »Stimmt. Er hieß Montalbano. Wie meine Familie.«

»Ich heiße mit Nachnamen Schröder«, stellte Milan fest.

»Das müssen wir unbedingt ändern. Genau wie den Namen deines Seelentiers. Du kannst es doch nicht ewig nur Vogel nennen!«

»Wieso denn nicht?«

Julie stieß einen genervten Ton aus. »Weil dieses Tier dein Freund ist. Weil es wichtig ist. Es braucht einen richtigen Namen!«

»Ich finde ›Vogel‹ gut«, grinste Milan.

»Nein, ›Vogel‹ ist bescheuert«, regte Julie sich auf. »Solange du dein Seelentier ›Vogel‹ nennst, werde ich dich ›Mitreiser‹ nennen!«

Es klang vollkommen ernst, wie eine echte Drohung. Milan prustete.

»Da gibt es nichts zu Lachen!«

»Was hältst du davon: Ich denke mir einen Namen für Vogel aus, und du kümmerst dich um meinen Nachnamen.«

»Abgemacht. Du kriegst ein Pseudonym, das deiner würdig ist. Aber erst, wenn dein Seelentier versorgt ist.« Sie hielt ihm die flache Hand entgegen, und Milan schlug ein.

Wenige Minuten später bog der Lkw, der die Kolonne anführte, von der Straße ab und quälte sich mit seinem gesamten Gefolge durch ein unbekanntes Dorf bergauf, bis er auf einem flachen Gelände stehen blieb, das wohl der Festplatz des Orts war. Julie lenkte ihren Van hinter dem Vordermann her und parkte ihn schließlich so, dass er, zusammen mit allen anderen, einen Kreis ergab. Sofort fühlte Milan sich schmerzhaft an die Minuten vor Jos Tod erinnert. Damals hatten sie die Ankunft des Zirkus von der Schlossmauer aus beobachtet. Niemals würde er das Leuchten vergessen, das beim Anblick der bunten Anhänger in Jos Augen getreten war. Bestimmt würde sie es gut finden, wenn sie wüsste, dass er nun mit diesem Zirkus zog. Wenn sie es wüsste! Wenn sie nicht stattdessen in diesem Grab auf diesem Friedhof verwesen würde.

»Los, Mitreiser, steig aus!«, riss Julie ihn aus seinen trüben Gedanken. »Du musst jetzt tun, was Mitreiser so tun: Bau irgendwas auf!«

»Was denn?«, fragte Milan. Doch sie hatte sich bereits umgedreht und war davongehüpft. Ja genau, gehüpft. Wie Pippi Langstrumpf, wie Heidi, nicht wie eine normale Zwanzigjährige, oder wie alt auch immer sie sein mochte. Sie hüpfte und schlenkerte dabei die Arme. Noch bevor Milan ihr hinterhergehen konnte (auf die Art, wie normale Achtzehnjährige es taten, ohne Hüpfen), wurde er bereits von Fauntleroy überholt, der sich aus dem offen stehenden Van-Fenster zwängte und Julie hinterherhetzte. Vogel hingegen wartete geduldig, bis sein Seelenmensch bereit war, sich seinem neuen Leben zu stellen. Dann flatterte er auf Milans Schulter und zwitscherte leise etwas in sein Ohr. Was auch immer das heißen sollte, es beruhigte ihn.

Alle Zirkusleute außer Madame Veritas, die wie immer zuerst einen Schutzkreis um die rollende Siedlung legte, versammelten sich vor dem größten Wohnwagen. Erst nahm Milan an, der Direktor Ricardo residiere dort, aber als die Fahrertür des dazugehörigen Geländewagens aufging, kam eine junge Frau heraus, deren Hüften für eine Artistin zu breit waren. Sie hatte das zerzauste lockige Haar mit einem breiten Batikband gezähmt und trug ein hautenges rosafarbenes Top, das ihre riesigen Brüste zur Geltung brachte. »Damian ist schon am Abladen, Leute, wie oft muss ich euch noch an den neuen Ablauf erinnern?«, tönte sie und klatschte in die Hände, als wollte sie eine Horde Schulkinder aufscheuchen.

»Sorry, Nancy«, sagte ein älterer Mann mit schütterem Haar, den Milan erst auf den zweiten Blick als den faszinierenden Pferdeausbilder Tony erkannte – was an dem Achtzigerjahre-Jogginganzug mit türkis-orangefarbenen Streifen lag, den er trug. Er machte auf dem Absatz kehrt und ging, wie alle anderen, zur gegenüberliegenden Seite der Wohnwagensiedlung, von wo aus das Gebrüll der Tiger zu hören war. Julie war unter den Letzten, die ihm hinterherliefen.

»Hey, Julie!«, schrie Nancy ihr hinterher. Dann zeigte sie auf Milan und hob beide Daumen in die Höhe. »Hübscher Mitreiser!« Sie zwinkerte auch Milan zu, dann verschwand ihr fülliger Oberkörper wieder in dem Geländewagen, aus dem nun Kindergeschrei ertönte. Milan trat von einem Bein auf das andere. Julie lachte. »Das war …«

»… die Frau vom Tigerdompteur, schon klar.« Er steckte die Hände in die Hosentaschen und folgte Julie zur gegenüberliegenden Seite. »Sie hab ich aber in der Show nicht gesehen.«

»Nein, weil sie da nicht auftritt. Sie verkauft mit ihrer Mutter das Popcorn und die Eintrittskarten. Und sie macht wundervolles Kasperletheater, aber in letzter Zeit kümmert sie sich eher um die Kinder. Und um uns andere natürlich auch. Sie kümmert sich eben um jeden. Wenn du jemals irgendetwas brauchst, frag sie einfach danach.«

»Ich merk's mir«, sagte Milan.

Der Anhänger, an dem Damian bereits zugange war, enthielt die einzelnen Elemente für den Zaun. Während der Dompteur selber nun sämtliche Zurrgurte löste, kletterten noch der Zirkusdirektor Ricardo und die Schlangenfrau Marcella hinauf und halfen dabei, die Metallelemente abzuladen. Alle anderen nahmen sie von unten entgegen und schleppten sie immer paarweise hinter die Wohnwagen. Milan kam mit dem Pferdemenschen Tony zusammen, der nicht sonderlich gesprächig war. Eine Weile arbeiteten sie schweigend zusammen, während hinter ihnen das Abendrot bereits der beginnenden Dunkelheit wich. Erst als sie fast fertig waren, bekam Milan den Mund auf. »Wozu dient dieser Zaun eigentlich?«, fragte er. »Wenn die Tiger ausbrechen, wird sie das auch nicht aufhalten, oder?«

Ein kratziges Lachen entwich Tonys Hals. »Du bist lustig, Junge«, sagte er. »Der Zaun dient dazu, die Privaten auszusperren. Oder uns einzusperren, wie man es nimmt. Er ist dafür da, dass wir alle da bleiben, wo wir hingehören. Aber natürlich hat er auch damit zu tun, dass niemand von denen die Tiger füttert oder sich eine Hand abbeißen lässt.«

»Unser Leben findet also … hinter dem Zaun statt«, begriff Milan.

Der Pferdemensch blieb stehen und musterte ihn eingehend von oben bis unten. »Wenn du klug bist, dann handhabst du das genau so, Junge«, sagte er. »Bleib hinter dem Zaun, der hält die Probleme fern.«

»Die Vertreter, ich weiß«, sagte Milan und wollte das letzte Zaunelement aufstellen. Doch Tony hielt ihn zurück. Auf einmal stand er näher bei ihm als allgemein üblich. »Das kannst du glauben oder auch nicht«, murmelte er. »Wenn du mich fragst, ist der Anteil derjenigen Zirkus-Salto-Artisten, die in der Welt hinter dem Zaun eine Zwangsjacke tragen müssten, sehr viel höher als der Zaun selbst. Aber natürlich … Vertreter hält er auch fern.« Damit ging er zurück zu seinem Ende des Zaunelements und hob es an. »Na los, Junge, rein damit!«

Der Zaun stand, als das letzte Licht am Horizont verschwunden war. Damian zwinkerte Milan zu, während er einen Arm um seine füllige Frau schlang und mit ihr zum Wohnwagen spazierte. Er war einen halben Kopf kleiner als sie, doch das schien keinen von beiden zu stören. Milan starrte ihnen etwas zu lange hinterher.

»Sie sind toll«, sagte auf einmal Julie neben ihm. Er hatte nicht bemerkt, dass sie gekommen war. »Vor allem sind sie echt verliebt. Nicht so ein verkuppeltes Zirkuspaar.«

»Verkuppeltes Zirkuspaar? So etwas gibt's?«

»Na klar«, sagte Julie, als gehöre diese Tatsache zur Allgemeinbildung. »Wir checken uns gegenseitig schon bei den Veranstaltungen der Zirkusschule ab. Und dann reden unsere Eltern miteinander und überlegen, wer in welchen Zirkus passt und wo noch welche Nummer fehlt. Aber glaub bloß nicht, dass Ricardo die Tiger wollte. Sie machen nur Ärger.«

»Wieso? Kaum ein kleiner … also … ein Zirkus eurer Größe hat Tiger. Das zieht doch sicher enorm viel Publikum an.«

»Tja, leider ist das Gegenteil der Fall. Niemand will heutzutage mehr Wildtiere im Zirkus sehen. Sobald wir irgendwo auftauchen, kommen auch die Tierschützer, und in den Zeitungen stehen Artikel, man solle unsere Vorstellung meiden. Glaub mir: Schon morgen früh wirst du unseren Zaun lieben lernen!«

Milan dachte einen Augenblick nach, dann nickte er bedächtig. »Ein wenig kann ich das verstehen. Wie geht Damian damit um?«

»Na ja, solange die Tierschützer hinter dem Zaun bleiben, ignoriert er sie. In einem Zeitungsinterview hat er mal gesagt, die Tiger seien alt und würden sich weder in freier Wildbahn noch im Zoo mehr zurechtfinden. Sie kennen ja nur dieses Leben.«

»Und, stimmt das nicht?«

Julie schüttelte den Kopf. »Mag sein, dass es stimmt, aber das ist nicht der Grund, warum er sie behält. Die Tiger machen Damian zu dem, was er ist: zu einem Helden, einem mutigen, großen Mann voller Narben, der täglich sein Leben aufs Spiel setzt. Wenn er sich vor der Show von Nancy verabschiedet, dann ist niemals wirklich sicher, dass er abends noch einmal lebendig in ihr Bett steigt. Und wenn er es doch tut, dann liebt sie ihn, als wäre es das letzte Mal.«

Milan lachte. »Auch das weißt du natürlich ganz genau ...«

Julie zog eine Augenbraue hoch. »Wir leben hier Wand an Wand auf engstem Raum miteinander. Glaub mir, Mitreiser, ich weiß, wovon ich spreche. Keine Liebe ist so leidenschaftlich wie eine, die jeden Tag enden könnte.« Sie machte eine kleine Pause und suchte in Milans Gesicht nach einer Reaktion, aber es war so unbewegt wie immer, wenn er nicht durchdringen lassen wollte, dass etwas ihn berührte. »Aber was wäre Damian ohne seine Tiger?«, fragte sie dann.

»Ein zu klein geratener Kerl mit einem Hang zur Schmerbäuchigkeit, der nichts Sinnvolles gelernt hat und alle paar Jahre ein neues Kind in die Welt setzt?«

»Himmel«, stöhnte Julie und sah sich nach allen Seiten um. »So hart hätte ich es jetzt nicht ausgedrückt.«

»Ich habe nie behauptet, dass ich Tatsachen in Watte packen würde. Tust du ja auch nicht.«

Die Überfliegerin lachte. »Eins zu null für dich, Mitreiser. Und jetzt komm, ich bringe dich zu deinem Wohnwagen.«

Sie hakte sich bei ihm unter und zog ihn voran, bevor das Gespräch von eben auf sie selbst kommen konnte. Milan hätte ohnehin nicht gewusst, was er über sie hätte sagen sollen. Er nahm sich vor, irgendwann einmal in Ruhe darüber nachzudenken. Vor einem alten, hellblau getünchten Wohnwagen mit hell erleuchteten Fenstern hielt sie an. »Wir sind hier alle wir selbst, verstehst du? Aber manchmal muss man egoistisch sein, um man selbst zu bleiben. Ich verstehe Damian. Und deshalb rede ich auch nicht mit den Tierschützern.«

Milan dachte an seine Mutter. Daran, wie sie sich verlor, weil sie glaubte, nicht an sich selbst denken zu dürfen. War sie in den letzten Jahren egoistisch gewesen, als sie ihn in gebrauchte Sachen gekleidet und ihm den Urlaub verweigert hatte? Vielleicht. Aber es war nicht schlimm gewesen. Dafür hatte er eine echte Mutter gehabt, keinen dieser Klone, die überall außerhalb der Schlossmauern lebten.

»Okay«, sagte er anstelle einer Antwort.

Julie musterte ihn noch eine Weile mit ihren Mandelaugen, aber da er weiterhin schwieg, zuckte sie lediglich mit den Schultern und klopfte an die Tür des Wohnwagens. Pedro, der alte Clown, öffnete ihnen. Sein Gesicht war voller Runzeln, aber der meiste Teil davon waren Lachfältchen um die Augen herum. Er hatte einen intelligenten, offenen Blick und begrüßte Milan mit einem äußerst kräftigen Handschlag.

»Ihr seid also unsere neuen Mitbewohner«, sagte er mit einem Wink auf Vogel, der wie gewohnt auf Milans Schulter thronte. »Dein Wellensittich wird sich hier wohlfühlen, denn ich habe Gesellschaft für ihn.«

Er wies hinter sich, wo ein Kakadu, ebenso weiß wie Vogel, aber dreimal so groß, auf einer Stange hin und her wetzte. Er sah sehr schlecht gelaunt aus und krächzte in einem fort: »Nein! Nein! Nein!«

»Sei nicht so unfreundlich, Jack«, wies Pedro ihn lachend zurecht. »Die beiden sind unsere Gäste und werden von nun an hier wohnen.«

»Nein! Nein! Nein!«, wiederholte der Kakadu, und Milan fing an, sich zu fragen, ob er wirklich so unfreundlich war oder einfach nichts anderes sagen konnte.

»Lässt du dich umstimmen, wenn du dafür einen Cracker bekommst?«, bot Pedro dem Tier an. Daraufhin beantwortete es nicht nur diese Frage, sondern auch diejenige, die Milan sich gerade gestellt hatte: »Ja! Ja! Ja!«

Der Clown griff nach Milans Reisetasche und bat ihn herein. »Jack ist Fremden gegenüber immer etwas skeptisch. Das heißt aber nicht, dass er dich für einen Vertreter hält. Erst neulich war so einer in meinem Wohnwagen. Dem hat er das halbe Ohrläppchen abgebissen, um ihn zu vertreiben.«

»Aha.« Mehr als das brachte Milan nicht mehr heraus. Pedro lachte, und Julie stimmte mit ein. »Also dann, ihr vier. Wir sehen uns morgen früh«, sagte sie und wandte sich zum Gehen. Milan sah ihr hinterher. Er hatte das Bedürfnis, noch etwas zu sagen. »Julie …«

Sie blieb stehen und sah ihn erwartungsvoll an.

»Danke.« Mehr fiel ihm nicht ein.

»Bitte«, sagte sie. »Gute Nacht, Mitreiser.« Dann drehte sie sich um und hüpfte davon.

»Sie ist schon was Besonderes, unsere Julie«, bemerkte Pedro, nachdem Milan seinen Wohnwagen betreten hatte. Er schloss die Tür und machte eine ausladende Bewegung mit dem Arm. »Das hier ist das Reich von Jack und mir. Und nun auch von dir und …«

»Vogel.«

»Vogel? Mehr nicht?«

Milan schüttelte den Kopf.

»Also gut, von dir und Vogel. Fühlt euch wie daheim.« Dabei sah er den Wellensittich an und deutete auf die Stange an der Wand, auf der ein sichtbar schmollender Kakadu saß, die Federn aufgeplustert und den Kopf abgewandt. Vogel zögerte sichtbar, bevor er sich entschied, seinem tierischen Gastgeber gegenüber mehr Höflichkeit an den Tag zu legen, als dieser verdient hatte. Mit einem schicksalsergebenen Tschilpen verließ er Milans Schulter und flatterte hinüber auf die Stange, wo er sich auf den äußersten rechten Rand setzte, während Jack demonstrativ nach links rutschte. Pedro verteilte Cracker an beide Vögel, »damit sie sich wieder einkriegen«, wie er betonte. Milan hoffte, dass es funktionieren würde.

Der Wohnwagen des Clowns war alt, genau wie sein Bewohner, aber sauber und gepflegt. Es gab richtige Schränke, einen Tisch mit Eckbank, eine kleine Küche und wahrscheinlich so etwas wie ein Badezimmer hinter einer abschließbaren Tür. Pedro deutete auf die Koje über dem eigentlichen Schlafplatz. »Da oben darfst du raufklettern. Meine Knochen sind zu alt für so was, und den Rest meiner Beweglichkeit spare ich mir für die Show.«

Milan rang sich ein Lächeln ab. Dann bekam er noch den unteren Teil eines Schranks für sein Hab und Gut zugewiesen, verstaute den Inhalt seiner Reisetasche darin und kletterte schließlich in seine Schlafkoje, während Pedro sich in sein Bett kuschelte.

Es war gerade mal zehn Uhr abends. Normalerweise lag er um diese Uhrzeit noch lange wach, hörte seine Musik und dachte über das Leben nach oder über das Sterben. Heute drehten sich seine Gedanken seit langer Zeit wieder um etwas anderes. Um Vogel, der sich neben seinem neuen Stangengenossen garantiert unwohl fühlte, um die Tiger, die in einem Zoo vielleicht doch besser aufgehoben wären, um Nancy und Damian, denen die ständige Lebensgefahr, in der sie schwebten, ein ausgefülltes Sexleben bescherte. Und um Julie, ja, vor allem um Julie. Das Mädchen, das zur einen Hälfte Lara Croft und zur anderen Pippi Langstrumpf war, das ihn wütend, nachdenklich und auf unbestimmte Art sogar ein bisschen froh machen konnte. So viele Gefühle hatte schon lange niemand mehr in ihm geweckt. Seit Jos Tod hatte er alles auf Eis gelegt, was dazu taugte, ihn innerlich zu bewegen. Denn jede Bewegung hatte das Potenzial, ihn von dem dünnen Drahtseil stürzen zu lassen, auf dem er balancierte. Entweder war er nun also kurz davor, in den endlosen schwarzen Abgrund zu fallen, den er seit einem Jahr fürchtete und gleichzeitig herbeisehnte, oder diese neuen Menschen wurden so etwas wie ein Netz für ihn, das seinen Sturz bremste. So oder so – etwas würde passieren. Milan schloss die Augen und versuchte, sich vorzustellen, wie es wäre, endlich wieder richtig zu leben.

Gespenster

Er fühlte sich erschlagen, als Pedro ihn am nächsten Morgen wach rüttelte. Es war gerade mal fünf Uhr, und er hatte das Gefühl, erst vor einer Stunde eingeschlafen zu sein. Dennoch fügte er sich seinem Schicksal, schlüpfte in Jeans und T-Shirt und spritzte sich im Bad etwas Wasser ins Gesicht. Pedro drückte ihm eine Tasse schwarzen Kaffee in die Hand und setzte sich an den Frühstückstisch, über dem sich die beiden Vögel immer noch stur anschwiegen – jeder auf seiner Seite der Stange.

»Na, gut geschlafen?«, fragte der Clown.

»Ja, klar«, antwortete Milan.

»Sieht aber nicht so aus«, stellte Pedro fest.

Milan zuckte mit den Schultern und beobachtete Damian, der bereits draußen am Tigerkäfig zugange war und dicke Fleischstücke durch die Gitterstäbe schob. Die Raubtiere fingen daraufhin allesamt an zu fauchen und zu brüllen. Spätestens jetzt war garantiert auch der letzte Artist wach.

»Lügst du immer, wenn man dich fragt, wie es dir geht?«, fragte Pedro unvermittelt.

»Ja«, gab Milan zu und nippte an dem bitteren Kaffee. Genau so und nicht anders wollte er ihn trinken. Milan liebte Dinge, die im Grunde eine Qual darstellten, die aber gesellschaftlich so akzeptiert waren, dass man sich bedenkenlos mit ihnen selbst verletzen konnte, ohne Fragen beantworten zu müssen – schwarzer Kaffee, Zigaretten, Alkohol, Tätowierungen. Er hatte das alles ausprobiert im letzten Jahr. Und alles hatte geholfen, vorübergehend, manchmal für ein paar Minuten, manchmal für mehrere Tage.

»Warum?«, fragte Pedro.

»Weil die ehrliche Antwort niemanden interessiert.«

»Mich schon«, behauptete der Clown.

»Dann vielleicht, weil ich nicht darüber reden will.«

»Weil du kein Weichei sein willst.«

»Ja, das auch.«

Pedro schmunzelte. »Also hier bei uns ist man kein Weichei, wenn man ehrlich ist. Eher das Gegenteil könnte dir als Schwäche ausgelegt werden. Also für den Fall, dass du jemanden beeindrucken willst: Hör auf zu lügen.«

»Ich muss niemanden beeindrucken«, sagte Milan. Dann trank er seinen Kaffee in einem Schluck aus, um dem Gespräch zu entkommen. Noch vor Pedro selbst verließ er den Wohnwagen. Vogel hatte es ebenfalls eilig, die Stange zu verlassen. Er flatterte auf seinen Stammplatz auf Milans Schulter und tschilpte fortwährend in dessen Ohr, als wolle er sich ausgiebig über die Nacht an Jacks Seite beschweren, während Milan ebenfalls zum Tigerkäfig ging.

Damian kam gerade mit einer Mistgabel aus dem Käfigwaggon. Er trug einen Blaumann und stank nach Tigerpisse. Milan hatte den Geruch von Tigerpisse noch nie zuvor in der Nase gehabt, aber er wusste sofort, worum es sich handelte. Überhaupt verströmten die Hinterlassenschaften der Fleischfresser ein äußerst scharfes Aroma. Sie lagen allesamt aufgehäuft auf einer riesigen Schubkarre.

»Morgen, Mitreiser«, begrüßte Damian ihn grinsend. Es hatte sich wohl herumgesprochen, dass Milan so lange ohne Namen war, bis er seinem Seelentier einen solchen verpasst hatte. Julie hatte ganze Arbeit geleistet.

»Morgen, Tigerdompteur«, antwortete er gähnend.

»Mach dich mal nützlich und fahr die Mistkarre da weg. Das Zelt bauen wir erst in einer Stunde auf, wenn die hohen Herrschaften ausgeschlafen haben.« Er deutete auf den Wohnwagen seiner Schwiegereltern, doch es schwang kein Missfallen in seiner Stimme mit, eher gute Laune.

»Okay, wohin mit dem Zeug?«

»In den Container da hinten«, sagte Damian. Dabei deutete er über seine Schulter hinweg zum hinteren Teil des Platzes, wo ein aufgeklappter Mistbehälter stand.

»Alles klar.« Ohne zu zögern packte Milan die stinkende Schubkarre mit beiden Händen, hob sie an und schob sie davon. Vogel nutzte die Freiheit, die seine Flügel ihm boten, und ergriff auf der Stelle die Flucht. Er landete nur wenige Meter weiter auf dem Fensterbrett von Julies Wohnwagen.

Milan spürte die Blicke des Dompteurs in seinem Rücken. Wahrscheinlich nahm Damian an, er hätte noch nie eine Mistkarre gefahren und würde in der ersten Kurve oder spätestens auf der Rampe zum Container umkippen. Aber ganz so unerfahren war er nicht. Jo hatte einen Narren an Pferden gefressen gehabt und ihn über Jahre hinweg an jedem Wochenende zu einem kleinen Reitstall geschleppt, wo sie kostenlos reiten durfte, wenn sie ein paar Boxen ausmistete. Die Tiere dort waren klein und gedrungen gewesen, eher

Ponys als richtige Pferde. Aber er hatte sie ebenfalls gefüttert und gemistet und sich darauf gesetzt, einfach nur um bei Jo zu sein. Es waren phlegmatische, langweilige Biester gewesen, aber ihr Mist lag auch nicht anders in der Karre als der der Tiger. Milan umrundete also gekonnt den Lkw mit dem Zelt in der Mitte des Platzes und hievte die Hinterlassenschaften der Tiger mit einem gut dosierten Schwung die Rampe hinauf. Als er sie auskippte, hielt er die Luft an, so penetrant war der Gestank.

»Nicht schlecht«, urteilte Damian, nachdem er zurück war. »Als Mitreiser kann man dich brauchen.«

Er nahm das als Kompliment hin, stellte die Karre ab und wartete auf weitere Arbeitsanweisungen. Als keine kamen, wagte er einen Blick in den Tigerkäfig, wo die Raubtiere gerade dabei waren, sich gegenseitig das Fell zu pflegen. Wie harmlose Hauskatzen schleckten sie einander über den Pelz, lagen gähnend in der Sonne oder starrten durch die Gitterstäbe hindurch ins Weite. Der Waggon, der ihnen als Aufenthaltsort diente, war nun durch einen kleinen, aber meterhohen Auslauf erweitert, der sogar von oben komplett vergittert war.

»Die sehen aus, als könnten sie keiner Seele etwas zuleide tun«, stellte Milan fest. »Was würde passieren, wenn ich da reingehen würde?«

»Sie würden dich fressen«, behauptete Damian.

»Echt jetzt?«

»Definitiv.«

»Und dich fressen sie nicht?«

Damian schob sich ein Kaugummi in den Mund und kaute bedächtig darauf herum. »Ich würde nicht darauf wetten«, sagte er dann. »Solange Shira in der Nähe ist, bin ich wahrscheinlich save. Aber ich würde nicht in den Käfig gehen, wenn alle anderen frei laufen und sie eingesperrt ist.«

»Shira?«

»Mein Seelentier.«

»Dein Seelentier ist ein Tiger?« Das überraschte Milan nun doch.

Damian nickte. »Ich habe sie mit der Flasche aufgezogen, weil ihre Mutter sie nicht angenommen hat. Shira war von Anfang an ein Wunder. Normalerweise pflanzen Tiger in Gefangenschaft sich nicht fort. Aber sie wollte auf die Welt kommen. Sie wollte zu mir.« Er sagte das mit einer Sicherheit, die keinen Widerspruch duldete.

»Okay, also … und wenn du mit diesen sechs Tigern in der Manege bist, dann versuchen sie nicht … dich zu fressen?«

»Nein.«

»Weil Shira es nicht zulassen würde?«

»Das auch«, erklärte Damian. »Aber vor allem, weil sie das Prozedere kennen. Sie wissen: Jetzt rennen wir durch diesen Gang, dann setzen wir uns auf die Podeste und machen unsere Show. Und anschließend gibt es richtig gutes Futter.«

»Und das funktioniert?«

»Fast immer.«

»Fast immer?«

Damian lachte. Dann zog er das linke Hosenbein hoch und entblößte zwei rötliche, lang gezogene Narben, die von seinem Knie abwärts bis hinunter zu seinem Knöchel verliefen. Daneben waren noch die Überreste weiterer Striemen zu sehen, die sich in seiner Haut verewigt hatten. Bevor Milan dazu kam, nach der Geschichte hinter der Narbe zu fragen, kramte Damian bereits zwei weitere auf seinen Unterarmen hervor. »Hier eine Bisswunde und da … na ja, das ist eigentlich ein Fliegenschiss. Aber hier … siehst du, da hat Khan persönlich mich erwischt. Das ist der da hinten am Gitter, mein einziges männliches Exemplar.«

Milan folgte seinem Wink mit den Augen. Er erkannte Khan sofort, denn er war größer und sein Kopf breiter als die der weiblichen Tiger. In seinen Augen lag etwas, das Milan als Freiheitsdrang interpretierte. Vielleicht war es auch Blutdurst oder einfach nur das ganz normale Blitzen im Tigerauge. Was auch immer es war – Milans Respekt vor Damian wuchs in diesem Moment gewaltig.

»Du bist ein bisschen wie ein Steinzeitmann, der Mammuts erlegt und Säbelzahntiger zähmt«, gab er zu.

Damian lachte. »Das sagt meine Frau auch immer.«

Genau, dachte Milan, *bevor sie dich ins Bett zerrt und dich nach allen Regeln der Kunst vernascht.* Er musste sich schwer zusammennehmen, um es nicht laut auszusprechen. Glücklicherweise kam genau in diesem Moment der Zirkusdirektor Ricardo um die Ecke und lenkte Milan von seinen ausufernden Gedanken ab, die immer in Windeseile zu einem bombastischen Kopfkino mutierten.

»Na sieh mal einer an, unser Mitreiser macht sich ja bereits nützlich«, begrüßte ihn Ricardo, bevor er ihm die Hand reichte und seine Finger zu Brei quetschte. »Ich hatte vermutet, du stehst nicht vor acht Uhr auf.«

»Normalerweise stehe ich nicht vor zehn Uhr auf«, gab Milan zu, und der Zirkusdirektor lachte. Ricardo war wie geboren für den Job, den er ausübte: ein stämmiger Mann mittlerer Größe mit einem gezwirbelten Schnurrbart und so lauter Stimme, dass er jederzeit auch ohne Mikrofon ansagen konnte. Milan war sich nicht sicher, ob seine Wurzeln wirklich so italienisch waren, wie er vorgab. Immerhin hieß er mit Nachnamen Lauenberger. Aber scheinbar war es ohnehin so, dass jeder hier sich nach Lust und Laune nennen und benehmen konnte.

Nachdem der Direktor sich aus dem Bett bequemt hatte, standen innerhalb von zehn Minuten plötzlich auch alle anderen Zirkusleute um ihn herum. Der Chef klatschte in die Hände, und alle fingen an, geschäftig herumzuwuseln. Scheinbar wusste jeder genau, welche Handgriffe er zu erledigen hatte. Ricardo nahm Milan beiseite und zeigte auf den Lkw mit dem Zelt in der Mitte des Platzes. »Wir laden jetzt die vier Masten ab, verankern sie im Boden rund um den Lkw und ziehen sie mit einem Kran hoch. Anschließend wird das Zelt genau in der Mitte der Masten gehisst wie eine Piratenflagge, verstehst du?« Milan nickte, obwohl er sich das alles nur schwer vorstellen konnte. »Bis du verstanden hast, wie das hier läuft, schaust du nur zu und hilfst Julie, die kleinen Seitenstangen kreisförmig um das Zelt herum auszulegen. Später wirst du den Kran bedienen und das Zeltdach zusammensetzen. Wir brauchen jemanden mit jungen Knochen, der da hochklettert. Schwindelfrei bist du ja.«

Schwindelfrei.

Er sollte klettern?

Bröckelnde Steine. Küss mich!

Erinnerungen fluteten in Milan empor, die so grausam waren, dass sie ihn innerhalb von Sekunden hundert Kilometer zurückkatapultierten.

»Nein!«

»Nicht?« Ricardo musterte ihn von oben bis unten. »Julie sagte, du wärst es.«

»Julie kennt mich nicht«, presste Milan hervor. Seine Stimmung kam beträchtlich ins Schwanken. Gerade eben war noch alles gut gewesen. Jetzt fraß sich das dunkle Gefühl wieder durch ihn hindurch, das ihn während des ganzen letzten Jahres begleitet hatte. Dieses nagende, saugende und brennende Ding, das alles Glück aus seinen Knochen zog. »Depression« nannten es die Psychologen. Milan nannte es sein »Gespenst«. Es kam, wann es wollte, und es verschwand nicht eher, als es genug gefüttert worden war. Er wollte es jetzt aber nicht füttern.

»Na schön«, sagte Ricardo neben ihm. »Guck nicht so finster. Du musst ja nicht raufsteigen, wenn es nicht geht. Hilf einfach Julie und beobachte den Kran.«

Milan ließ ihn stehen, ohne ein Wort zu sagen, so, als hätte der Direktor ihm etwas getan. Dabei konnte er im Grunde nichts dafür, dass er das Gespenst geweckt hatte. Es hätte jedem passieren können.

Er fand Julie nur ein paar Meter weiter neben einem Haufen Zeltstangen, die jemand bereits vom Lkw geladen hatte. Routiniert zog sie eine nach der anderen heraus und legte sie auf den Boden, dorthin, wo sie später gebraucht werden würden, wenn das Zelt stand. Als sie ihn kommen sah, lächelte sie ihm zu, aber nur so lange, bis sie bemerkte, dass er nicht zurücklächelte.

»Lass mich raten: Pedro hat dich um Punkt fünf aus dem Bett geworfen«, versuchte sie, ein Gespräch anzufangen. Die Antwort blieb aus.

»Dann hat Damian dich mit seiner Tigerscheiße konfrontiert, und du hast die Mistkarre umgeworfen …? Auch nicht? Hm, dann muss Ricardo dich verärgert haben. Hat er dir womöglich …«

»Hör auf damit, Julie«, fuhr Milan sie an. »Wenn du wissen willst, auf wen ich sauer bin, dann pack dir selbst an die Nase.«

»Auf mich?« Sie hielt in ihrer Arbeit inne und machte große Augen. »Aber ich bin weder geschlafwandelt, soviel ich weiß, noch habe ich eine böse Zwillingsschwester, die dich heute Nacht belästigt hat, also wieso …«

»Warum erzählst du Ricardo, dass ich schwindelfrei wäre?«

»Aber das bist du doch.«

Nun wurde Milan wirklich wütend. Er riss ihr die Zeltstange aus der Hand und schleuderte sie zu Boden. Julie reagierte in keiner Weise verschreckt. Sie schob die Unterlippe vor und stellte sich auf die Zehenspitzen, um ihn besser anfunkeln zu können.

»Warum drehst du so durch, Mitreiser?«

»Weil du verdammt genau weißt, was letztes Jahr geschehen ist. Und nenn mich, verdammt noch mal, nicht Mitreiser!«

»Wenn du aber *verdammt noch mal* deinen Teil der Abmachung nicht erfüllst, werde ich dich einen *verdammten* Mitreiser nennen, so lange, bis du deine Schuld begleichst«, kreischte sie.

Milan machte einen Schritt zurück. »Du bist ja geisteskrank«, murmelte er.

»*Ich* bin geisteskrank?« Vor Entrüstung schnappte sie mehrmals nach Luft. »Wer von uns beiden hat denn ein Gespenst im Nacken sitzen?«

Diese Formulierung! War es Zufall, dass sie sie gewählt hatte? Egal, wie es dazu gekommen war, es ließ einen Schauder über Milans Rücken laufen. Er schwieg. Das schien Julie zumindest so weit zu beruhigen, dass sie sich wieder normal hinstellte. Sie atmete noch ein paarmal durch, dann sagte sie mit normaler Stimme: »Ich erzähle dir, woher ich weiß, dass du schwindelfrei bist, wenn du mir erzählst, wie man das Gespenst vertreiben kann.«

»Warum musst du immer diese Deals machen? Ein Name gegen einen anderen. Eine Geschichte gegen eine andere.«

»Weil das der einzige Weg ist, etwas von dir zu bekommen.« Sie sagte das so ernst und überzeugt, dass Milan darüber nachdachte, ob sie vielleicht recht hatte.

»Okay«, willigte er schließlich ein.

Anstatt sich hinzusetzen, wie normale Leute es taten, sobald ein ernsthaftes Gespräch anstand, hob Julie die Zeltstange auf und schleppte sie zu der Reihe, die sie gelegt hatte. Milan griff sich ebenfalls eine Stange und ging ihr hinterher.

»Du erinnerst dich nicht mehr, wie du von der Mauer heruntergekommen bist, oder?«, fragte Julie. Dabei schleifte sie ihre Stange weiter und blickte stur geradeaus.

»Nein.« Milan versteifte sich.

»Ich habe dich heruntergeholt. Mit dem Trapez.«

»Mit dem … was?«

Sie legte die Stange neben eine andere auf den Boden und sah dabei zu, wie er das Gleiche tat. Dann steckte sie die Hände in die Taschen ihrer Jogginghose und ging zurück zum Ausgangspunkt.

»Die anderen haben sich um Jo gekümmert. Sie haben die Polizei gerufen und den Krankenwagen. Aber Tony und ich haben gesehen, dass du nicht herunterkamst. Wir haben dich beobachtet. Es hat ausgesehen, als würdest du hinter ihr herspringen, wenn niemand etwas unternimmt. Einen Klettergurt hatten wir nicht. Also haben wir das Trapez an den Kran gehängt.« Sie deutete hinüber zu dem Kran, der nur wenige Meter neben ihnen gerade von seinem Lkw aus hochgefahren wurde, um die vier Masten des Zelts aufzustellen. Auch diesmal bediente der Pferdemensch Tony die Steuerung. Milan hatte keine Kraft mehr, etwas zu sagen. Auch ohne jegliche Erinnerung an diese Momente stockte ihm vor Verzweiflung der Atem.

»Dann habe ich mich hingehängt und zu dir hochziehen lassen. Du hast nicht reagiert, als ich dich angesprochen habe. Aber auf meine Frage, ob du vielleicht nicht schwindelfrei bist, hast du geantwortet: ›Ich bin vollkommen schwindelfrei. Verschwinde und lass mich fallen.‹«

Das hatte er gesagt? Aber warum hatte er es dann nicht getan? In dem Jahr, das seither vergangen war, hatte Milan sich oft gefragt, warum zum Teufel er immer noch morgens aufstand und weiteratmete. Er könnte längst dort sein, wo Jo war, wenn Julie nicht gewesen wäre. Ob das nun gut oder schlecht war, konnte er nicht ansatzweise einordnen.

»Ich habe dir dann gesagt, ich würde dich auch mit Gewalt herunterholen, aber es wäre einfacher, wenn du dich an das Trapez hängst. Ganz ehrlich? Ich weiß nicht, was ich getan hätte, wenn du dich geweigert hättest. Aber auf einmal … hast du mich so angesehen, als würden wir uns seit Millionen von Jahren kennen. Und dann hast du genickt. Ich habe dir gezeigt, wie du dich festhalten sollst, aber ich musste mich um dich herumwickeln, damit du nicht herunterfällst. Und Tony hat uns nach unten gebracht.«

Sie schnappte sich eine neue Stange und lief zurück zu ihrer Reihe. Milan brauchte einen Moment, bevor er sich in der Lage fühlte, ihr zu folgen. Als er sie erreicht hatte, wusste er nicht, was er sagen sollte. Aber das machte nichts, denn Julie war ohnehin noch nicht fertig. Sie knallte ihre Stange auf den Boden und sah ihm in die Augen. War das Schuldbewusstsein in ihrem Blick?

»Neulich, als wir uns wiedergesehen haben, kam ich ins Zweifeln, ob es richtig war, was ich getan habe. Ich dachte, in der Zwischenzeit hättest du wieder leben gelernt. Aber so war es nicht. Du hast nur überlebt. Und schon allein dafür ziehe ich meinen Hut vor dir. Es ist nicht leicht, weiterzumachen, wenn man jemanden hat fallen sehen …«

Nun wandte sie den Blick ab. Milan griff nach ihrem Arm und hinderte sie daran, sich eine neue Stange zu holen. »Kennst du das Gefühl? Ist deine Mutter so gestorben?«

Sie schüttelte ihn ab und huschte zurück zu ihrem Stangenstapel. Seufzend ging Milan ihr hinterher. »Deshalb hast du mich gefragt, ob ich mit euch kommen will. Es hatte überhaupt nichts mit Schicksal, Magie und Seelentieren zu tun. Du hast nur ein schlechtes Gewissen, weil du verhindert hast, dass ich den letzten Rest dieses beschissenen Lebens in die Tonne trete.«

»Das stimmt so nicht«, widersprach Julie. »Es ist wahr, ich würde dich gerne zurückholen. Aber das bedeutet noch lange nicht, dass alles gelogen war, was ich dir erzählt habe.«

»Ehrlich, Julie, das alles ist ziemlich abgefahren …«

»Ist es nicht«, beharrte sie stur. »Und jetzt sag mir, wie man das Gespenst vertreiben kann.«

»Ich habe keine Ahnung«, gestand Milan.

»Aber du lebst seit einem Jahr damit. Du musst doch wissen, was es frisst und wie man ihm den Appetit verderben kann.«

Da lachte er. Trotz all der Enge um sein Herz, trotz all der frisch aufgerissenen Wunden auf seiner Seele. Die Überfliegerin hatte etwas an sich, das ihn dazu brachte. Die Wahrheit war: Um das Gespenst unter Kontrolle zu halten, durfte er so etwas nicht zulassen. Hoffnung war das Letzte, was er gebrauchen konnte, denn sie endete grundsätzlich in Enttäuschung.

»Es ernährt sich von allem, was mich kaputtmacht. Jos Tod hat ihm Leben eingehaucht. Und seither braucht es Tod in kleinen Raten. Ich habe es unter Kontrolle, wenn ich es auf Diät halte.«

Julie runzelte die Stirn. »Das verstehe ich nicht.«

»Hier ein Schnitt mit der Rasierklinge, dort eine kleine Brandwunde auf der Haut. Manchmal ist es damit schon zufrieden.«

Ihre Augen wurden riesengroß. »Du verletzt dich selbst?«

Er nickte. »Immer wenn das Gespenst zu sehr in meinem Nacken drückt.«

»Und dann … geht es dir besser?«

»Ja, dann schläft es für eine Weile.«

»Und wenn es wieder aufwacht?«

Er erzählte ihr von den Tätowierungen und dem bitteren, schwarzen Kaffee.

»Was sind das für Tätowierungen?«

»Egal.«

Sie seufzte. Währenddessen schrie hinter ihnen jemand ein paar Kommandos, und gleichzeitig wurden alle vier Zeltmasten angehoben. Julie zog Milan ein Stück zur Seite. »Vorsicht, Lebensgefahr«, sagte sie. Und wieder musste er lachen.

Sie selbst blieb ganz ernst. »Ich kann das Gespenst vertreiben. Mit besseren Mitteln.«

»Das haben schon andere vor dir versucht«, sagte Milan. »Meine Mutter, meine Freunde, ein paar Psychologen und ganz viele Tabletten. Keiner hat es geschafft.«

»Aber von denen kann auch keiner einen Salto mortale am Trapez, oder?«, sagte sie. Dann schlug sie ihm auf die Schulter und erklärte das Gespräch für beendet, indem sie Kaffee holen ging. Er war schwarz wie die Nacht und so bitter wie das Leben selbst.

Das Zelt stand sechs Stunden später. Da war es gerade Mittag, und Rosa stellte einen riesigen Topf Suppe auf den Klapptisch vor ihrem Wohnwagen, an dem alle sich bedienen konnten. Nancy kam mit ihren Kindern und einer Holzkiste voll selbst gebackenem Brot dazu, und Pedro spendierte fünf Liter biologischen Apfelsaft aus seiner Speisekammer. Sie zogen den Tisch aus, stellten noch einen Plastiktisch dazu und setzten sich zusammen, wie es einer Großfamilie voller Dompteure, Artisten und Seelentierhalter würdig war. Milan fand die Tatsache gut, dass er in dem Chaos aus Kindergeschrei, Tellerverteilen und wichtigen Ansagen unterging. Niemand kümmerte sich explizit um ihn, und das war genau die Art von Zuwendung, die er brauchte.

Rosa schnappte sich ihren jüngsten Enkel Ole und ließ ihn auf ihren Knien reiten. Der Kleine mochte drei oder vier Jahre alt sein, hatte aber bisher kein Wort gesprochen. Milan war sich nicht sicher, ob er ganz gesund war, denn seine Augen standen etwas zu weit auseinander, und wenn er lachte, wurden sie zu seltsamen Schlitzen. Dafür war sein älterer Bruder umso gewitzter. Noch während alle am Essen waren, stand Damian junior auf und erzählte einen Witz. Scheinbar wollte er später einmal in die Fußstapfen von Pedro treten und übte bereits dafür. Die Story handelte von Fritzchens Oma, und die Pointe gelang ihm nicht, aber dennoch lachten alle. Ricardo ließ sich von seinem Enkel anstecken und kramte ebenfalls einen Witz hervor: »Fritzchen fragt seinen Vater: ›Gehst du heute mit mir in den Zirkus?‹ Der Vater antwortet: ›Nein, ich habe keine Zeit, ich muss arbeiten.‹ Da sagt Fritzchen: ›Aber da reitet eine nackte Frau auf einem Tiger!‹ Darauf der Vater: ›Okay, dann komme ich mit. Ich habe schon lange keinen Tiger mehr gesehen.‹«

Damian prustete, dann stand er auf und rückte sich seinen Blaumann zurecht. Er gab Nancy ein Zeichen, woraufhin sie Junior die Ohren zuhielt. »Ein Tigerdompteur zeigt in der Vorstellung ein außergewöhnliches Kunststück: Er legt sein bestes Stück zwischen die Zähne eines Tigers und lässt ihn das Maul schließen. Das Publikum hält den Atem an. Dann haut er dem Tiger ein paarmal auf den Kopf, und der öffnet das Maul wieder. Und siehe da: Alles unversehrt! Der Dompteur packt sein Ding wieder weg und fragt das Publikum: ›Und, wer traut sich, es nachzumachen?‹ Eine Blondine meldet sich und sagt: ›Ich! Aber bitte nicht so fest auf den Kopf hauen!‹«

Alle lachten sich scheckig, auch Damians Frau und Marcella, die blonde Schlangenfrau. »Sollte ich jemals einen Witz über Schlangenfrauen hören, der sich nicht darum dreht, welche Körperstellen wir mit unserer Zunge erreichen können, so gebe ich ihn sofort zum Besten«, warf sie ein. Julie machte gerade den Mund auf, wahrscheinlich, um einen Witz über Trapezkünstler zu erzählen, da stieß die alte Madame Veritas plötzlich ein mitleiderregendes Seufzen aus.

»Was?«, fragte Nancy gereizt. »Sind sie wieder da?«

»Ja. Reg dich nicht auf, Liebes.«

Mit einem Mal wurde die Stimmung am Tisch deutlich kälter.

»Wer? Wer ist da?«, fragte Milan in die Runde.

»Tierschützer«, sagte Madame Veritas über ihre Brille hinweg. »Manche meinen es gut. Aber es sind auch ein paar Vertreter dabei.«

»Vertreter? Die will ich sehen!«

Die gesamte Zirkuscrew warf Milan Blicke zu, als hätte er soeben verkündet, freiwillig in ein Becken voller Feuerquallen steigen zu wollen. Julie fasste sich als Erste. »Gut, komm mit!« Sie stand auf und streckte ihm die Hand entgegen. Er ließ sich von ihr hochziehen.

»Spar dir das, Mitreiser. In deren Augen stehst du auf der falschen Seite des Zauns. Das macht keinen Spaß«, warnte ihn Damian, aber Milan war einfach zu neugierig.

»Wo?«, fragte Julie die Wahrsagerin.

»Genau am Eingang.«

»Also hinter meinem Wohnwagen, na prima«, stellte Julie fest.

Damian und Nancy hingegen klatschten einander ab, wahrscheinlich, weil ihr rollendes Eigenheim diesmal von der direkten Attacke verschont blieb.

Sie nutzten die Gelegenheit und stahlen sich erst einmal ungesehen in den Wohnwagen, um die Gruppe der Demonstranten von drinnen zu beobachten. Dabei fiel Milan auf, wie schön die Überfliegerin es hatte. Alles hier drin war neu, sauber und technisch auf dem aktuellen Stand. Es gab eine Kaffeemaschine mit Kapselsystem, einen Laptop und einen Flachbildfernseher. Die Möbel waren alle schwarz oder weiß, und anstelle von Gardinen hingen maßgeschneiderte Plissees an den Fenstern. Julie fummelte so lange daran herum, bis man einigermaßen nach draußen sehen konnte, ohne in der Grunddunkelheit des Wohnwagens selbst erkannt zu werden.

»Siehst du sie?«, fragte sie und rückte ein Stück beiseite. Milan starrte nach draußen und sah einfach eine Gruppe von Menschen mit Plakaten. Momentan standen sie mit der Aufschrift frontal zum Zirkus, später, wenn Besucher kamen, würden sie sich wahrscheinlich umdrehen.

»Tiger raus aus dem Zirkus«, stand da, »Kein Applaus für Tierquälerei!« und »Artgerecht ist nur die Freiheit«.

»Artgerecht ist nur die Freiheit?«

»Ja, darüber spottet Damian immer gern. Manchmal geht er raus und fragt, ob er die Tiger direkt freilassen soll.«

»Hm«, machte Milan. Er konnte den Grundgedanken der Menschen da draußen immer noch verstehen. Andererseits: Wenn man alles verbot, was nicht ganz in Ordnung war, dann blieb vom Zirkus nichts mehr übrig. Und eine Welt ohne Zirkus war auch eine Welt ohne Clowns, ohne Abenteuer und Popcorngeruch. Eine solche Welt war möglich, aber nicht wünschenswert. Dann besser die Freiheit der Tiger opfern. Oder?

»Sind sie auch gegen die Pferde?«, wollte er wissen.

»Nur manche von denen.«

»Und welche sind die Vertreter?«

»Erkennst du das nicht?« Julie rollte mit den Augen.

»Wie denn? Ich habe mich noch nie zuvor damit befasst.«

»Dann rate einfach. Es sind zwei.«

Er ließ seinen Blick über die Gruppe schweifen. Insgesamt standen acht Personen da, die meisten junge Frauen im Öko-Outfit, auch ein kleines Mädchen, ein Junge in ihrem Alter und ein Mann waren dabei. Letzterer kam Milan verdächtig vor.

»Der Typ passt irgendwie nicht dazu. Und die Tussi mit der Harry-Potter-Brille«, entschied er schließlich.

»Beide falsch«, sagte Julie. »Es sind die zwei Hausfrauen mit dem Artgerecht-Schild.«

»Wie kommst du denn darauf?« Gerade diese beiden Frauen hatte Milan überhaupt nicht verdächtigt, ja, nicht einmal wahrgenommen.

»Vertreter sind unauffällig. Das liegt in ihrer Natur, denn sie haben jedes winzige bisschen Authentizität verloren. Sie ziehen keine Sachen an, die von der Norm abweichen, benutzen immer wieder gern professionelle, vorgedruckte Plakate. Sie tragen unauffällige Frisuren und fallen niemals durch schlechtes Benehmen auf. Deine Harry-Potter-Frau hat einen Stinkefinger auf ihr Transparent gemalt. Damit ist sie schon mal raus. Und der Kerl da muss irgendein christlicher Missionar aus dem letzten Jahrhundert sein – furchtbar konservativ und doof, aber kein Vertreter. Wenn er einer wäre, hätte er diese Tennissocken-Sandalen-Kombination nicht an.«

Während sie redete, betrachtete Milan Julie von der Seite. Sie saß wie ein Affe auf allen vieren auf ihrer Eckbank, stützte sich auf ihre Fäuste und wippte auf und ab, während sie durch das halb geschlossene Plissee die Personen auf hervorstechende Merkmale absuchte. *Wahnsinn, wie durchgeknallt sie ist!*, schoss es ihm durch den Kopf. Und gleich danach: *Wahnsinn, wie interessant sie ist!*

Diese zwei Stimmen in seinem Kopf waren nichts Neues. Aber er war selten so unsicher wie jetzt, auf welche von beiden er hören sollte. Vielleicht war es aber auch gar nicht von Belang.

»Du glaubst mir nicht!«, beschwerte sich Julie. »Ich sehe es dir an!«

»Na ja, du musst zugeben, dass das alles für jemanden wie mich …«

»Ich werde es dir beweisen. Ruf deinen Vogel!«

Sie war aufgesprungen, drehte sich einmal um die eigene Achse und machte seltsame, fiepende Geräusche mit dem Mund. Zum Glück stellte sich recht schnell heraus, dass sie auf die Art ihre Ratte herbeirief, sonst hätte Milan wirklich überlegt, ob er erst ihre Stirn fühlen oder gleich die Nummer vom Sorgentelefon wählen sollte. Fauntleroy kam unter dem Sofa hervorgekrabbelt und ließ sich bereitwillig auf den Arm nehmen.

»Startklar, und ihr?«, fragte Julie.

»Was hast du vor?«

»Das siehst du, wenn du deinen namenlosen Vogel gerufen hast.«

»Na schön«, lenkte Milan ein. Was konnte sie schon Schlimmes planen? Allenfalls eine kleine Peinlichkeit vor fremden Leuten. Also machte er das Fenster gegenüber auf und pfiff dreimal kurz durch die Zähne, auf die Art, wie Vogel selbst es tat, wenn er Hallo sagte. Ebenso schnell, wie die Ratte angewetzt gekommen war, kam auch Vogel angeflogen und nahm aufgeregt auf seiner Schulter Platz. Er wirkte nicht weniger tatendurstig als Julie.

»Gut, da wir nun vollständig sind, gehen wir jetzt raus«, bestimmte Julie. Sie öffnete die Wohnwagentür und sprang mit Fauntleroy voraus. Milan folgte in ihrem Windschatten. Kaum dass Julie die Tierschützer erreicht hatte, setzte sie ihre Zirkusmaske auf.

»Guten Morgen, meine Damen und Herren!«, begrüßte sie die Leute strahlend. »Dürfen wir Ihnen einen kleinen Einblick in unsere Tierhaltung geben?«

»Keine Tiger in der Manege!«, schrie eine der Frauen, und ein paar andere skandierten lauthals mit.

»Ich würde Ihnen gern auch einen unserer Tiger vorstellen, aber das ist leider nicht erlaubt. Wenn Sie möchten, dürfen Sie aber meine Ratte und den Vogel unseres Mitreisers kennenlernen.«

Insgeheim lachte Milan sich ins Fäustchen über die Art, wie Julie die Sache anging. Die Freundlichkeit, mit der sie den Leuten begegnete, nahm ihnen völlig den Wind aus den Segeln. Einzig die Harry-Potter-Frau hatte immer noch ein griesgrämiges Gesicht aufgesetzt, und ihre Hand, die die eine Hälfte des Transparents hielt, zuckte immer wieder aufgebracht nach oben. Das kleine Mädchen allerdings, das ihre Tochter zu sein schien, ließ augenblicklich die andere Seite des Transparents fallen und kam an den Zaun gesprungen. »Darf ich? Darf ich? Ich habe noch nie eine Ratte gestreichelt!«, rief sie. Sie streckte ihre Hand durch das Gitter des Zauns und kraulte damit Fauntleroys struppiges Fell. Der ließ es fiepend geschehen.

»Und jetzt noch den Vogel. Hast du schon mal einen weißen Wellensittich gesehen?«, fragte Julie und winkte Milan heran. Der holte Vogel von seiner Schulter, setzte ihn auf seinen Unterarm und hielt ihn nahe an den Zaun. Auch Vogel hatte kein Problem damit, sich von dem Mädchen streicheln zu lassen. Als Nächstes verwickelte Julie deren Mutter in ein Gespräch über die Tiger, in dessen Verlauf auch die Harry-Potter-Frau beide Tiere streichelte. Danach waren die anderen Ökofrauen an der Reihe. Die Sache war noch voll im Gang, da kam Marcella um die Ecke geschlendert. Um ihren Oberarm wand sich eine noch recht kleine Schlange, den flachen Kopf mit dem züngelnden Maul neugierig in Richtung der Zuschauer gewandt. Erst tat Marcella so, als nutze sie den Zaun, um sich aufzuwärmen, legte ein Bein daran und schob sich in eine Art stehenden Spagat. Aus dieser Position heraus legte sie sich dann ein Bein hinter den Kopf und blieb eine Weile so stehen. Dem Jungen, der den Sandalen-Missionar begleitete, fielen beim Anblick der Schlangenfrau beinahe die Augen aus dem Kopf. Er ließ die Hände mit dem Plakat sinken, auf dem »Keine Wildtiere im Zirkus!« stand. Der Missionar, scheinbar sein Vater, rammte ihm dafür den Ellbogen in die Seite. Aber Marcella hatte ihn bereits entdeckt. Sie löste den Knoten in ihren Gliedmaßen und kam mit wogenden Hüften zu der Gruppe herübergeschlendert. Direkt vor dem Jungen und seinem Vater blieb sie stehen, aber sie sah nur den Jungen an.

»Hi«, sagte sie. »Ich bin Marcella.«

»Hi«, brachte ihr Gegenüber hervor. »Philipp.«

Daraufhin steckte sie die Hand durch den Zaun, an deren Arm sich ihre Schlange wand. Philipp griff danach und drückte sie. Beide starrten sich an, als wollten sie sich direkt hier auf der Stelle gegenseitig auffressen, aber nicht auf die schmerzhafte Art.

»Das ist ebenfalls ein Wildtier!«, meldete sich der Missionar zu Wort.

»Ja, ich glaube auch«, murmelte Philipp.

»Ich habe die Schlange gemeint!«, echauffierte sich sein Vater.

»Ach so.« Der Junge wurde rot, Marcella kicherte. Ein paar von den Frauen lachten, nur die beiden Hausfrauen blieben vollkommen ernst, wie Milan bemerkte.

»Ja, sie ist ein Wildtier«, säuselte Marcella nun, »aber sie ist ganz friedlich. Möchtest du sie berühren?«

Erneut schob sich ihr Arm mit der Schlange durch den Zaun. Phillipp nickte und streichelte mechanisch über den schuppigen Körper des Reptils. Dabei war sein Blick immer noch mit dem von Marcella verschmolzen. »Sie ist ganz weich und trocken. Überhaupt nicht glitschig«, brachte er hervor.

Daraufhin zog die Schlangenfrau keck eine Augenbraue hoch, winkte ihn heran und flüsterte etwas in Philipps Ohr, das eine sichtbare Schamesröte auf seine Wangen trieb. Milan vermutete, es hatte etwas mit dem Wort »glitschig« zu tun. Danach ließ sie ihn mit leuchtenden Augen und Ohren stehen und präsentierte ihre Schlange – Milan nahm an, dass es sich dabei ebenfalls um ein Seelentier handelte – auch den anderen Leuten hinter dem Zaun. Es dauerte nicht lange und jeder der Tierschützer, mit Ausnahme der beiden Hausfrauen, hatte mindestens ein Seelentier berührt, ohne dass dieses Alarm geschlagen hätte. Was immer noch nicht bedeutete, dass sie tatsächlich Alarm schlagen würden, wenn ein sogenannter Vertreter ihnen zu nahe käme. Julie beendete die Sache schließlich auf ihre gewohnt pragmatische Art.

»Sie da hinten«, sprach sie die beiden Frauen an, die scheinbar absolut keine Lust verspürten, freiwillig ein Tier zu streicheln. »Sie sehen aus, als hätten Sie immer noch ein ganz großes Problem mit uns.«

»Das haben wir auch, wegen der Tiger«, sagte eine der Frauen.

»Kommen Sie doch bitte ein Stück näher, damit ich nicht so schreien muss«, bat Julie. Daraufhin geschah dann das, was Milan endgültig daran zweifeln ließ, ob die Überfliegerin wirklich eine Verrückte war: Die beiden Frauen traten mit ihren vorgedruckten Plakaten an den Zaun heran, und ein dreistimmiges Zischen, Fauchen und Fiepen erschall. Die Schlange an Marcellas Arm verwandelte sich in eine Pfeilspitze, die auf die Kehlen der Frauen zielte, Vogel flatterte mit den Flügeln und kreischte, als ginge es ihm an den Kragen, und Fauntleroy stellte derartig seine Haare auf, dass er zu einer Art Miniklobürste mutierte. Er wäre sicher zum Angriff übergegangen, wenn Julie ihn nicht am Schwanz gepackt und zurückgehalten hätte.

Die beiden Hausfrauen starrten wie gebannt auf das gesträubte Fell der Ratte. »Die sind ja alle tollwütig«, urteilte eine. »Oder durch die Haltungsbedingungen hier vollkommen durchgedreht«, mutmaßte die andere.

Schnell griff Julie in ihre Gesäßtaschen und zog eine Handvoll Freikarten daraus hervor. Die reichte sie durch den Zaun und drückte sie dem kleinen Mädchen in die Hand, das sie mit leuchtenden Augen entgegennahm.

»Loge«, flüsterte Julie ihr zu. »Das ist ganz vorne.« Dann erhob sie ihre Stimme, damit auch die anderen sie hören konnten. »Sie sind alle herzlich zu unserer Vorstellung morgen Abend eingeladen. Wir müssen jetzt leider wieder an die Arbeit.«

Damit schob sie den aufgeplusterten, immer noch tobenden Fauntleroy zurück in ihren Ärmel und trat den Rückzug an. Milan und Marcella folgten ihr, dabei entging Milan nicht, wie die Schlangenfrau sich noch einmal umdrehte und Philipp beide Handflächen mit ausgestreckten Fingern entgegenhob. Der schien genau zu wissen, worum es sich bei dem Zeichen handelte, denn er nickte und wurde schon wieder rot.

Marcella tänzelte zu ihrem Wohnwagen zurück, ohne noch ein Wort über das Geschehene zu verlieren. Sie warf Julie und Milan zum Abschied lediglich grinsend eine Kusshand entgegen.

»Sie ist ziemlich sexy«, stellte Milan fest.

Julie betrachtete ihn mit verkniffenen Lippen. »Ja, das ist sie. Und welcher Mann träumt nicht davon, einmal eine Schlangenfrau zu vögeln?«

Dazu sagte Milan vorsichtshalber nichts. Sein Kopfkino hatte sich wieder eingeschaltet und zeigte einen Film ab achtzehn. Der verkniffene Blick der Überfliegerin wich nun reiner Missbilligung.

»Was willst du jetzt von mir hören? Dass wir auch alle davon träumen, eine Trapezkünstlerin zu vögeln?«

»Natürlich nicht!«

»Dass ich *nicht* davon träume, eine Schlangenfrau zu vögeln?«

»Nein, verdammt.«

»Was denn dann? Warum schaust du mich so an? Gibt es eine richtige Antwort auf die Frage, ob ich davon träume, irgendjemanden zu vögeln?«

»Ach halt doch die Klappe, Mitreiser!«, fuhr sie ihn an.

Milan fand die Situation so amüsant, dass er am liebsten weitergemacht hätte. Aber seit der Vertreterreaktion, die ihre Ratte gerade an den Tag gelegt hatte, hatte er definitv zu viel Respekt vor Fauntleroy, um einen der beiden so richtig auf die Palme zu bringen.

»Ich meine, ihr Frauen wollt immer, dass wir komplett asexuell sind. Wir sollen die Hände auf der Decke halten und an Schmetterlinge und Einhörner denken. Aber dann, wenn eine von euch uns eingefangen hat, dann dürfen wir nur noch von ihr träumen – aber bitte nicht ausschließlich davon, weil sie sich sonst auf ihre Sexualität reduziert fühlt.«

»Das ist doch Bullshit, was du da redest.«

Milan lachte. »Wenn du meinst.«

Sie blieb zwischen ihrem Wohnwagen und dem von Damian stehen. »Glaubst du mir jetzt, dass die beiden Vertreter waren?«

Er hätte gern noch etwas Bedenkzeit gehabt, bevor er sich dazu äußern musste. »Ich lasse mich gerade davon überzeugen, dass hinter diesem Zaun Dinge vorgehen, von deren Existenz ich bisher keine Ahnung hatte.«

Die Überfliegerin schien mit dieser Antwort nicht ganz zufrieden. »Eher *vor* dem Zaun, glaub mir. Die Probleme liegen allesamt da draußen.«

Ehe Milan etwas darauf antworten konnte, drang plötzlich etwas an sein Ohr, das sich verdächtig nach einem Schluchzen anhörte. Julie hatte das Geräusch wohl auch wahrgenommen, denn ihr Körper versteifte sich mit einem Mal. Sie legte einen Zeigefinger auf den Mund und winkte ihn mit der Hand zum Gehen. Leise schlichen sie sich davon. Aber nicht schnell genug, als dass ihnen Damians Worte entgangen wären, die zwischen den Schluchzern durchs offene Wohnwagenfenster drangen: »Ich halte das bald nicht mehr aus. Überall stehen sie, an jedem Ort!«

»Schscht«, machte Nancy. »Nur hinter dem Zaun. Sie bleiben alle hinter dem Zaun.«

Scheinbar schien niemandem klar zu sein, welcher Teil der Welt nun vor und welcher hinter dem Zaun lag. Milan begleitete Julie bis zu ihrem Wohnwagen. Etwas pikiert von der intimen Szene, die er gerade unabsichtlich mitbekommen hatte, blieb er stehen und kratzte sich am Hinterkopf.

»Siehst du«, sagte Julie zum Abschied, »auch Damian hat seine Gespenster. Wir alle haben sie. Man muss nur lernen, sie hinter dem Zaun zu halten.«

»Du meinst davor«, sagte er grinsend.

Sie verdrehte die Augen und verschwand in ihrem mobilen Zuhause.

Vertreter

Den Nachmittag nutzten sie, um Plakate aufzuhängen und Gutscheine zu verteilen. Normalerweise, erklärte Julie, brachten sie die Plakate in den angrenzenden Ortschaften schon Tage vorher an. Aber wegen der überstürzten Flucht aus Falkenstein war das nicht möglich gewesen. Also stand ihnen in den nächsten Tagen auch der Besuch aller weiterer Orte bevor, in denen sie während der nächsten Wochen ihr Zelt aufschlagen würden. Rosa machte gerade einen neuen Plan, wo die Reise hinging.

Milan empfand den Ausflug in die Welt der »Privaten« als willkommene Abwechslung. Er lebte erst seit einem Tag hinter dem Zaun, hatte aber jetzt schon das Gefühl, die Welt dort draußen drehe sich ohne ihn weiter und eine Kontrolle sei fällig, ob das nun Konsequenzen hatte oder nicht. Es hatte keine. Die Welt kam wunderbar ohne ihn zurecht – damit war das schon mal geklärt.

Julie steuerte ihren Van von Ortschaft zu Ortschaft und von Kurve zu Kurve. An jedem Zaun, der einigermaßen einsehbar war, hielten sie an. Dann stieg Milan aus und klingelte, kramte seinen freundlichsten Tonfall hervor, verteilte Freikarten und erhielt dafür fast immer die Erlaubnis, ein Plakat an den Zaun zu pinnen. In Supermärkten, Bäckereien und Tankstellen legten sie ihre Gutscheine aus. Mit denen bekamen Zuschauer alle Sitzplätze um zwei Euro günstiger. Milan vermutete, dass eher die realen Preise an der Kasse um zwei Euro überteuert waren, interessierte sich aber nicht weiter dafür. Ein kleines Dorf direkt neben ihrem Stellplatz hatte außer einer großen Kurve, in der bereits ihr Plakat hing, nicht viel zu bieten: keine Metzgerei, kein Lebensmittelladen, nichts. Also deutete er auf ein weiß getünchtes Haus mit einem Schaufenster, in dem Bilder von weich gezeichneten, fröhlichen Menschen vor ihrem Eigenheim zu sehen waren. Darüber hing das Emblem einer Versicherungsgesellschaft.

»Halt an, dem können wir ein paar Gutscheine dalassen«, sagte er.

Julie schüttelte den Kopf. »Das ist ein Vertreter.«

»Woher willst du das wissen? Du hast doch nur das Haus gesehen?«

Sie deutete auf das Logo der Versicherung und fuhr vorbei. »Wie lautet der Name dieser Berufsgruppe?«

»Versicherungsvertreter.«

Sie schnippte mit den Fingern vor seinem Gesicht in die Luft. »Bingo, Mitreiser! Du hast es erfasst.«

»Aber das ist nur eine Berufsbezeichnung«, regte Milan sich auf. »Du bist voll der … Rassist! Verurteilst einen ganzen Berufsstand nur wegen eines Namens.«

Anstelle einer Antwort setzte sie den Blinker des Vans und drehte um. Vor der Versicherung blieb sie stehen und schaltete den Motor ab. »Bitte schön, versuch dein Glück. Aber du wirst nichts unterschreiben und dir keine Flausen ins Ohr setzen lassen, okay? Nimm zur Sicherheit deinen Vogel mit.«

»So ein Quatsch«, sagte Milan, unternahm aber nichts dagegen, dass Vogel auf seine Schulter flatterte und damit begann, an seinem Ohrläppchen herumzunagen. Erst als er die Hand auf die Türklinke der Agentur legte und der Wellensittich ihm mit voller Wucht den Schnabel ins Schlüsselbein hackte, griff er ihn sich und trug ihn zurück zum Van.

»Er massakriert mich, wenn ich ihn mitnehme«, erklärte er und reichte Vogel durch das offene Fenster. Julie nahm ihn vorsichtig entgegen. »Woher das wohl kommt?«, bemerkte sie ironisch.

Er ging zurück zu dem Haus und öffnete die Tür, wobei ein gefälliges Bimmeln von irgendwoher ertönte. Der Raum, den er betrat, war klimatisiert und roch schwach nach Essigreiniger. Noch bevor er nach jemandem rufen musste, öffnete sich bereits eine Tür, und eine Dame unbestimmbaren Alters kam auf ihn zu. Sie trug ein schickes, aber langweiliges, knielanges Kleid aus dunkelblauem Stoff. Ihr Gesicht war perfekt geschminkt, die Frisur saß wie bei einer Fernsehmoderatorin.

»Guten Tag, was kann ich für Sie tun?«, fragte sie lächelnd und streckte ihm die Hand entgegen. Milan drückte sie und holte seine Gutscheine hervor.

»Ich bin von dem Zirkus, der ab morgen in Neustadt auftritt. Es wäre sehr freundlich, wenn Sie diese Gutscheine an Ihre Kunden weitergeben könnten.«

Mit einem Mal änderte sich der Ausdruck im Gesicht der Frau. Sie strich sich mit der rechten Hand an ihrem Kleid entlang, als wollte sie seinen Händedruck von gerade eben loswerden.

»Ist das der Zirkus mit den Tigern?«, fragte sie steif.

»Ja.«

»Das ist ja lebensgefährlich!«

»Nur für unseren Dompteur«, sagte Milan.

»Sind Sie das?«, fragte die Vertreterin.

»Nein, ich bin nur einer von diesen jungen Männern, die immer zum Mitreisen gesucht werden.«

Das wiederum schien die Frau zu interessieren. »Sie reisen mit einem Zirkus, der Tiger hält?«, fragte sie entgeistert. »Haben Sie sich da vorher gut genug abgesichert?«

»Ich glaube nicht«, winkte Milan ab und streckte ihr ein zweites Mal die Gutscheine entgegen, als Zeichen dafür, dass er eigentlich nur die Dinger loswerden und dann weiterziehen wollte.

Aber das ließ die Frau nicht gelten. »Und was machen Sie, wenn einer der Tiger Sie verletzt? Oder andersherum: Wenn Sie etwas beschädigen, das dem Zirkus gehört? Über wen sind Sie eigentlich krankenversichert? Und wissen Sie, was in der Zwischenzeit mit Ihrer Rentenversicherung geschieht?«

Milan schüttelte den Kopf. »Das wird sich alles regeln.«

»Das wird es eben nicht, junger Mann! Kommen Sie mal mit, ich zeige Ihnen wenigstens eine gute Haftpflicht- und Unfallversicherung.«

Eine Viertelstunde später stieg Milan mit einem Berg von gleich aussehenden Mappen und wirrem Gesichtsausdruck wieder auf den Beifahrersitz des Vans. Julie öffnete den Mund, aber Milan hob die Hand und kam ihr zuvor. »Sag nichts. Du hattest recht. Aber das heißt noch lange nicht, dass sie alle so sind. Eines Tages werde ich einen Versicherungstypen finden, der kein Vertreter ist.«

»Viel Spaß dabei«, wünschte Julie und startete den Wagen. »Bist du wenigstens die Gutscheine losgeworden?«

Er schüttelte den Kopf. »Sie sagte, wenn ich heute Abend wiederkomme und die unterschriebenen Unterlagen vorlege, kann ich gerne auch die Gutscheine noch einmal mitbringen.«

»Typisch Vertreter«, ließ Julie verlauten. Sie fuhr zurück zu ihrem Stellplatz, während Milan die Versicherungen nach hinten auf den Rücksitz pfefferte. Kurz bevor sie ihr Ziel erreichten, rückte er mit der Sprache heraus: »Sie hatte recht, weißt du …«

Er rechnete damit, dass Julie jetzt einen Tobsuchtsanfall bekommen würde, dass sie die Hände vom Lenkrad nehmen und damit herumfuchteln würde, ihm einen verrückten Vortrag über die Unsinnigkeit der Vertretergedanken hielt. Aber nichts davon geschah. Sie hielt vor dem Zaun an und schaltete in den Leerlauf.

»Ich weiß«, sagte sie dann. »Sie haben immer recht. Deshalb sind sie ja so gefährlich. Auch deine Mutter hatte recht damit, einen richtigen Job anzunehmen. Damian sollte keine Raubtiere halten, und ich könnte eines Tages vom Zirkuszelt stürzen und tot oder gelähmt sein. Sie haben recht, wenn sie uns davor warnen, wir selbst zu sein, denn wir sind wild und gefährlich. Die Frage ist nur, ob wir stattdessen zu einem von ihnen werden wollen.«

»Also … sind die Vertreter gar nicht so übel, wie du immer sagst.«

Julie schüttelte den Kopf. »Sie sind noch um ein Vielfaches übler. Denn zur selben Zeit, wie sie dein Leben verlängern und in Watte packen, schneiden sie deinen wahren Lebensfaden durch. Den hier nämlich.« Sie tippte auf seine Brust. Dann ließ sie ihn sitzen, um das Vorhängeschloss an der Einfahrt aufzuschließen. Milan staunte darüber, wie gut es sich anfühlte, wieder durch dieses Tor zu fahren. Als ob er reingewaschen und neu geboren wurde, von all der Radioaktivität befreit, die in der dystopischen, feindlichen Welt da draußen auf ihn niedergegangen war. Es war genau wie damals, als das Schlosstor von Falkenstein noch verzaubert gewesen war. Als Jo ihren grünen Haarschopf noch durch seine Zimmertür gesteckt und seine Mutter im Garten Stockbrot gebacken hatte. Er konnte nun entweder leugnen, dass es so war, oder Madame Veritas danach fragen, wer ihr diesen unglaublich guten Schutzzauber beigebracht hatte. Oder er hörte einfach auf, darüber nachzudenken, und nahm die Tatsachen hin, wie sie nun einmal waren. Letzteres war die beste aller Möglichkeiten, wie ihm spätestens klar wurde, als die Überfliegerin zurückkam, mit beiden Händen vor seinem Gesicht herumwedelte und spöttisch bemerkte: »Es ist Magie, Mitreiser. Wie anstrengend das für euch Kleingläubige doch sein muss …«

Die Versicherungsfrau war leider nicht die einzige Vertreterin, die hinter Milan her war. Noch am selben Abend, da half er gerade Tony beim Füttern seiner Pferde, tauchte ein weiteres Exemplar auf, in Begleitung der Polizei. Der Erste, der den ungebetenen Gast bemerkte, war einer von Tonys schwarzen Arabern. Er war der wachsamste aus der Truppe, stand grundsätzlich an der Front seiner Box und starrte hinaus, als gäbe es dort mehr zu sehen als den ewig gleichen Tigerkäfig gegenüber und die langweiligen Fassaden der Wohnwagen. Der Hengst fing an, mit dem Huf zu scharren, sobald er den Vertreter bemerkte. Dann warf er den Kopf zurück, ließ die lange Mähne fliegen und stieß ein schrilles Wiehern aus. Die Warnung steckte den kompletten Stall an, selbst die Ziegen und Schafe machten mit, sodass es von allen Seiten her blökte, mähte und wieherte, als der Vertreter – an der Seite von Ricardo und flankiert von zwei Polizisten – den Stall betrat.

Dem Zirkusdirektor war deutlich anzusehen, dass er die Abgesandtschaft aus dem feindlichen Lager zwar zwangsläufig hereingelassen hatte, aber ganz und gar nicht angetan war von ihrem Erscheinen. Er verdrehte die Augen, als er mit ihnen auf Milan zukam.

»Schsch, ruhig!«, flüsterte Tony an der Seite des schwarzen Hengstes und legte ihm eine Hand auf den Hals. Augenblicklich hörte das Tier auf, sich zu beschweren, auch wenn es weiterhin mit den Hufen stampfte und aufgeregt mit dem Kopf nickte. Milan versuchte, Tonys Verhalten nachzumachen, und – siehe da – es klappte. Die beiden Pferde rechts und links von ihm, denen er die Hand auflegte und »Ruhig!« zuflüsterte, hielten beide sofort die Klappe. Tony betrachtete ihn mit großen Augen. »Super, du ... wie heißt du noch mal?«

»Milan Schröder?«, fragte der Vertreter in seinem Rücken.

Seufzend drehte er sich um. »Der bin ich. Was gibt's denn?«

»Mein Name ist Clemens von Baumgart. Ich bin gerichtlich beauftragt, ein psychologisches Gutachten über dich zu erstellen.«

»Zu welchem Zweck?«

Der Vertreter ruckelte sich seine Brille zurecht. Mit seiner grauen Stoffhose und dem blütenweißen Hemd sah er inmitten all der Tiere, Zirkusleute und Polizisten irgendwie fehl am Platz aus.

»Es besteht der Verdacht auf selbstzerstörerisches Verhalten bis hin zu möglicher Selbsttötungsgefahr. Ich muss dich untersuchen und nötigenfalls in Gewahrsam nehmen.«

»In Gewahrsam? Also in die Psychiatrie? Da war ich schon mal, das hat überhaupt nichts gebracht.«

»Also gibst du zu, nach wie vor selbstzerstörerische Gedanken zu haben?«

»Das habe ich doch überhaupt nicht gesagt«, wehrte Milan sich. »Und überhaupt – wie kommen Sie bloß auf mich?« Doch im gleichen Moment, als er die Frage stellte, wusste er die Antwort bereits selbst: seine Mutter! Also hatte sie seit seinem Verschwinden aus Falkenstein nichts anderes getan, als ihn bei sämtlichen verfügbaren Behörden als selbstmordgefährdeten Irren hinzustellen. Das war nicht ganz so weit hergeholt. Aber er fragte sich, warum sie das gerade jetzt tat, jetzt, ein Jahr später. War das einfach der Kontrollverlust? Oder steckte mehr dahinter, und sie hatte sich jetzt völlig in die Fänge der ... Vertreter begeben?

»Diese Auskunft muss ich dir leider verweigern«, sagte der Psychologe. Dann zog er hastig ein Taschentuch hervor und nieste ein paarmal hintereinander hinein.

»Schon klar«, sagte Milan. Auf den Verdacht hin, dass der Psychologe vielleicht an Heuschnupfen litt, griff er nach einem Stück Heuballen und schüttelte es in der Box vor ihm so lange auf, bis der halbe Stall in eine Wolke aus Pollen und Staub gehüllt war. Jetzt nieste auch noch die weibliche Polizistin, die sich daraufhin im wörtlichen Sinn aus dem Staub machte und den Stall verließ. Eine war er also schon mal los.

»Könntest du bitte damit aufhören?«, fragte der Psychologe.

»Nein, das ist meine Arbeit. Die Tiere haben Hunger. Schreiben Sie in Ihr psychologisches Gutachten, dass ich hier lerne, Verantwortung zu übernehmen.« Er griff nach weiteren zwei Teilen Heu und wollte damit zur nächsten Box gehen, doch der verbliebene Polizist hielt ihn am Oberarm fest.

»Es reicht jetzt, Junge. Du kommst entweder freiwillig mit uns mit, oder ich schleppe dich in Handschellen raus.«

Milan hatte schon immer verstanden, wann ein Spiel zu Ende war. Was nicht bedeutete, dass er deshalb aufhörte zu würfeln. Selbstzerstörerisch konnte man auch sein, indem man bewusst andere die Zerstörung vornehmen ließ. Er grinste also und schüttelte das Heu direkt auf die sauberen Schuhe des Polizisten.

Tonys Lachen drang an sein Ohr, während der Beamte seine Handschellen zückte und ihm grob die Hände auf den Rücken drehte. »Dafür feiere ich dich, Mitreiser!«, prustete der Pferdemann. »Und überdies finde ich deine Reaktion auf diesen Mist hier absolut gesund und lebensbejahend!«

»Du bist auch gleich dran, Alter, wenn du nicht das Maul hältst!«, fuhr der Polizist Tony an. Dieser jedoch ließ sich nicht aus der Ruhe bringen und schüttelte nun ebenfalls eine Handvoll Heu auf. Die Handschellen klickten, als ihr Mechanismus einrastete. Der Psychologe nieste noch ein paarmal erbärmlich, dann wurde Milan aus dem Stall geführt.

Ricardo, der sich die ganze Zeit über zurückgehalten hatte, trat nun neben den Polizisten. »Sie können meinen Wohnwagen nutzen für das Gespräch. Und vielleicht lösen Sie die Handschellen wieder«, redete er auf ihn ein.

Aber anstatt sich beruhigen zu lassen, fuhr der Polizist sich nur noch weiter hoch. »Was ist das da überhaupt für ein Käfig? Tiger? Sind das Tiger? In unserer Kommune sind Auftritte mit Wildtieren verboten!«

»Ich habe uns auf der Gemeinde angemeldet und eine Auftrittsgenehmigung bekommen. Wollen Sie sie sehen?«, fragte Ricardo ruhig.

»Ja«, sagte der Polizist. Dann winkte er seiner Kollegin, die bereits vor dem Käfig stand und sich Notizen machte, während Damian mit seiner kompletten Familie einen Kriegstanz um sie herum aufführte. Die Kollegin übernahm also Milan und den Psychologen, während der männliche Polizist mit Ricardo voranging. Dummerweise hatte nun Vogel von seinem Lieblingsplatz auf Julies Fensterbrett aus entdeckt, dass sein Seelenmensch von den Vertretern gefangen genommen worden war. Folglich startete er einen Rettungsangriff, der es wahrhaftig in sich hatte. Seine kleinen, ausgefahrenen Krallen landeten direkt in der Frisur der blonden Polizistin und brachten sie heillos durcheinander. Er pickte und hackte, was das Zeug hielt, oder was eben ein Wellensittich picken und hacken konnte. Die Polizistin erschrak, der Psychologe erstarrte zu Stein, und Milan lachte sich scheckig. Aber als das Opfer sich nach dem ersten Schrecken mit Fäusten und Fingernägeln zur Wehr setzte, bekam Vogel einen Schlag ab und taumelte zu Boden. Milan konnte nicht nach ihm greifen, da ja seine Hände auf den Rücken gefesselt waren. Flügelschlagend rappelte der Wellensittich sich wieder auf und hüpfte genau in dem Moment zur Seite, als die Polizistin nach ihm trat. Glücklicherweise kam da gerade Julie von hinten. Ihre Augen waren weit aufgerissen, und sie schien zu überlegen, ob sie irgendwo ihre Fäuste einsetzen musste oder nicht.

»Julie! Greif dir Vogel!«, rief Milan.

Die Überfliegerin reagierte sofort und fing Vogel mit einem geschickten Griff ein, kaum dass er sich wieder hochgerappelt hatte und erneut zum Angriff übergehen wollte. Sie nickte Milan zu, den Blick auf seine Handschellen gerichtet.

»Alles gut. Bring nur Vogel weg!«, rief er.

Die Polizistin hatte sich indes auch vom Schreck des Angriffs erholt. Scheinbar verstand sie ganz und gar nicht, was passiert war, denn sie machte niemanden dafür verantwortlich, sondern faselte stattdessen irgendwas von »Hitchcock« und »verrückten Vögeln«.

Sie zwängten sich allesamt an Rosa und Marcella vorbei, die gerade vor dem Wohnwagen der Lauenbergers Wäsche zusammenlegten. Hinter ihnen schlossen sich nun auch noch Damian und Nancy an sowie zwei quengelnde Kinder.

»Oh je, Mitreiser, du ziehst sie ja an wie die Fliegen«, bemerkte Marcella, als er an ihr vorbeigeschubst wurde. Sie warf ihm eine Kusshand hinterher, die ihn wahrscheinlich aufmuntern sollte, dann wurde er auch schon in den Wohnwagen geschoben und an den Tisch gesetzt. Neben ihm nahm die Polizistin mit der zerstörten Frisur Platz, ihm gegenüber der Psychologe. Ricardo kramte währenddessen in seinem Büro nach der Genehmigung.

»Also, Milan«, sagte der Psychologe. »Kannst du mir erklären, warum du dich so feindselig uns gegenüber verhältst?«

»Weil Sie hier eingebrochen sind, mich von der Arbeit abgehalten und dumm angeredet haben, womöglich?«

Der Mann schob seine Brille zurück und schüttelte den Kopf. »Das ist nicht der wahre Grund für dein Verhalten«, urteilte er.

»So dürfen Sie das gar nicht formulieren. Machen Sie eine Frage daraus und lassen Sie mich darauf antworten.«

»Oh. Du kennst dich aber gut aus. Wo hast du das gelernt?«

»In der Jugendpsychiatrie Gießen.«

»Aha, und weshalb warst du dort?«

Milan presste die Lippen aufeinander. »Weil ich mir die Pulsadern aufgeschnitten habe.«

»Und warum hast du das getan?«

Dieses selbstgefällige Lächeln. Diese Überzeugung, die Weisheit mit Löffeln gefressen zu haben. Er hasste, hasste, hasste die Gespräche mit diesen Typen.

»Weil ich zugelassen habe, dass meine Freundin gestorben ist.«

Der Psychologe nickte. »Davon habe ich gehört. Du weißt, niemand außer dir interpretiert diesen bedauernswerten Unfall so.«

»Es ist mir völlig egal, wie andere es interpretieren.«

Wieder nickte der Mann, so, als hätten sie überhaupt kein Problem. Als würde er ihn vollkommen verstehen. Als wären seine Hände nicht auf dem Rücken gefesselt. Währenddessen hatte Ricardo scheinbar seine Genehmigung gefunden und rumpelte hinter ihnen aus dem Wohnwagen. Milan sah, wie er das Papier dem Polizisten unter die Nase hielt, der einmal kurz seinen Blick darüberfliegen ließ und dann sofort zu diskutieren begann. Er konnte die Stimmen hören, aber nicht verstehen, was sie sagten.

»Also, Milan, denkst du immer noch manchmal darüber nach, dir die Pulsadern aufzuschneiden?«

In letzter Zeit hatte er eher darüber nachgedacht, von der Falkensteiner Schlossmauer zu springen. Aber diesen Kommentar verkniff er sich lieber. »Natürlich nicht.«

»Zeigst du mir bitte mal deine Arme?«

Es war Sommer. Milan trug ein T-Shirt. Er verstand nicht, warum der Psychologe diese Frage überhaupt stellte, mal davon abgesehen, dass es ein schwerwiegendes technisches Problem dabei gab. »Das ist leider unmöglich, denn meine Arme sind mit Handschellen auf meinem Rücken fixiert.«

»Ach so, natürlich!« Der Mann gab der Polizistin einen Wink, die daraufhin die Handschellen wieder aufschloss. Milan streckte ihm seine Arme entgegen. Darauf prangten ein paar alte, längst verheilte Schnittwunden.

»Okay. Zeigst du mir auch deine Beine?«

Um die Sache nicht unnötig in die Länge zu ziehen, fügte er sich auch dieser Auflage und zog die Hosenbeine hoch. Entlang seiner Waden fand der Psychologe eine größere Anzahl von Narben unterschiedlicher Art und Größe und zwei verkrustete Wunden, die schon fast eine Woche alt waren.

»Es ist nicht so, dass du damit aufgehört hättest«, sagte der Psychologe.

»Es ist auch nicht so, dass es noch bluten würde«, sagte Milan. »Seit ich hier bin, habe ich mich nicht mehr verletzt.«

»Du willst mir also sagen, das Leben im Zirkus würde dir helfen.«

»Ja.«

»Warum bist du dann vollkommen ungeplant, mitten im Abitur, ohne Arbeitsvertrag und Absicherung, davongerannt? Ich interpretiere das als selbstverletzendes Verhalten.«

»Es wäre sehr viel selbstverletzender gewesen, wenn ich versucht hätte, es noch einmal mit dem Abitur aufzunehmen«, konterte Milan.

Der Polizistin entwischte ein kurzes Lachen, doch sie hatte sich sofort wieder im Griff. Der Psychologe warf ihr einen bitterbösen Blick zu.

»Nun gut, Milan«, sagte er. »Ich bin nicht da, um dir Vorträge über deine Zukunftsgestaltung zu halten. Ich will nur verhindern, dass du dir etwas antust. Solange du mir glaubwürdig klarmachst, dass dies nicht der Fall ist, kannst du mit deinem Zirkus reisen, wohin du willst. Aber ich werde regelmäßig vorbeischauen und den Zustand deines Körpers und deiner Psyche überprüfen.«

»Ich bin achtzehn!«, begehrte Milan auf.

»Was nicht bedeutet, dass du wirklich dauerhaft ohne einen Vormund leben kannst.«

Diese Aussage traf Milan zutiefst. Ob seine Mutter wohl gewusst hatte, was sie ihm mit dieser Kontrolle antat? Ob sie das so geplant gehabt hatte? Ein Teil von ihm wollte direkt zum Telefon greifen und sie anrufen, ein anderer Teil beschloss, das Handy gleich nachher wegzuwerfen.

»Kann ich jetzt gehen?«, fragte er.

Draußen vor dem Wohnwagen hatte sich mittlerweile fast der ganze Zirkus zusammengerottet. Alle diskutierten aufgebracht mit dem Polizisten. Ricardo gestikulierte wild umher, schlug mehrmals mit dem Handrücken auf sein Papier.

Der Psychologe nickte. »Nur ein Letztes noch: Ich möchte das Tattoo sehen.«

Verwundert wandte Milan seinen Blick vom Fenster ab und richtete ihn auf den Mann ihm gegenüber. »Warum?«

»Weil ich es sonst nicht glauben kann, vermutlich.«

Weil er es sonst nicht glauben konnte! Warum hatte seine Mutter diesem Typen überhaupt davon erzählt? Dachte sie etwa, dieser Anblick würde die Tatsache untermauern, er müsste dringend in psychologische Behandlung? Nun ja, wahrscheinlich war genau das der Fall. Aber nun war es egal. Die Karten lagen ohnehin schon auf dem Tisch. Also stand er auf und zog sich das T-Shirt aus. Der Psychologe und die Polizistin starrten auf seine Brust. Keiner sagte etwas. Erst nach ein paar endlos erscheinenden Sekunden räusperte sich der Psychologe. »Okay, das … ist dann wohl die größte Wunde von allen.«

»Sieht ganz so aus. Aber jetzt kann ich gehen, ja?«

»Ja. Bis zum nächsten Mal, Milan.«

Er antwortete ihm nicht mehr, zog einfach sein T-Shirt wieder über und ging hinaus zu den anderen. Falls jemand aus der Familie Lauenberger sich zwischenzeitlich Sorgen um ihn gemacht haben sollte, so waren diese mittlerweile definitiv untergegangen. Denn vom psychisch labilen Mitreiser war der Polizist mittlerweile nicht nur auf die Auftrittsgenehmigung der Tiger gekommen, sondern scheinbar auch auf die Erziehung der Kinder von Damian und Nancy. Alle beide schäumten vor Wut, ebenso wie Ricardo, der von seiner Frau an den Armen festgehalten wurde, um keine Dummheit zu begehen. Milan trat neben Julie, die mit Vogel in der Hand ein Stück abseits stand. Als sie ihn sah, ließ sie sein Seelentier frei und fiel ihm um den Hals. Dabei umarmte sie ihn so fest, dass es wehtat. Diese ungewohnte Nähe eines anderen Menschen machte Milan mehr zu schaffen, als die Handschellen es getan hatten. Er griff nach ihren Armen und machte sich los. »Schon gut, ich habe den Vertreter besiegt. Aber es war ein harter Kampf, das kann ich dir sagen«, murmelte er.

»Du verarschst mich. Das ist nicht der Moment, um mich zu verarschen«, schluchzte Julie.

»Was ist da los?«, fragte er mit einem Wink auf die Gruppe vor ihnen.

»Der Bulle ist der Meinung, Ole komme zu kurz …« In leisem Tonfall erzählte sie ihm, wie das Gespräch in den letzten Minuten verlaufen war. Da erst registrierte Milan, dass er es gewesen war, der den Polizisten hereingelassen hatte. Ohne seine Anwesenheit im Zirkus und sein aufsässiges Verhalten im Stall wäre das alles nicht passiert. Er ließ Julie stehen und zwängte sich zu den anderen durch. Neben Damian, der gefährlich die Hände zu Fäusten ballte, stand Nancy mit ihrem besonderen kleinen Jungen auf dem Arm und drückte ihn schützend an sich. Währenddessen erzählte der Polizist irgendetwas von besonderer Förderung.

»Aber er bekommt jede Förderung, die er braucht«, beteuerte Nancy. »Er sieht kein Fernsehen, ist den ganzen Tag draußen, hat Spielsachen und einen Bruder und Leute, die sich um ihn kümmern.«

»Er braucht Ergo- und Logopädie, Reittherapie und eine sinnvolle Integration in soziale Systeme.«

»Aber er ist bereits Teil eines sozialen Systems«, jammerte Nancy. »Wir reden den ganzen Tag mit ihm, er macht bei den Kunststücken mit und reitet auf den Ponys.«

»Das ist nicht das Gleiche«, warf der Polizist ein. »Sie haben doch gar keine Ausbildung, um ein behindertes Kind adäquat zu fördern.«

»Und Sie haben keine Ausbildung, um so etwas beurteilen zu können«, sagte Milan und schob sich vor Nancy und ihr Kind. Irritiert wich der Polizist ein Stück zurück. »Ach, sieh mal einer an – der lebensmüde Mitreiser. Wer hat dir denn die Handschellen abgenommen?«

»Reden wir lieber davon, wer sie mir angelegt hat und warum. Und ob er dazu befugt war.«

»Du machst mir keine Angst, Kleiner!«, höhnte der Polizist.

Milan machte den Mund auf und wollte etwas darauf sagen. Etwas Schlimmes, schlimm genug, um die Aufmerksamkeit auf sich zu ziehen. Hauptsache, er ließ den kleinen Ole in Ruhe. Nicht noch eine Familie, die wegen ihm leiden musste! Doch da kam gerade der Psychologe mit der Polizistin aus dem Wohnwagen heraus.

»Müller, was auch immer es ist: Lassen Sie es gut sein«, sagte er. Innerlich dankte Milan ihm dafür, aber er verzichtete darauf, ihm das zu sagen.

»Das Jugendamt sollte hier mal vorbeischauen«, grunzte Müller mit einem Wink auf Damian und Nancy. »Die haben ein behindertes Kind, das keine Förderung bekommt, und noch eines, das nicht mal zur Schule geht.«

»Weil er noch keine sechs Jahre alt ist, du hirn…« Geistesgegenwärtig schlug Nancy ihre Hand vor Damians Mund, mit der anderen hielt sie weiterhin Ole fest.

»Wie wolltest du mich gerade nennen, du stinkender Tigerquäler?«, zischte der Polizist.

»Müller!«, donnerte der Psychologe. »Das geht zu weit!« Schnell wandte er sich an Ricardo und streckte ihm zum Abschied die Hand hin. »Danke für Ihre Kooperationsbereitschaft, Herr Lauenberger. Wir melden uns wieder, sobald gewisse Dinge geklärt sind. Womöglich meldet sich dann auch ein Kollege vom Jugendamt. Das ist aber kein Grund zur Sorge. Auf Wiedersehen.«

Nancy hielt weiterhin ihre Hand auf den Mund ihres Mannes gepresst, während Ricardo die Vertreter wieder zum Zaun begleitete. Erst als das

Geräusch des Schlüssels in dem Vorhängeschloss zu hören war, ließ sie beide Arme sinken und heulte wie ein Schlosshund. Damian nahm sie in den Arm, Rosa hob ihren Enkel hoch.

»Die sollen mal versuchen, uns unseren Ole wegzunehmen. Ich hetze Khan auf jeden, der es versucht!«, murmelte Damian. Milan stand mit hängenden Armen vor ihm und wusste nicht, wie er sich entschuldigen sollte. Wie er diese Schuld jemals wiedergutmachen konnte. Irgendwann blieb der Blick des Tigerdompteurs auf ihm haften. »Was guckst du so belämmert, Mitreiser? So geht es im Zirkus eben zu. Wir gegen die Vertreter, so läuft das nun mal.«

»Du bist … nicht sauer auf mich?«, brachte Milan hervor.

»Auf dich? Wieso denn auf dich?« Er schien ehrlich darüber zu grübeln.

»Na ja, weil sie … wegen mir gekommen sind. Und weil ich sie verärgert habe. Hätte ich das nicht getan, wären sie gar nicht auf euch aufmerksam geworden.«

»Was für ein Quatsch!«, sagte Damian. »Wenn sie das nächste Mal wegen der Tiger kommen und dabei zufällig dich hopsnehmen – muss ich mich dann auch entschuldigen?«

Milan blieb der Mund offen stehen. »Nein«, stammelte er schließlich.

»Gut, dann mach die Sache nicht komplizierter, als sie ist. Und danke für dein Eingreifen vorhin. Ich hätte ihm sonst wahrscheinlich eine reingehauen.« Damian nickte ihm zu, und Milan nickte zurück. Es fühlte sich an wie ein Pakt zwischen Indianern. Am liebsten hätte Milan ihn mit Blut besiegelt, aber er durfte sich ja nicht mehr schneiden, wenn er hierbleiben wollte. Und das wollte er. Er blickte von Damian und Nancy zu Tony, der ihm anerkennend zulächelte, zu Marcella, die ihm eine Spur zu keck zublinzelte, zu Madame Veritas, die ihn stirnrunzelnd betrachtete (warum auch immer), und schließlich zu Julie, die immer noch abseits stand und mit dem Finger eine schwarze Haarsträhne aufdrehte. Bei ihrem Anblick machte sein Herz plötzlich einen Sprung. Einen heftigen, schrecklichen Sprung. So hoch, dass er für einen kurzen Moment über die Gewitterwolken sehen konnte. So hoch, dass er für eine Sekunde die Sonne auf seiner Haut spürte. Da schrie alles in ihm ohrenbetäubend laut dagegen an. Abgrundtiefe Angst kroch in ihm hoch. Er nahm die Beine in die Hand und rannte, was das Zeug hielt. Geradewegs zu Pedros Wohnwagen, wo er sich in seiner Koje verkriechen und nie mehr aufwachen wollte.

»Er spinnt, der Mitreiser«, hörte er Damian hinter sich noch sagen, »aber er ist trotzdem ein feines Kerlchen.«

Es wurde Abend, und es wurde dunkel. Milan lag in seiner Koje und kämpfte gegen den Drang an, sich irgendetwas Scharfes oder Heißes auf die Haut zu drücken. Er musste dieses Gefühl loswerden. Dieses trügerische, verräterische Gefühl von Hoffnung und Liebe, das einem etwas vorgaukelte, bevor es ausholte und einem einen Arschtritt bis in die Hölle verpasste. Aber keines seiner üblichen Ventile stand ihm mehr zur Verfügung. Also wälzte er sich ruhelos herum und biss sich den kümmerlichen Rest seiner Fingernägel ab. Pedro kam und schlurfte durch den Wohnwagen. Er fütterte Jack mit einem Cracker. Da erst merkte Milan, dass Vogel nicht da war. Mit einem Satz fuhr er hoch.

»Wo ist Vogel?«

»Ach, du bist ja noch wach. Ich dachte, du schläfst schon längst«, bemerkte der Clown leicht erschreckt.

»Ich habe Vogel vergessen!«

»Keine Sorge. Die beiden Vergessenen haben sich zusammengetan. Julie passt auf ihn auf.«

Den Hauptteil seines Satzes ignorierte Milan bewusst. Dennoch atmete er auf und schälte sich aus seinem Bett. »Ich gehe ihn holen.«

»Soll ich auf dich warten, oder kann ich abschließen?«, kicherte der Clown. Er fand sich selbst wirklich sehr lustig.

»Warte!«, murrte Milan. Er verstand ohnehin nicht, was es hier abzuschließen gab. Sie wurden von einem meterhohen Zaun und jeder Menge verrückter Tiere bewacht. Kein Einbrecher der Welt würde sich hier hereintrauen – zumal es in einem Zirkus ohnehin nichts zu holen gab außer Glitzerkostüme.

Zitternd, trotz der lauen Sommerabendluft, schlich Milan sich hinüber zu Julies Wohnwagen. Er kam sich vor wie ein Verbrecher. Nein, wie ein Psychopath. Hoffentlich fragte sie nicht, warum er so plötzlich davongerannt war! In dem Wohnwagen brannte kein Licht mehr, aber der Fernseher flackerte. Also war Julie noch wach. Er atmete tief durch und klopfte leise an die Tür. Schritte tippelten über den Fußboden, dann wurde ihm geöffnet. Als er das Gesicht der Überfliegerin sah, überkam ihn ein furchtbar schlechtes Gewissen: Sie hatte geweint. Die schwarze Schminke um ihre Augen herum war verschmiert, die Nase rot, die Frisur zerstrubbelt. Sie trug eine kurze Jogginghose und ein T-Shirt, aber definitiv keinen BH. Scheinbar hatte sie nicht mehr mit Besuch gerechnet. Er brach voll in ihre Privatsphäre ein. Auch das noch!

»Julie, es … oh Gott, tut mir leid.«

Sie fing wieder zu schluchzen an. »Nicht so schlimm, komm rein, du musst das angucken.«

»Was denn angucken?«

Sie packte ihn am Handgelenk und zog ihn in den Wohnwagen. Dort setzte sie sich auf die eine Seite ihres Betts. Die andere war von Fauntleroy und Vogel belagert. Milan ließ sich ganz am Rand nieder, wie ein Tier, das jederzeit bereit zum Aufspringen und Kämpfen war. Sein Herz klopfte wie verrückt, und er wusste nicht einmal, was genau der Grund dafür war.

»Schau es dir an!«, schluchzte Julie und drückte auf ihre Fernbedienung. Aus dem undefinierbaren Standbild von gerade eben wurde ein Zeichentrickfilm. Er zeigte einen Indianer auf einem sandfarbenen Pferd, der vor der Kavallerie floh. Etwas unklug wählte er gerade den einzigen Weg hinauf zum Gipfel eines Bergs, von dem doch klar war, dass er irgendwann enden musste. Milan sparte sich diesen Kommentar, denn er sah genau, wie ergriffen die Überfliegerin von der Szene war. Oben angekommen, sahen sich der Indianer und das Pferd mit einer ausweglosen Situation konfrontiert: Ein Plateau war das Ende ihres Wegs. Hinter ihnen kam die tödliche Kavallerie. Vor ihnen tat sich ein klaffender Abgrund auf, hinter dem das nächste Plateau begann. Sie hatten keine andere Wahl. Alles oder nichts. Leben oder Sterben. Das Pferd nahm also Anlauf und sprang über den Abgrund, der Indianer auf seinem Rücken legte sein Leben in die Hände des Tiers. Er breitete die Arme aus, legte den Kopf in den Nacken und schrie, laut und gellend. Das Ganze in Zeitlupe.

Natürlich schafften sie es. Sie landeten auf der anderen Seite, purzelten übereinander und hüpften dann triumphierend auf und ab. Selbst der böse Anführer der Kavallerie zollte ihnen seinen Respekt für so viel Mut und verzichtete darauf, sie von Berggipfel zu Berggipfel zu erschießen.

Neben ihm putzte Julie sich so laut die Nase, dass er lachen musste. »Ist das nicht wunderwunderwunderschön?«, schluchzte sie und verwischte sich den Rest ihrer Schminke.

Milan atmete auf. »Ich dachte, du wärst traurig.«

Sie sah ihn verständnislos an. »Aber ich bin doch traurig. Es ist wie in diesem Film, weißt du? Alle, die mutig genug sind, um anders zu sein, werden immer nur fertiggemacht. Die Kavallerie, das sind die Vertreter. Sie binden uns an Marterpfähle und schneiden uns unsere Mähnen ab. Sie wollen uns aushungern und hacken uns ihre Sporen in die Flanken. Aber wir, wir widerstehen ihnen trotzdem, verstehst du? Wir sind mutig und wir selbst. Wir springen lieber in den Tod, als um Gnade zu flehen …«

»Julie, Julie, ich kann dir überhaupt nicht folgen. Ich kenne den Film nicht«, unterbrach er sie.

»Nicht? Aber das ist doch Spirit, der wilde Mustang!«

Was sollte das denn für ein Argument sein?

»Ich kenne ihn trotzdem nicht.«

»Aber *jeder* kennt Spirit, den wilden Mustang! Wer den nicht kennt, der hat nie gelebt, nie geliebt, nie geweint.«

»Oh doch, Julie …«

Sie rutschte ein Stück weiter zur Mitte ihres Betts und zog ihn neben sich. »Also, Mitreiser: Du kannst kein Mitreiser in einem Zirkus sein, ohne Spirit, den wilden Mustang zu kennen. Wir fangen jetzt ganz von vorne an, okay?«

Milan wusste nicht, was sie meinte: den Film oder ihre ansatzweise verkorkste Beziehung zueinander. Denn so etwas Verkorkstes musste man am zweiten gemeinsamen Tag erst einmal hinbekommen. Das schaffte wahrscheinlich nicht einmal die Kavallerie.

»Ich versuche, nicht mehr wegzulaufen«, sagte er.

Sie wischte sich eine neue Ladung Tränen aus den Augen und spulte zurück. Dann lehnte sie sich an seine Schulter und drückte den Startknopf.

Zwei Stunden später verließ Milan ihren Wohnwagen mit dem festen Vorsatz, ihr niemals zu sagen, wie sehr ihn der Sprung über den Abgrund beim zweiten Mal ergriffen hatte. Er hatte alle Hände voll zu tun gehabt, um nicht loszuweinen vor Freude und Genugtuung. Zum Glück hatte Julie dann schon wieder derart heftig geheult, dass sie sein Gesicht ohnehin nur noch verschwommen gesehen hatte. Es war wohl überfällig gewesen, ein paar Tränen zu vergießen, und Mädchen störten sich ja nicht daran, wenn es ausgerechnet ein Zeichentrickfilm war, der die Sturzbäche bei ihnen in Gang setzte. Mit einem äußerst schlecht gelaunten Vogel auf der Schulter (was wohl an der Aussicht auf eine weitere Nacht mit Jack, dem Kakadu, liegen musste) marschierte Milan zum Wohnwagen seines Mitbewohners zurück, in der Hoffnung, dass Pedro wirklich darauf verzichtet hatte abzusperren. Ansonsten würde er die zweite Nacht seines Zirkuslebens im Pferdestall verbringen müssen. Er hatte sein neues Zuhause fast erreicht, da huschte plötzlich ein Schatten an ihm vorbei – ein großer, schlaksiger Kerl mit eingezogenem Kopf und den Händen in den Hosentaschen. Auf den ersten Blick erkannte Milan ihn nicht. »Hey, du! Wer bist du?«, rief er ihm nach.

Der Kerl blieb stehen und trat von einem Bein auf das andere. Er schloss zu ihm auf und betrachtete sein Gesicht. »Philipp?«, fragte er entgeistert.

»Jooo«, machte der andere.

»Du … weißt, wie du rauskommst?«

»Jooo. Ich klettere einfach über den Zaun.«

»Das ist gefährlich, weißt du. Geht nicht, dass alle Privaten das einfach so machen. Lass dich nicht von unserem Tigerdompteur erwischen. Der kennt da keine Gnade.«

»Hmpf«, machte Philipp. Insgeheim lachte Milan sich ins Fäustchen. Unglaublich, dass dieser Missionarssohn den Mumm gehabt hatte, über den Zaun zu klettern. Aber immerhin hatte er dafür eine Schlangenfrau gevögelt. Und das hatte garantiert nichts Missionarsmäßiges an sich gehabt. Er wollte sich umdrehen und verschwinden.

»Hey, Phillip«, rief Milan ihm hinterher.

»Was denn?« Dem Jungen war anzusehen, dass er jetzt genug vom Zirkus hatte.

»Was hatte das zu bedeuten?« Er ahmte Marcellas Zeichen mit den ausgestreckten Händen nach.

»Na, zehn Uhr eben.«

»Oh, okay. Dann gute Nacht.«

Es war jetzt kurz vor Mitternacht. Er konnte verstehen, dass Philipp ins Bett wollte. Wahrscheinlich hatte er sich das verdient. Der Missionarssohn verschwand in der Dunkelheit, und Milan freute sich über die offene Tür an Pedros Wohnwagen. Es hätte alles gut werden können, wenn Vogel sich nicht penetrant geweigert hätte, zu Jack auf die Stange zu steigen. Selbst mithilfe eines Crackers ließ er sich nicht überzeugen, sondern flatterte auf Milans ausgestreckten Fingern herum wie ein Idiot. Dann fing der Kakadu auch noch an, »Nein, nein, nein!« zu skandieren, und Pedro schmatzte im Schlaf.

»Verdammt noch mal, wollt ihr wohl Ruhe geben!«, wisperte Milan. »Du kriegst einen Namen, wenn du da raufsteigst, einen schönen!«

Vogel hörte auf zu flattern, legte den Kopf schief und sah ihn an.

»Spirit. Ich nenne dich Spirit, okay? So wie den wilden Mustang. Weil du ein guter Geist bist, einer, der kämpft und sich für Gerechtigkeit einsetzt. Und weil ich manchmal glaube, der Geist von Jo könnte in dir wohnen. Deshalb ist Spirit ein guter Name, oder?«

»Nahezu perfekt«, meldete Pedro sich von seinem Bett aus. »In dem Film, da gibt es so eine Szene, da springen der Indianer und das Pferd von einem Berg zum anderen. Die könnte ich hundertmal hintereinander gucken. Erinnerst du dich daran?«

Milan grinste. »Entfernt. Tut mir leid, dass ich dich aufgeweckt habe.«

»Kein Problem, ich schlafe sofort wieder ein.«

Damit drehte der Clown sich um und schnarchte weiter. Milan sah seinen Vogel an. Der tschilpte einmal glücklich, dann stieg er von seinem Finger auf die Stange und steckte den Kopf unter den Flügel.

»Gute Nacht, Spirit«, flüsterte Milan.
In manchen Momenten fühlte das Leben sich so einfach an.

Gaben

Wochen zogen ins Land. An jedem Dienstag reisten sie weiter. An jedem Mittwoch schlugen sie ihr Lager neu auf. An jedem Donnerstag gaben sie ihre erste Vorstellung, dann am Freitag, am Samstag und am Sonntag. Montags hatten sie frei, genau wie die Friseure. Deshalb schnitten sich alle Zirkusleute gegenseitig die Haare. Milan begann, diesen Rhythmus zu lieben. Er suchte weiterhin hartnäckig nach einem Versicherungsvertreter, der kein Vertreter war, lernte jede einzelne Zeltstange kennen, wusste, wie man die Knoten der Plane verschnürte, wie man den Kran bediente, und er kletterte sogar auf das Dach, um die Nähte unter den Masten zusammenzuknoten. Niemand machte eine Bemerkung dazu, dass er wohl doch schwindelfrei war, und ebenso wenig redete man darüber, als er einmal mitten in der Flickarbeit innehielt, sich verkrampfte und mit dem Kran heruntergeholt werden musste. Milan wusste: Würde er diese Arbeit verweigern, so würde sie jemand anderer übernehmen. Aber er sah sie als seine persönliche Herausforderung, seine Therapie, wenn man so wollte. Genau wie die Vorführungen von Julie. Je besser er sie kennenlernte, je schneller sein Herz bei ihrem Anblick schlug, umso schlimmer wurde es, ihre Auftritte mit anzusehen, und das, obwohl er nun wusste, dass sie immer von einem fast unsichtbaren Sicherungsseil gehalten wurde.

Sein verfluchtes Herz! Manchmal glaubte er, es würde einfach stehen bleiben vor Erschöpfung oder Schreck. Es war gerade einmal drei Tage her, dass Julie aus ihrem Vertikaltuch gepurzelt war, dem einzigen Gerät, in dem sie sich wegen der Gefahr, sich zu verheddern, nicht sicherte. Milan kannte den Ablauf der Nummer, er wusste genau, dass es nicht dazugehörte, von ganz oben nach ganz unten durchzurutschen, spärlich gebremst von den paar Windungen des Tuchs und einem schnellen Rettungsgriff, den möglichst niemand sehen sollte. Das Publikum hatte erst einen kollektiven Schreckenslaut ausgestoßen, dann aber aufgeatmet, applaudiert und das Ganze als spektakuläre Showeinlage abgetan. Und Julie hatte weitergeturnt, als wäre nichts gewesen, hatte die Überfliegermaske aufgesetzt und den

Applaus eingesteckt. Erst nach der Vorstellung hatte sie dann zugegeben, sich bei dem Rettungsgriff die Schulter gezerrt zu haben. Ins Krankenhaus war sie nicht gefahren, da es dort auch nur Schmerzmittel und Schonung verordnet gab, wie sie sagte. Die Ring- und Vertikaltuchnummern ersetzte sie nun vorübergehend durch eine Seiltanznummer, was Milan noch viel schlimmer fand, seit er einen Online-Bericht über Drahtseilartisten gelesen hatte, die sich an ihrem Sicherungsseil erhängt oder ganz einfach vergessen hatten, den Karabinerhaken zu schließen. Er spannte ihr das Seil, wie es seine Aufgabe war, aber sobald sie die Manege betrat, verließ er das Zelt. Dann stand er draußen, rauchte eine Zigarette und starrte in den Himmel hinauf, während der Orkan in seinem Kopf tobte und der Taifun in seinem Herzen. Bei jedem »Ah« und »Oh« des Publikums zuckte er zusammen, zog sich den Rauch tiefer in die Lunge, um zu spüren, dass er überhaupt noch da war. Er hatte damit angefangen, regelmäßig zu rauchen. Aus dem einfachen Grund, weil der Psychologe Clemens von Baumgart nichts dazu sagen konnte. Rauchen war offiziell erlaubte Selbstverletzung. Von Baumgart kam alle zwei Wochen, ließ sich seine Arme und Beine zeigen und horchte ihn über sein Leben aus, egal, wo der Zirkus dann gerade war. Den Polizisten Müller brachte er dabei glücklicherweise nicht mehr mit. Dafür hatte er hin und wieder eine Dame vom Jugendamt im Gepäck, die zwar laut Damian durch und durch Vertreterin war, aber insgesamt »unter Kontrolle« sei.

Seine freie Zeit verbrachte Milan oft mit dem Pferdemenschen Tony und seinen Arabern. Er erfuhr, dass der Hengst, der am Tag des Vertreterüberfalls als erster Alarm geschlagen hatte, Nightwatch hieß. Er war Tonys Seelentier und hielt in seiner Box Tag und Nacht Wache, was ihm auch seinen Namen beschert hatte. Nightwatch war das Leittier der Herde, die im Gegensatz zu den Tigern nur aus männlichen Tieren bestand – wobei alle außer Nightwatch kastriert waren. Die Wallache waren allesamt wunderschöne arabische Rappen, umstrahlt von einer Aura aus Tausendundeiner Nacht. Aber keiner war so schön und so stolz wie Nightwatch. Milan vergötterte das Pferd. Und er vergötterte Tony Lauenberger dafür, dass er mit ihm sprechen konnte, durch winzige Gesten, kleine Bewegungen seines Körpers, das schlichte Heben seines Arms. Wann immer sich ihm die Möglichkeit bot, setzte er sich hin und beobachtete die beiden bei ihrer wortlosen Kommunikation.

»Tony ist ein Pferdeflüsterer«, klärte ihn Julie eines Tages auf. Sie trug immer noch den Arm in einer Schlinge. Nur zu den Vorstellungen, wo perfekte Körper in perfektem Licht glänzen mussten, nahm sie sie ab und stolzierte in ihrem Glitzerkostüm über ihr Seil, als gäbe es keine Zerrungen und Verletzungen auf dieser Welt, ebenso wenig wie die Möglichkeit, zu stürzen.

»Das gibt es wirklich?«, fragte Milan. »Ich dachte immer, das sei eine Erfindung von Hollywood.«

»Nein, es ist eine Gabe«, antwortete Julie und setzte sich zu ihm auf den Heuballen am Rand der Manege. Die Stühle standen noch nicht, und Tony trainierte seinen Hengst ohne Bande und Longe, völlig frei.

»Ja, stimmt, diese Gaben. Magischer Kram, nicht wahr? Er ist ein Pferdeflüsterer und du eine Überfliegerin. Man könnte auch einfach sagen: Ihr seid talentiert.«

Julie zuckte mit den Schultern. »Nenn es, wie du willst.«

»Wie heißt die Gabe von Damian? Tigerdompteur wäre zu langweilig, oder? Man könnte ihn Katzenflüsterer nennen oder Raubtierzähmer.«

»Ich nenne ihn einen Bändiger«, sagte Julie. »Seine Gabe hat nicht nur mit den Tigern zu tun. Ich glaube, er könnte alles und jeden zahm machen, wenn er es nur wollte.«

»Stimmt.« Milan dachte über die anderen Leute aus dem Zirkus nach. Über Pedro und Madame Veritas, deren Gaben ebenso auf der Hand lagen wie die von Marcella. Auch Ricardo und Rosa konnte man in gewisser Weise eine Gabe zusprechen, auch wenn diese eher alltäglich ausfiel und wahrscheinlich »Organisationskünstler« oder »Überredungsgenie« lauten würde.

»Aber was für eine Gabe hat Nancy?«, wollte Milan wissen.

»Sie ist die, bei der alle Stricke zusammenlaufen. Die, zu der man rennt, wenn man sich das Bein aufgeschlagen hat oder vor Liebeskummer sterben möchte. Die, die das Brot backt und die Wäsche macht und die Rotznasen abwischt. Sie hat die Gabe, der Fels in der Brandung zu sein, fest verankert auf dem Boden der Tatsachen und doch in der Lage, sich in den siebten Himmel davonzuträumen.«

»Fels-in-der-Brandung-Gabe«, fasste Milan zusammen. »Du findest auch für alles die richtigen Worte.«

»Versuch du es mal«, forderte sie ihn auf.

»Was denn?«

»Beschreibe mich.«

Milan wand sich. »Deine Gabe haben wir doch längst herausgefunden.«

»Na gut, dann beschreibe mich, was ich ohne meine Gabe *wäre.* Du hast das so schön bei Damian gemacht. Jetzt bin ich bereit, meine eigene ungeschminkte Wahrheit zu hören. Komm schon, heute ist ein guter Tag, heute kann ich es aushalten.«

Milan versuchte, es sich vorzustellen. Julie ohne das Trapez, ohne den Nervenkitzel unter dem Dach des Zirkuszelts. Ohne die mystischen Klänge, die hautengen Kostüme, den tosenden Applaus.

»Du wärst verloren. Klein und einsam, egal, mit wie vielen Menschen du dich umgibst. So wie ich.«

»Das war noch verhältnismäßig nett«, bemerkte Julie augenzwinkernd. »Wo ist die beziehungsgeschädigte, ungebildete, leicht übergewichtige Tussi ohne Ausbildung und Manieren, die den ganzen Tag Zeichentrickfilme guckt und Verschwörungstheorien verbreitet?«

Auf dem Strohballen, auf dem sie saßen, war nicht genügend Platz, um sich einander richtig zuzuwenden, deshalb lehnte Milan zum Trost nur seine Schulter an ihre. »Der lebensmüde Typ aus dem Wohnwagen nebenan, der schwarzen Kaffee und Zigaretten braucht, um sich davon abzuhalten, Rasierklingen in seine Haut zu drücken, sagt dir jetzt mal was: Du hast aber deine Gabe. Und die macht dich zu etwas ganz Besonderem. Mal davon abgesehen, dass du nicht ansatzweise übergewichtig bist und ich gern mehr über die Beziehungsschädigung erfahren würde.«

Sie knuffte ihn in den Arm und lächelte. »Irgendwann mal.«

Eine Weile saßen sie schweigend da und beobachteten Tony bei seiner Pferdedressur. Schließlich seufzte Milan und wollte aufstehen. Julie hielt ihn am Arm fest. »Was?«

»Du hast gesagt, ich hätte auch eine Gabe. Warum merke ich davon nichts?«

»Du bist der Mitreiser«, sagte Julie, aber es klang schwach.

»Mitzureisen ist keine Gabe, das kann jeder tun. Ich bin aber auch kein Fels in der Brandung, kein Organisationstalent und kein Bändiger von irgendwas. Ich kann überhaupt nichts, außer für Ärger sorgen, das hast du sicher schon bemerkt. Und deshalb findest du auch kein Pseudonym für mich, obwohl mein Vogel längst einen Namen hat.«

Er hatte den Nagel auf den Kopf getroffen. Das war Julie eindeutig anzusehen. Sie war wie ein offenes Buch – jede ihrer Regungen stand immer direkt auf ihrer Stirn geschrieben. Jetzt, in diesem Moment, stand da in unübersehbaren Großbuchstaben: ERWISCHT!

»Ich glaube, wir müssen zusehen, dass wir deine Gabe finden«, murmelte sie.

»Und wenn ich einfach keine habe?«

»Du hast eine. Jeder magische Mensch hat eine. Nur suchen die meisten nicht danach. Vielleicht ist es etwas ganz Kleines, Goldiges, das längst da ist, und wir sind nur zu blind, um es zu sehen. Aber wenn du es gefunden hast – dann wirst du strahlen und erblühen. Ich glaube, es ist höchste Zeit dafür!« Sie sprang auf. »Komm, wir gehen zu Madame Veritas!«

»Oh nein, nicht das schon wieder!«, wollte Milan sich wehren. Aber dann tat sie etwas, das seine Gegenwehr komplett erschlaffen ließ: Sie nahm ihn an der Hand und zog ihn hoch. Und auch als er schon stand, ließ sie die Hand nicht los. Milan starrte auf den Knoten aus Knochen, Sehnen und Haut, den ihre ineinander verschränkten Finger bildeten, und fragte sich, warum es warm in seiner Brust wurde, wenn Hände so etwas machten. Wortlos gingen sie zusammen zum Wohnwagen der Hellseherin. Milan hatte diesen Ort in den letzten Wochen tunlichst vermieden, weil Madame Veritas ihn gruselte. Es war schon schlimm genug, sie alle paar Tage an einem anderen Tisch zu treffen, wenn wieder mal jemand auf die Idee kam, ein gemeinsames Abendessen zu veranstalten. Aber da war die Atmosphäre anders als in ihrem Wohnwagen, weniger düster und hexenverhangen.

Jetzt allerdings war es Milan egal, wohin Julie ihn führte, und wenn es die Höhle eines Drachen gewesen wäre, er hätte sich nicht zur Wehr gesetzt. Hauptsache, sie hielt weiterhin seine Hand. Ihm graute vor dem Moment, wenn sie sie loslassen würde. Wahrscheinlich würde er dann zusammenbrechen wegen totalem Energieverlust.

Er brach nicht zusammen. Dennoch fühlte es sich so an, als hätte jemand ihm den Stromstecker gezogen. Julies Hand löste sich aus seiner, um an die Wohnwagentür zu klopfen. Madame Veritas öffnete ihnen mit einem Gesichtsausdruck, als hätte sie längst auf sie gewartet. »Na endlich«, sagte sie zur Begrüßung, was diesen Eindruck noch bestätigte.

Milans Augen brauchten einen Moment, um sich an die Dunkelheit im Inneren des Wohnwagens zu gewöhnen. Dann sah er Heilpflanzen, die von der Decke hingen, fleischfressende Pflanzen auf dem Fenstersims, eine waschechte Kristallkugel auf dem Tisch und das Präparat einer riesigen schwarzen Vogelspinne auf der Küchenablage neben dem Gasherd.

»Es gruselt dich«, stellte Madame Veritas fest.

»Ja, jedes Mal«, gab Milan zu.

»Warum? Blut und Narben und zerfetzte Herzen kannst du dir doch auch anschauen. Und so ein bisschen Hexenkram lässt dich zaudern?«

»Woher wissen Sie das?«, fragte Milan kühl. »Das mit dem zerfetzten Herz.«

Als Antwort deutete sie auf die Kristallkugel auf ihrem Tisch.

»Das glaube ich Ihnen nicht. Sie haben durchs Fenster gesehen, damals, als der Psychologe mich zwang, es ihm zu zeigen.«

»Vielleicht habe ich das, vielleicht aber auch nicht«, war ihre wenig aussagekräftige Antwort. Dann wandte sie sich Julie zu, die dem Gespräch mit gerunzelter Stirn folgte. »Kennst du sein Tattoo, Herzchen? Nein? Lass es dir bald zeigen, damit du weißt, was er macht, solltest du ihm eines Tages wehtun. Aber jetzt Schwamm drüber. Deshalb seid ihr nicht hier, oder?«

»Nein«, sagte Milan, immer noch wütend darüber, dass die Alte in seinen geheimen Schubladen wühlte und ihn hundertprozentig bespitzelt hatte. »Wir sind hier, weil Julie glaubt, ich hätte eine Gabe und Sie wüssten was darüber.«

»Das ist auch so«, antwortete Madame Veritas. Sie lehnte ihren fülligen Körper an die Küchenzeile, und im Nu erwachte das Vogelspinnenpräparat zum Leben und kletterte auf ihren Handrücken. Milan machte einen Satz zurück.

»Was denn, kennst du Gabriel noch nicht?«, fragte die Alte lachend.

»Ich ... dachte ... er wäre ausgestopft.«

»Ausgestopft? Aber nein, um Himmels willen! Er ist quicklebendig, nur manchmal etwas bewegungsfaul.«

Sie pflückte die Spinne von ihrem Handrücken und setzte sie sich auf die Schulter. Mit den Fingern gab sie ihr ein Zeichen, woraufhin das Tier seine vier Vorderbeine anhob, als wolle es schwören.

»Also was wissen Sie denn nun über meine Gabe?«, fragte Milan, ohne weiter auf die rhythmischen Bewegungen der Spinne einzugehen.

»Was meinst du wohl, was *ich* für eine Gabe habe?«, fragte sie ihn anstelle einer Antwort.

»Sie können wahrsagen und hellsehen.«

»Aber das glaubst du doch gar nicht.«

»Nein«, gab er zu.

»Also was glaubst du wirklich, was ich für eine Gabe habe?«

»Keine Ahnung. Vielleicht sind Sie einfach eine gute Schauspielerin. Oder hypersensibel.«

»Was beides auch schon eine Gabe wäre«, bemerkte sie lächelnd. Es war ein offenes Lächeln, nicht das übliche hexenmäßige Grinsen, das die Krähenfüße um ihre Augen herum betonte.

»Und Julie? Wie nennst du ihre Gabe noch mal?«

»Ich dachte, Sie können Gedanken lesen«, versuchte Milan zu provozieren.

»Überfliegerin«, warf Julie selbst ein, wohl um das Gespräch nicht in eine Grundsatzdiskussion ausufern zu lassen.

Madame Veritas strich ihr über den Kopf wie eine Lehrerin einer folgsamen Schülerin. »Überfliegerin«, wiederholte sie. »Glaubst du, dass das alles ist? Ihre Fähigkeit, sich zu strecken und zu verbiegen? Das bisschen Show und die paar kleinen Tricks?«

»Ich … weiß nicht«, sagte Milan verunsichert.

»Warst du schon mal am Meer, kleiner Mitreiser?«, fragte Madame Veritas.

Er schüttelte den Kopf.

»Gut so. Bleib ihm fern«, sagte sie geheimnisvoll. »Die Menschen, die in einer Bucht schwimmen, zeigen zu achtundneunzig Prozent dasselbe Verhalten: Sie schwimmen ein Stückchen weiter raus, als sie stehen können. Dann haben sie das Gefühl, etwas Großes erlebt zu haben, drehen um und legen sich wieder an den Strand. Weder haben sie sich gefährdet, noch sind sie an ihre Grenzen gegangen. Sie wissen nicht einmal, wo ihre Grenzen liegen.«

»Und die anderen zwei Prozent?«, fragte Julie neugierig.

»Das sind die anderen zwei Arten von Menschen«, verriet die Wahrsagerin. »Die einen sind so wie dein Mitreiser. Sie sind lebensmüde und passen nicht auf sich auf. Sie wollen sich selbst oder anderen etwas beweisen. Sie kennen ihre Grenzen, schwimmen aber bewusst darüber hinaus. Vielleicht ist ihnen auch alles egal. Jedenfalls verschwinden sie am Horizont und kehren nie wieder zurück.«

»Das ist ganz schön dumm von denen«, sagte Milan ironisch. »Kommen Sie auch mal zum Punkt?«

»Ja, jetzt«, sagte Madame Veritas. »Denn dann gibt es noch die letzte Art von Menschen. Die sind genauso selten wie die dummen Mitreiser, die nicht auf sich aufpassen können. Es sind jene, die wagemutig sind und trotzdem ihre Grenzen achten. Manchmal gehen sie ein Stück darüber hinaus, aber niemals so weit, dass die Strömung sie ergreift und davonträgt. Solche Wagemutigen können alles werden: Meeresbiologen, Atlantiküberquerer, Drahtseilartisten. Sogar Tigerdompteure. Julies Gabe ist nicht dieser Trapezring, sondern ihr Wagemut.«

Als sie geendet hatte, war es ganz still in dem Wohnwagen. Julie selbst schien von dieser Geschichte so durcheinander, dass sie erst einmal gar nichts darauf sagte. Vielleicht rüttelte sie zu sehr an ihrem Weltbild, das doch durchweg aus Magie, Vertretern, Bannkreisen und Gaben bestand – richtigen Gaben, nicht so weltlichem Zeug wie Wagemut. Milan hingegen mochte die Vorstellung, alles werden zu können, wenn man nur wusste, wo die eigenen Grenzen lagen.

»Also, und was außer Dummheit und Leichtsinn schreiben Sie jetzt mir zu?«, fragte er.

»Selbstvertrauen«, antwortete sie.

Milan glaubte, er hätte nicht richtig gehört. »Selbstvertrauen? Ich traue mir noch nicht einmal zu, einen Tag lang zu atmen, ohne mir dabei wehzutun.«

»Das ist eine Lüge«, sagte Madame Veritas. »Damit bestrafst du dich nur, weil du immer glaubst, alles, was um dich herum geschieht, wäre deine Schuld. Der Tod deiner Freundin, der Polizist, der das Jugendamt gerufen hat …«

»Hören Sie auf!«, schrie Milan sie an.

Madame Veritas sah ihn an und lächelte.

»Wie deine Augen funkeln, kleiner Mitreiser«, sagte sie fasziniert. »Sie könnten niemals so funkeln, wenn es nicht stimmen würde, was ich sage. Du weißt es ebenfalls, aber du willst dich ja weiter bestrafen.«

Das war genug. Milan machte auf dem Absatz kehrt und rauschte aus dem Wohnwagen.

»Selbstvertrauen, Kleiner!«, rief die verrückte Wahrsagerin hinter ihm her. »Du glaubst gar nicht, was man damit alles machen kann!«

Wieder einmal rannte er und wusste nicht, wohin. Das war der Nachteil an dem Zaun: Es gab nicht sonderlich viel Platz für dumme Menschen, die aufs Meer hinausschwimmen wollten. In Pedros Wohnwagen wollte er auch nicht. Der Alte machte um diese Zeit gern einen Mittagsschlaf, und sein schlecht gelaunter Kakadu nutzte dann bestimmt die Gunst der Stunde, um so lange »Nein, nein, nein!« zu schreien, bis der Clown aufwachte und das nächste tiefgründige Gespräch anfing. Milan wollte nicht mehr reden. Er wollte Ruhe. Und irgendetwas, um den Druck zu beseitigen, der in ihm hochstieg. Fieberhaft dachte er darüber nach, wohin er sich wenden konnte.

»Hey, Milan.«

Es war immer noch seltsam, seinen Namen aus ihrem Mund zu hören. Jedes Mal ein kleiner Sonnenaufgang. Er drehte sich um und blickte direkt in einen riesigen Becher mit schwarzem Kaffee.

»Madame Veritas hatte den schon fertig aufgebrüht«, sagte Julie.

»Danke.« Er nahm den Becher und trank ihn fast in einem Zug leer. Dabei verbrannte er sich auch noch den Mund.

»Widerlich, oder?«, fragte Julie.

»Widerlich«, bestätigte er. Aber es ging ihm besser.

»Komm, lass uns einen Ausflug hinter den Zaun unternehmen. Lass uns Pippi Langstrumpf spielen! Ich habe alles im Kofferraum, was wir dafür brauchen.«

»Will ich wissen, was du damit meinst?«

»Nein. Du musst nur im Notfall schnell genug rennen können.«

Milan erinnerte sich gut an diese Folge von Pippi Langstrumpf. Pippi, Thomas und Annika waren von zu Hause weggelaufen und hatten kein Geld mehr. Um sich leckere Grillhähnchen leisten zu können, hatte Pippi ein Seil zwischen zwei Häusern gespannt und war darübergetanzt, während ihre Freunde auf der Straße Geld für die Vorstellung sammelten. Julie brauchte keine zwei Häuser, denn der Ort, in dem sie sich diesmal niedergelassen hatten, hatte eine Burg. Die Burg war ein Touristenmagnet, immerhin hatte sie eine Folterkammer und einen Biergarten, also genau die richtige Mischung aus Grauen und Geselligkeit, die normale Menschen sich wünschten.

»Man muss so selbstverständlich auftreten, als hätte man eine Genehmigung dafür, dann stellt keiner das infrage«, behauptete Julie, schulterte die Slackline und kletterte auf den ersten Turm. Bevor sie auch auf den zweiten steigen konnte, ergriff Milan die Flucht und lief so lange durch die Folterkammer, bis er sicher war, dass die Leine angebracht war. Das Problem war: Das nutzte überhaupt nichts. Immerhin war Julie weiterhin da oben. Was für ein dummes Pippi-Langstrumpf-Spiel war das nur? Irgendwann quälte er sich aus der Folterkammer wieder ans Tageslicht und bemerkte schon jede Menge Menschen, die sich direkt unter dem Seil versammelt hatten. Andere saßen in dem Biergarten und starrten ebenfalls zu Julie hoch, die jetzt – völlig ohne Absicherung – in ihrem türkisfarbenen Kostüm auf dem linken der beiden Türme stand und bereits einen Fuß auf die Slackline gesetzt hatte. Als sie ihn in der Menge erkannte, empfand sie das scheinbar als ihren Startschuss.

»Meine sehr verehrten Damen und Herren!«, schrie sie in die Menge, und sofort brach jedes Gespräch in der Burg ab. Alle starrten zu Julie hoch. »Zirkus Salto präsentiert Ihnen eine nie da gewesene Show. Ohne Netz und doppelten Boden werde ich auf diesem dünnen Seil von einem Turm zum anderen wandern, unter Einsatz meines Lebens und zu ihrer Unterhaltung!«

Das hatte wirklich etwas von Pippi Langstrumpf. Die Leute in der Burg sahen es scheinbar genauso. Alle nickten zufrieden, stießen einander in die Rippen und bestellten sich noch ein Bier. Milan schwitzte Blut und Wasser. Das, was Julie da gespannt hatte, war nicht wirklich ein dünnes Seil, sondern ein fünf Zentimeter breiter Nylongurt. Das machte die Sache zwar minimal besser, aber es änderte nichts daran, dass sie sich fünfzehn Meter über der Erde befand.

»Ob das angemeldet ist?«, hörte er eine Frau hinter sich sagen.

»Krasse Show«, lallte ein angetrunkener Jugendlicher zu seiner Rechten, und eine andere männliche Stimme bemerkte etwas über den »Artistenarsch« von Julie, der »garantiert richtig knackig« war.

Er versuchte, nicht hinzuhören. Versuchte, nicht hinzusehen. Und doch blieb ihm nichts anderes übrig, als den Blick nach oben zu wenden und das schönste Geschöpf auf Erden dabei zu beobachten, wie es auf tödliche Art Pippi Langstrumpf spielte.

Julie tanzte und hüpfte, hing sich kopfüber an das Seil, schlug sogar ein Rad. Und hin und wieder balancierte sie sich auf übertrieben heftige Art aus, um dem Publikum das eine oder andere Stöhnen zu entlocken. Milan erkannte zwar, dass sie nicht wirklich in Not war, aber trotzdem stockte ihm der Atem.

Nachdem sie zweimal über die Slackline gelaufen war, zog sie hinter den Zinnen des linken Turms eine kleine Schubkarre hervor.

»Und nun der Höhepunkt meiner Show, meine sehr verehrten Damen und Herren«, schrie sie auf ihr Publikum herab. »Ich werde dieses Gefährt zum anderen Turm hinüberschieben, ohne dass dem Inhalt etwas passiert!«

»Das Ding ist leer!«, grölte der Betrunkene neben Milan.

»Oh, das stimmt!«, rief Julie. »Dann müssen wir es füllen. Möchten Sie sich vielleicht hineinsetzen?«

»Niemals!«, schrie der Junge. »Ich bin voll, aber nicht lebensmüde!«

Die anderen Leute ringsum lachten.

»Dann ein anderer Freiwilliger?«, rief Julie. »Ist jemand hier, der sein Leben in meine Hände legen würde?«

Dabei sah sie Milan an. Ihn und nur ihn. Die Menschen um sie herum lösten sich zu Nichts auf. Die Burg verschwand aus seiner Wahrnehmung. Das ganze Jubeln und Grölen und Saufen zu allen Seiten war plötzlich weg. Da waren nur noch Julie und er. Und eine Frage.

»Ja«, antwortete er.

»Ein Freiwilliger, meine Damen und Herren, ein Freiwilliger!«

Alle drehten sich zu ihm um. Manch einer raunte etwas. Einer zeigte ihm einen Vogel. Das alles ging völlig an ihm vorbei. Mit einem hartnäckigen Pfeifen im linken Ohr drängte er sich durch die Menschenmasse und erklomm die Stufen im Inneren des Turms nach oben. Währenddessen schlug Julie zur Unterhaltung der Zuschauer wohl noch den einen oder anderen Salto auf der Slackline, denn von unten dröhnte frenetisches Jubeln durch das Gemäuer des Turms. Als er oben ankam, durchfuhr ihn ein Schauder, wie ein kaltes Gespenst aus der Vergangenheit. Die alten Mauern, die Höhe, das Mädchen, dem er seine Gefühle nicht gestehen konnte. Er machte einen Schritt rückwärts.

»Und da ist er! Applaus für unseren mutigen Freiwilligen!«

Die Leute klatschten in die Hände, Julie hüpfte von der Slackline auf den Turm, stellte das Gefährt in Position und deutete darauf. Es war keine normale Schubkarre, eher eine Eigenanfertigung, die nicht besonders stabil aussah.

»Wirklich?«, hauchte Milan. Er war lebensmüde, ja, aber das hieß noch lange nicht, dass er vorhatte, jetzt und hier zu sterben. Sie antwortete ihm nicht, redete weiter nur mit dem Publikum.

»Wir testen erst einmal, ob er überhaupt hineinpasst!«

Ihr Zeigefinger deutete auf die Schubkarre. Milan schloss mit seinem Schicksal ab. Also würde sie ihn über eine Slackline fahren. Mit ihrer gezerrten Schulter. In der Mitte würde das Nylon unter ihrer beider Gewicht ächzen und sich durchbiegen. Julie würde das Ding auf der anderen Seite niemals mehr nach oben wuchten können. Aber sie war die Überfliegerin, er nur ein dummer Mitreiser. Sie kannte ihre Grenzen. Er setzte sich in die Schubkarre, und sie krachte zusammen.

»Oh nein!«, rief Julie theatralisch. »Was für ein Pech. Dann müssen wir diese Vorführung leider noch mal verschieben.«

Die Leute unter ihnen in dem Biergarten lachten und klatschten wieder, manche erleichtert, andere enttäuscht. Julie hielt Milan die Hand entgegen und zog ihn hoch. »Du hättest das wirklich gemacht, oder? Du bist wahnsinnig!«

Nein, er war nicht wahnsinnig, nur bereit, sein Leben in ihre Hand zu legen, so, wie sie es gefordert hatte. Er hatte es getan, und sie hatte darauf aufgepasst. Auch wenn ihm immer noch die Beine schlackerten. Sie küsste ihn rechts und links zum Abschied, bevor sie ihn wieder entließ. »Daran kannst du jetzt denken, wenn du da oben auf dem Zelt sitzt und die Nähte flickst. Es ist eine bessere Erinnerung als die andere«, flüsterte sie ihm dabei ins Ohr, bevor sie »Applaus für unseren Freiwilligen!« schrie.

Anmutig hüpfte sie zurück auf die Slackline, sank darauf in den Spagat und riss strahlend beide Arme nach oben. Die Zuschauer applaudierten allesamt wie irre. Verständlich. Immerhin hatten sie ihnen jede Menge Spannung und auch ein bisschen Comedy geboten, ganz umsonst, an einem gewöhnlichen Mittwochnachmittag.

»Meine Damen und Herren, ich danke Ihnen!«, schrie Julie in die Menge. »Mehr halsbrecherische Showeinlagen und zauberhafte Tierdressuren präsentiert Ihnen der Zirkus Salto ab morgen in seiner täglichen Achtzehn-Uhr-Vorstellung. Schauen Sie vorbei und lassen Sie sich verzaubern!«

Sie mussten nicht davonlaufen. Sie konnten sogar in aller Ruhe ihre Slackline abbauen und die kleine Schubkarre mit der Sollbruchstelle zurück in den Wagen räumen. Niemand rief die Polizei oder wollte eine Genehmigung sehen. Dafür nahmen alle Leute die Gutscheine an, die Milan ihnen in die Hand drückte.

»Bist du ihr Freund?«, fragte einer aus der Clique angetrunkener Jungen ihn, als er an ihrem Tisch vorbeikam.

»Ich bin *ein* Freund, ja«, antwortete er.

»Na, dann hast du ja gewusst, dass das Ding zusammenbricht!«

»Nein«, sagte Milan wahrheitsgemäß.

»Ach komm schon«, lallte der Typ neben ihm. »Das hättest du niemals gemacht, wenn du wirklich gedacht hättest, sie fährt dich da rüber.«

Alle lachten und grölten, und Milan verzichtete darauf, ihnen das Gegenteil klarzumachen.

»Hör mal, wenn du nicht ihr Freund bist … also, geht da was bei der Kleinen?«, wollte der Erste wissen. Daraufhin fing er sich einen derart eisigen Blick ein, dass er sofort entschuldigend beide Hände in die Luft hob. »Ist ja schon gut. Die kleine Zigeunerin hat es dir angetan, ich verstehe.«

Milan steckte die restlichen Gutscheine in seine Hosentasche. Dann stützte er sich mit beiden Händen auf den Tischrand und beugte sich zu dem Jungen hinunter. »Nenn sie noch einmal eine Zigeunerin, und das Reden wird dir künftig schwerer fallen«, flüsterte er ihm zu.

Einen Moment lang waren alle still. Milan und der Betrunkene starrten sich an. Beide verengten die Augen zu schmalen Schlitzen. Der andere wollte gerade aufstehen und etwas sagen, da hielt sein Kumpel neben ihm ihn zurück. »Leg dich nicht mit denen an. Die spielen alle mit gezinkten Karten.«

»Die?«, entfuhr es Milan.

»Na ihr Zirkustypen. Also ich will keinen Streit mit dir, hörst du?«

»Wenn du keinen Streit mit mir willst, wieso beleidigst du mich dann?«

Er war gerade dabei, sich so richtig auf die Sache einzulassen, da kam Julie hinzu. Sanft, aber bestimmt zog sie ihn von den Betrunkenen weg. Milan ärgerte sich, weil er nun nichts mehr gegen die anzüglichen Bemerkungen machen konnte, die hinter ihm noch fielen.

»Wieso lässt du dich von denen provozieren?«, fragte Julie.

»Die haben dich eine Zigeunerin genannt und reden dummes Zeug über deinen Arsch«, antwortete er aufgebracht.

Sie grinste. »Was sagen sie denn über meinen Arsch? Doch nicht, dass er fett ist, oder?«

»Nein. Das Wort knackig fiel. Aber es war nicht charmant gesagt.«

Nun lachte sie. Dabei zog sie ihn zum Van, öffnete ihm die Beifahrertür und ließ ihn einsteigen. Anstatt sofort zur Fahrertür zu gehen, stellte sie sich vor ihn und stützte einen Arm auf den Türflügel. »Ich rechne es dir hoch an, dass du meine Ehre verteidigen wolltest«, sagte sie dann. »Aber sie werden mich immer eine Zigeunerin nennen, so, wie ich sie immer privat nenne. Sie leben in ihrer Welt, wir in unserer. Und meinen Arsch kriegen sie höchstens von ganz weit weg zu sehen, wenn sie ihr Eintrittsgeld bezahlen und meinen Auftritt anschauen.«

Er mochte es, wenn sie so dastand und über ihren Arsch redete. Das sah sexy aus und hörte sich auch so an. Etwas in ihm wollte seufzen und schreien, er wäre gern der Einzige, der all das zu sehen bekam, nach dem andere sich vergeblich sehnten. Aber es war schon wieder so … schwierig. Sie hatte es doch selbst zugegeben: Es war ihr schlechtes Gewissen, das sie in seine Nähe trieb, weil sie ihm erst gegen seinen Willen das Leben gerettet hatte, nur um ihn anschließend mit seinem Gespenst im Nacken sitzen zu lassen. Vielleicht war das der Nährboden für alles, was sie tat. Sie wollte ihn einfach nur retten. Aus Mitleid!

»Wir sind Freunde, oder?«, fragte er sie zusammenhanglos.

Sie betrachtete ihn nachdenklich, ein paar Falten bildeten sich auf ihrer Stirn.

»Glaubst du, wir könnten eine gemeinsame Show hinlegen, wie gerade eben, wenn wir keine Freunde wären?«

Er schüttelte den Kopf. Julie sah aus, als warte sie auf etwas oder wolle selbst noch etwas hinzufügen. Aber nachdem eine Weile keiner von beiden etwas sagte, nickte sie ihm noch einmal zu und schloss die Tür. Sie stieg auf der Fahrerseite ein und startete den Van. Ein paar Hundert Meter fuhren sie, dann bog Julie in den Wald ein und blieb stehen. Sie schaltete die Zündung aus und wandte sich ihm zu.

»Ich will es sehen, Milan.«

»Was denn?«

»Das Tattoo!«

»Warum?«

»Weil ich wissen will, wer du bist!«

»Du weißt, wer ich bin. Ein Wahnsinniger, der sein Leben in deine Hände legen würde.«

»Mag sein«, sagte Julie. »Dann will ich es einfach deshalb sehen, weil ich mich ausgeschlossen fühle. Madame Veritas und irgendein dummer Vertreter wissen, wie es aussieht.«

»Weil sie mich erpresst und ausspioniert haben.«

Sie beugte sich ein Stück zu ihm herüber und nahm wieder seine Hand. »Ich will dich weder erpressen noch ausspionieren. Nur ein Teil von deinem Leben sein.«

Ein Teil von seinem Leben! Das wollte sie wirklich? Die Vorstellung fühlte sich wunderbar an. Wenn sie allerdings erst einmal das Tattoo gesehen hatte, konnte sich das auch schnell wieder ändern.

»Ist es so schlimm?«, fragte sie bestürzt. Scheinbar sah man ihm neuerdings seine Gedankengänge auch am Gesichtsausdruck an.

»Ja«, sagte er.

Sie rutschte noch ein Stück zu ihm auf. »Soll ich dir helfen?«

Er nickte. Sie ließ seine Hand los und griff stattdessen zum Saum seines T-Shirts. Ein Zittern lief durch Milans Körper, einfach nur weil ihre Knöchel seine Haut berührten. Fragend zog sie die Augenbrauen hoch. Also fasste er sich ein Herz und hob die Arme an. Sie streifte ihm das T-Shirt achtlos ab und ließ es neben ihn auf den Sitz fallen. Dann saß sie einfach nur da und starrte auf das Tattoo. Nach einer Ewigkeit, wie es schien, hob sie vorsichtig eine Hand an und zeichnete es mit einem Finger nach: Die aufgerissene Haut, die in Fetzen von seiner Brust hing, das offen liegende Herz in Originalgröße, die Messer, die darin steckten, die Riemen, die es zusammenschnürten, die Blutstropfen, die aus seinen Wunden rannen. Dabei sagte sie kein Wort. Aber als er sich traute, ihr in die Augen zu schauen, erkannte er die Tränen, die darin standen.

»Es hat so wehgetan, dass ich mir wehtun musste, um etwas anderes zu fühlen«, flüsterte er. Sie nickte.

»Es sieht furchtbar aus, nicht wahr? Die meisten Leute erschrecken sich davor zu Tode.« Diesmal nickte sie nicht. Sie starrte einfach weiter auf das Tattoo, zog weiter mit dem Zeigefinger dessen Linien nach, legte ihre warme Hand darauf. Unter dem schmerzenden, sterbenden Abbild seines Herzens pochte sein echtes Herz wie verrückt.

»Es schlägt weiter, obwohl es gebrochen ist. Ist das nicht faszinierend?«, fragte Julie. Ihre Blicke trafen sich. Das hochfrequente Pfeifen, das vorhin auf dem Turm durch Milans Ohr geweht war, kehrte zurück. Er fühlte sich wie beschwipst. Betrunken von seinen eigenen Emotionen. Ihr Gesicht näherte sich seinem. Ach, er wollte es so sehr. Wollte gehalten und gestreichelt werden, getragen und gefangen, geküsst und geliebt. Nichts mehr als das. Aber die Gefahr, diese schreckliche Gefahr! Sie war eine Trapezkünstlerin mit der Gabe des Wagemuts, dazu verdammt zu fallen. Tief zu fallen und aufzuschlagen. Zu zerbrechen und auseinanderzuplatzen. Wie Jo, ja, wie Jo!

Er holte tief Luft, so tief es nur ging. Der Sauerstoff reichte nicht aus, um etwas zu sagen. Aber es war genug, um seine Muskeln in Bewegung zu setzen. Panisch öffnete er die Beifahrertür und sprang hinaus. Ohne T-Shirt. Ohne Julie. Ohne Kuss. Dann rannte er um sein Leben.

Flucht

Spirit war in der Tat ein guter Geist. Er fand ihn und brachte ihn zurück nach Hause. Dabei ging er sorgfältig, fast zärtlich mit ihm um, rieb sein Schnäbelchen an seinem Hals, um ihn zu trösten. Milan hatte sich auf einem Autofriedhof auf der anderen Seite des Dorfs verkrochen. Verkrochen, aber nicht verletzt, denn in zwei Tagen stand ein Besuch des Psychologen an, und er hatte noch alle seine Sinne beieinander. Stattdessen hatte er geraucht, so viel, dass seine Lunge kurz vor dem Bersten war. Das Gefühl des Erstickens, das ihn dadurch überkam, schien gerade gut genug zu sein für sein neuestes Versagen. Aber diese Dinge erschreckten sein Seelentier nicht. Falls Spirit irgendetwas davon verstand, ging er genau auf die richtige Art damit um: ohne Worte.

Es war ein Fußweg von einer halben Stunde zurück zum Zirkus. Und das, obwohl er Julies Van keine zwei Minuten vom Zaun entfernt verlassen hatte. Milan besaß keinen Schlüssel für das Vorhängeschloss und überdies seit zwei Monaten kein Handy mehr. Er war davon ausgegangen, er müsste über den Zaun klettern, um wieder in den Zirkus zu kommen. Aber das Tor war nur verriegelt, nicht abgeschlossen. Julie hatte also an ihn gedacht, als sie heimgekommen war. Er ging hindurch, krachend fiel das Tor hinter ihm wieder zu. Mittlerweile fing es an zu dämmern. Das bedeutete, dass die Abendfütterung bereits durch war. Irgendjemand hatte wohl oder übel seinen Job übernommen, denn die Tiere saßen alle friedlich und satt in ihren Gehegen. Er wollte trotzdem im Pferdestall noch einmal nach dem Rechten sehen. Von allen Tieren des Zirkus reagierten die Pferde am empfindlichsten auf fehlendes oder falsches Futter. Doch die Araber standen allesamt kauend vor einem Büschel Heu und begrüßten ihn mit einem leisen Blubbern.

Milan konnte der Versuchung nicht widerstehen. Er öffnete die Box von Nightwatch und schlüpfte hinein. Der Rappe hörte auf zu fressen und kam stattdessen zu ihm. Seine weichen, seidigen Nüstern fuhren über seine Brust, streichelten die geschundene Haut mit dem Tattoo. Er legte eine Hand auf den Nasenrücken des Pferds, die andere auf den Mähnenkamm.

Nightwatch senkte den Kopf und schnaubte. So versanken sie beide in einer Art stiller Meditation.

»Oh wow«, sagte plötzlich eine Stimme neben ihm. »Hätte ich nur einen Fotoapparat dabei. Millionen von Mädchen würden sich ein Poster aufhängen von dem kaputten Kerl mit dem schwarzen Pferd.«

Er blickte auf und erkannte Marcella. Sie hatte beide Arme auf die Box gelegt, das Kinn darauf platziert und betrachtete ihn von oben bis unten. »Ich habe noch nie so ein gruseliges Tattoo gesehen.«

Er ließ Nightwatch los und ging ein Stück auf sie zu. Marcella rührte sich keinen Millimeter. Ihr Blick glitt weiterhin über seinen Oberkörper. »Schade, dass du dich so kaputtmachst, Mitreiser. Du wärst so ein süßer Kerl ohne diese Sache. Keine Tattoos, keine Narben und ein anständiger Haarschnitt – und zack, hättest du fünf Mädchen an jedem Finger.«

»Ich will aber keine fünf hirnlosen Tussis an jedem Finger«, sagte Milan und hielt ihren Blick.

Sie hob eine Hand an und fasste damit an sein Kinn. »Was willst du dann?« In ihren Augen stand pure Provokation. Und ein Feuer, das bestimmt lichterloh und schmerzhaft brannte.

Er öffnete die Tür zu der Box und kickte sie mit dem Fuß hinter sich zu. Dann legte er seine Hand in Marcellas Nacken.

»Finde es heraus!«

Seit Monaten hatte Milan nicht mehr so gut geschlafen. Wie ein Baby. Wie ein Urlauber. Wie einer, der sich mit einer Schlangenfrau die Seele aus dem Leib gevögelt hatte. Sein Wecker war indes einer von der besonders bösartigen Sorte. Nicht das übliche sanfte Klimbim der Smartphones, sondern ein hochfrequenter, wütender Schrei. »Scheiße, Milan, verdammte Scheiße noch mal!«

Er riss die Augen auf und sah Julie vor dem Heulager stehen. Auf ihrer einen Schulter saß Spirit, der sie wahrscheinlich hergeführt hatte, das verräterische Seelentier. Auf der anderen saß Fauntleroy und stieß quietschende Laute aus, die so misslaunig und spießig klangen, als hielte er ihm gerade einen Vortrag über unerwünschte sexuelle Aktivitäten.

»Ihr habt es nicht mal bis in den Wohnwagen geschafft?«, kreischte Julie. Davon wurde nun auch Marcella wach. Sie setzte sich auf und rieb sich die Augen. »Mensch, Schwester, nun mach nicht so ein Gezeter«, brummte sie, während sie sich ihr T-Shirt überstreifte. Milan hatte nichts, das er sich überstreifen konnte. Aber wenigstens war am Ende noch genug Verstand übrig gewesen, um seine Boxershort und seine Jeans wieder anzuziehen.

»Ich bin nicht deine Schwester!«, schrie Julie. »Und du!« Etwas Weiches, Schwarzes landete auf Milans Kopf. »Geh mir aus den Augen, du bist ja völlig übergeschnappt!«

Damit rannte sie aus dem Stall. Erst in dem Moment sah Milan wieder klar. Er griff nach seinem T-Shirt, mit dem sie ihn beworfen hatte, streifte es sich über und wollte schnell hinter ihr herrennen.

»Mensch, nun warte doch mal«, hielt Marcella ihn zurück.

»Was denn?«, fragte er ungeduldig.

»Seid ihr verliebt oder so was? Ich meine … so richtig?«

Er hatte keine Ahnung, was er darauf antworten sollte. Aber das musste er gar nicht. Marcella interpretierte seinen Gesichtsausdruck genau richtig. Sie holte aus und schlug ihn mit aller Kraft, die sie aufbringen konnte, ins Gesicht. Milan schwankte.

»Das war eine waschechte Zigeunerohrfeige. Merk dir, wie sie sich angefühlt hat, Mitreiser«, gab sie ihm noch mit. Er wehrte sich nicht, machte auch keine Anstalten, sich verbal zu verteidigen. Marcella verstand nichts. Wie sollte sie auch? Das alles war viel zu abartig, zu krank, zu dumm. Er wollte hinter Julie her, sich vor ihr auf die Knie werfen und sie anflehen. Was auch immer nötig war, um sie dazu zu bewegen, dass sie ihm zuhörte. Aber stattdessen rannte er direkt in Tonys Brust hinein. Schwer atmend stand der Pferdeflüsterer im Eingang des Stallzelts.

»Sorry, Tony, aber ich muss dringend …«

Eine zitternde Hand krallte sich in seinen Nacken. »Du musst gar nichts außer … die Pferde einfangen.«

»Die … was?« Panisch sah er sich um. In dem Stallzelt standen noch jede Menge Schafe und Ziegen. Auch ein Kamel und zwei Esel. Aber kein einziger Araber mehr. In all dem Chaos von letzter Nacht und heute Morgen hatte er das überhaupt nicht bemerkt.

»Oh nein, das ist meine Schuld«, gab Milan zu. »Ich glaube, ich habe die Box von Nightwatch nicht richtig zugemacht.«

Nightwatch konnte andere Boxen öffnen, wenn er erst einmal in der Stallgasse war, das wusste sogar Ole. Deshalb wurde die Box des Hengsts auch immer zweifach verriegelt, nicht einfach nur zugestoßen.

Tonys Hand krallte sich noch fester in Milans Hals. »Fang ihn!«, röchelte er. »Ich weiß, dass du es kannst. Du hast … die Gabe.« Dann sank der Pferdeflüsterer plötzlich in die Knie.

Erschrocken hielt Milan ihn an den Schultern fest. »Tony? Was ist mit dir?« Doch alles, was Tony noch von sich gab, war ein schmerzhaftes Stöhnen. Dabei hielt er die Hand auf sein Herz gepresst.

»Nein, nein, bitte nicht, bitte nicht!«, schluchzte Milan. Marcella riss ihn schließlich von ihrem Onkel weg. In der Hand hielt sie das gezückte Handy. »Ich wähle den Notruf. Mach du, was er gesagt hat: Fang die Pferde ein!«

»Aber ich … kann das nicht!«, jammerte er.

»Doch, du kannst!«, schrie die Schlangenfrau. »Und jetzt geh, damit ich endlich Hilfe rufen kann.«

Milan stolperte aus dem Zelt. Die ganze Welt da draußen drehte sich. Das Tor, das offene Tor! Julie hatte ihm vertraut, als sie es ihm geöffnet hatte. Er hätte es schließen müssen, nach einem Schlüssel fragen, bei ihr vorbeikommen. Sich entschuldigen und … das Tor war offen. Alle acht Pferde waren entkommen. Es hätten aber genauso gut sechs Tiger sein können. Weil Milan es verbockt hatte. Wie immer. Er hatte alles verbockt und alle verletzt. Sich selbst mit eingeschlossen. Wenigstens das!

Auf unsicheren Schritten, wie ein Betrunkener, rannte er auf das Tor zu. Er hatte es gerade erreicht, da hielt ein Wagen neben ihm.

»Mach es auf. Und hinter mir wieder zu!«, rief Julie. Er tat, wie ihm geheißen, ließ sie hindurchfahren und schloss das Tor hinter ihr mit dem Riegel. Der Wagen stand im Leerlauf und wartete. Also wollte sie, dass er mitkam. Schnell rannte er zur Beifahrerseite und hüpfte hinein.

»Madame Veritas sagt, sie stehen genau vor dem Bahnhof«, verkündete Julie.

»Madame Veritas? Woher will die das denn wissen?«

»Sie ist eine Wahrsagerin!«, rief Julie. Sie brüllte und heulte gleichzeitig.

»Oh Julie, sie ist eine Scharlatanin. Hier geht es um Leben und Tod!«

»Und genau deshalb höre ich auf Madame Veritas!«, schluchzte sie. »Oder hast du eine bessere Idee, wo wir anfangen sollen zu suchen?«

»Nein«, murmelte er. Niedergeschlagen ließ er sich auf seinem Sitz zurückfallen, schlug die Hände vors Gesicht und hoffte, alles würde sich irgendwie regeln, alles würde wieder gut. Julie fuhr indessen wie eine Geisteskranke. Den Berg hinunter, auf den Feldweg und mit Vollgas ins nächste Dorf. Milan sah zu ihr hinüber, wie sie da saß, den Kopf voller Fragezeichen und die Hände ums Lenkrad gekrampft.

»Es tut mir leid«, flüsterte er.

»Was genau tut dir leid, Mitreiser?«, entgegnete sie.

»Das mit Marcella. Vor allem das.«

»Du hast die Pferde laufen lassen.«

»Ja, das auch.«

Sie sagte nichts mehr, hielt genau auf den Bahnhof zu. Und dann sahen sie die Araber: Alle acht grasten auf einem kleinen Stück Land, genau neben dem Bahnübergang.

»Shit, das ist so gefährlich! Wenn jetzt ein Zug kommt! Wenn der hupt!«, jammerte Julie.

»Nicht hinfahren, du vertreibst sie sonst. Lass mich raus, ich kann sie einfangen.«

»Wirklich?« Ihre Stimme klang unsicher.

Er nahm ihre Hand und drückte sie. »Ich kann sie einfangen. Ich bin sicher.«

»Das sagst du nur, weil Madame Veritas prophezeit hat, dass du Selbstvertrauen hast.«

Milan hatte gerade aussteigen wollen. Jetzt machte er noch einmal kehrt und legte seine Hände an ihre Wangen. »Genau das ist der Grund. Und Madame Veritas ist eine Wahrsagerin. Sie weiß, wovon sie spricht.«

Dann sprang er aus dem Auto und rannte auf die Bahnschienen zu. Im gleichen Moment hörte er den Zug.

Es war wie in einem Film. In einem sehr schlechten Film. Filme, wie das Leben sie dreht: Ein dummer Mitreiser ohne Gabe, aber mit einer sehr schweren Schuld rannte auf einen Bahnübergang zu. Ihm gegenüber eine Herde von acht arabischen Rappen, panisch, wie es in der Natur der Pferde lag. Anstatt vor dem Zug selbst zu flüchten, flüchteten sie vor dem Echo seiner Hupe, die durch das Bahnhofsgebäude reflektiert wurde. Entsprechend rannten sie genau auf das tonnenschwere Stahlungetüm zu, ebenso wie der Mitreiser selbst.

Doch weil das Glück stets mit den Dummen und Schuldigen ist, trug es sich zu, dass der Mitreiser als Erster die Schienen erreichte. Er überquerte sie nur Sekunden vor dem Zug, der hupend und mit zischender Bremse hinter seinem Rücken entlangpflügte. Im gleichen Moment galoppierte die Herde auf ihn zu, mit verdrehten Augen und panisch schlagenden Schweifen. Dieser unkontrollierbare Berg aus trommelnden Hufen und zehntausend Kilo Muskulatur. Er raste direkt auf ihn zu. Ein letztes Mal, so zeigte die Kamera es in Großaufnahme, drehte der Mitreiser sich zu dem Van um, der auf der Wiese hinter ihm stand. und schickte der Frau an seinem Steuer einen liebevollen Blick. Dann wendete er sich dem panischen, tödlichen Muskelberg entgegen, der ihn zu zermalmen drohte, und streckte die Hand nach ihm aus. Mehr noch: Er fixierte das Pferd in der Mitte mit seinem Blick, ging direkt auf den schwarzen Hengst zu. Und anstatt ihn niederzutrampeln, anstatt dieses unbedeutende, schwache Stück Mensch dem Erdboden gleichzumachen, verlagerte der Leithengst sein Gewicht auf die Hinterhand und wurde langsamer. Die anderen sieben Pferde taten es ihm gleich. Und in Zeitlupe fielen sie vom Renngalopp in einen erregten Trab, schlugen mit den Hälsen und spien Staub aus ihren Nüstern. Der Mitreiser ließ seine Hand sinken und drehte sich zur Seite. Sein Kinn sank auf seine Brust, und seine Knie gaben nach. Als der Leithengst das sah, ließ er sich neben ihn in den Staub des Feldwegs sinken. Der Mitreiser griff in seine Mähne und saß auf. Triumphierend erhoben sie sich, der abtrünnige Hengst und der Junge mit dem gebrochenen Herzen.

Die Stelle mit dem Abspann bekam Milan nicht mehr mit. Da war sein Kopfkino bereits zu Ende, und er saß auf dem Rücken von Nightwatch, der, brav wie ein Lämmchen, zum Van trottete. Hinter ihm folgte die komplette Herde in Reih und Glied. Dass der Zug unterdessen eine Notbremsung eingeleitet hatte und sämtliche Passagiere ihnen ungläubig hinterherstarrten, versuchte er zu ignorieren. Er sah nur das Gesicht der Überfliegerin, die aus ihrem Wagen gestiegen war und ihm mit verschränkten Armen entgegensah. In ihrem Blick lag so viel Stolz und Zuneigung, dass sein Herz vor Freude hüpfte. Jenes Herz, das er tot geglaubt hatte. Es hämmerte und pochte, als hätte es nie geblutet vor Schmerz.

»Du bist ein Pferdeflüsterer«, sagte Julie, als er vor ihr zum Stehen kam.

»Ich weiß nicht«, antwortete er. »Vielleicht habe ich auch einfach nur an mich geglaubt.«

»Das ist egal, denke ich. Du hast es geschafft.«

Er nickte. Sie betrachtete ihn lange, wie er da auf dem Hengst saß mit der Herde hinter sich, deren Hufe ungeduldig stampften.

»Du bist wie diese Pferde. Beim kleinsten Rauschen des Windes im Gebüsch rennst du davon«, sagte sie.

Er nickte, dankbar dafür, dass sie ihn erkannt hatte. »Es tut mir leid.«

»Das hast du vorhin schon gesagt.«

»Ich meine es schrecklich ernst, Julie. Es war eine Flucht. Panisch, so wie die der Pferde, und genauso hirnlos.«

»Ich weiß, Milan. Aber ich möchte einen Mann an meiner Seite haben, kein Pferd. Es wird eine Weile dauern, bis ich mir darüber im Klaren bin, wie es weitergeht.«

Er nickte, traurig, aber voller Verständnis. Mehr als das konnte er nicht von ihr erwarten. Den Rückzug traten sie geordnet an, wie sich das für einen Zirkus von Welt gehörte. Milan ritt auf Nightwatch voraus. Hinter ihnen folgte die Herde. Julie bildete mit dem Van das blinkende Schlusslicht. Etwa auf halber Strecke stieß die Polizei zu ihnen und erschreckte mit ihrem Martinshorn die Pferde so sehr, dass das ganze Spektakel um ein Haar von vorn angefangen hätte. Aber glücklicherweise war eine pferdekundige Polizistin dabei, die das Problem per Funk schnell löste. Sie passierten also noch vor der Mittagsstunde alle gemeinsam das Tor: Milan mit den Pferden, Julie mit dem Van und der Polizeieskorte im Gepäck. Bevor Nightwatch und die anderen Araber nicht wieder heufressend in ihren Boxen standen, sagte keiner ein Wort. Aber dann trat der Zirkusrat zusammen, unterstützt von einer Horde blau uniformierter Beamter aus der Vertreterwelt. Sie hatten eine Nachricht zu verkünden, die Milans Blut in den Adern stocken ließ. »Tony ist tot«, verkündete Ricardo schluchzend. »Er ist weg, mein geliebter Bruder, einfach weg!«

»Er ist … tot?«, brachte Milan hervor. Er konnte nicht begreifen, dass ein so starkes Herz einfach die Arbeit verweigerte, wegen …

Du bist schuld!

Er hatte die Box nicht geschlossen. Er hatte das Tor offen gelassen. Jeder hier wusste das. Er konnte es in ihren Augen sehen, konnte es in ihren Gesichtern lesen. Ricardo – Tony war sein Halbbruder gewesen. Rosa – ihr Schwager. Marcella und Nancy – ihr Onkel. Er hatte ihn getötet! Milan schnappte nach Luft, taumelte einen Schritt rückwärts und stieß gegen einen Polizisten. Weg! Er musste weg hier!

»Oh nein!«, hörte er plötzlich Ricardos Stimme. Sie war deutlich erhoben, voller Wut. »Du wirst nicht abhauen und alles noch schlimmer machen. Ich sage es jetzt genau einmal, dann möchte ich in Ruhe trauern dürfen: Du bist nicht schuld an Tonys Tod. Niemand hier macht dich verantwortlich dafür. Er hatte einen Herzschrittmacher und schon drei Infarkte. Gestern Abend ging es ihm bereits schlecht, aber er wollte nicht ins Krankenhaus, weil irgendein Gaul gehustet hat. Also wenn überhaupt jemand Schuld an der Sache hat, dann der verfluchte Dickkopf Tony selbst. Jetzt kümmere dich um die Pferde und erspare uns die Szene, die du geplant hattest.«

Milan stand stocksteif da, die Blicke aller Artisten, Wahrsager, Vertreter und anwesenden Seelentiere auf sich gerichtet. Er machte den Mund auf, doch es kam nichts heraus. Also schloss er ihn wieder. Schließlich nickte er und ging zum Pferdestall. Über eine Stunde stand er an Nightwatchs Box und ließ die Tränen laufen. Dann nahm er den tiefsten Atemzug seines Lebens und versuchte, sich daran zu erinnern, wie Tony die Pferde dazu gebracht hatte, sich auf die Hinterbeine zu stellen.

Tarzan

»Wenn du weiterhin so viel liest, wirst du noch blind werden. Oder Augenkrebs kriegen. Oder ein matschiges Gehirn. Das kann einfach nicht gut sein.« Pedro war vor dem Klappstuhl stehen geblieben, den Milan vor den Wohnwagen gestellt hatte. Daneben stand ein Campinghocker, auf dem fünf oder sechs Bücher lagen. Das siebte hielt Milan in der Hand. »Ja, ja, ja!«, bekräftigte der Kakadu Jack. Er saß auf Pedros Schulter, was dem alten Clown irgendwie den Anschein eines Piratenkapitäns verlieh.

»Ich muss das aber lesen«, sagte Milan. »Wie soll ich es sonst lernen? Tony ist ja nicht mehr da.«

»Du hast doch die Gabe«, sagte Pedro.

»Die Gabe reicht aber nicht, wenn ich keine Ahnung von Pferden habe«, erklärte Milan. »Hier geht's um die Technik. Ich muss wissen, wie man es macht. Und wie sie ticken. Und was sie fressen. Und wie ihre Muskeln aussehen.«

»Wie ihre Muskeln aussehen?«

»Ja, damit ich verstehe, wie sie sich bewegen und wozu ihre Körper fähig sind.«

»Tztz …«, machte der Clown. Es sah ganz danach aus, als hielt er Milans Leseorgien für sinnlose Zeitverschwendung. Er ließ seinen Blick über den Wohnwagen schweifen. »Weißt du, ich habe mich nie einsam gefühlt in all den Jahren. Aber jetzt, wo du ausgezogen bist, ist es plötzlich leer bei mir. Keiner mehr da, der sich nächtelang über mir herumwälzt und erst am frühen Morgen einschläft.«

Milan legte das Buch zur Seite. »Das muss doch wundervoll für dich sein. Endlich wieder in Ruhe schlafen.«

Pedro zuckte mit den Schultern, und Milan bot ihm etwas zu Trinken an. »Au ja«, sagte der Clown. »Dann kann ich dir gleich meinen neuen Trick vorführen.«

»Du hast einen neuen Trick? Den will ich sehen.« Gespannt stand Milan auf und ging in Tonys Wohnwagen. Als er ihn durch den Fliegenschutzvorhang hindurch betrat, spürte er die noch etwas fremde, aber nicht unfreundliche Atmosphäre im Inneren. Der Wagen war ziemlich groß, größer, als es Milan lieb war. Zum Ersten musste er in Ordnung gehalten werden. Und zum Zweiten war er unglaublich schwer zu fahren. Neben den Pferden und dem Wohnwagen hatte Milan zwar auch Tonys Geländewagen zur Verfügung gestellt bekommen, aber er tat sich sehr schwer, das meterlange Gespann zu fahren und zu rangieren. Damian hatte einen kompletten Tag mit ihm auf Waldwegen verbracht, um es ihm beizubringen, aber Milan schlug das Lenkrad immer noch oft verkehrt herum ein, wenn er den Wohnwagen rückwärts dirigieren wollte. Bei ihrem ersten Umzug hatte Damian sich deshalb bereit erklärt, das Gespann für ihn zu fahren. Er kutschierte ihn also zum nächsten Stellplatz, während Nancy den Familienwohnwagen zog. Dann ließ er sich zurückbringen, um die Tiger zu holen, und ein weiteres Mal, um die Pferde zu holen. Beim zweiten Umzug hatte er sich strikt geweigert. »Ich habe eigene Kinder, zum Babysitten fehlt mir die Zeit«, hatte er gesagt. Erst war Milan wütend gewesen. Aber dann, nachdem der Umzug ohne größere Unfälle oder Blessuren vonstattengegangen war und sein Wohnwagen vorschriftsmäßig im Kreis der anderen stand, war er Damian für sein Verhalten sogar dankbar gewesen. Irgendwann würde er auch die Pferde selbst fahren und den Lkw mit dem Kran.

Er kippte einen Schuss Apfelsaft in einen Becher und füllte ihn mit Wasser aus dem Wasserhahn auf, der von einem großen Tank mit Trinkwasser direkt unter dem Waschbecken gespeist wurde. Das war Pedros Standardgetränk. Milan reiste jetzt seit drei Monaten mit dem Zirkus und hatte sich an fast alle Besonderheiten des Lebens auf vier Rädern gewöhnt, an das ständig brummende Stromaggregat, den Gestank des Mistcontainers nebenan, das Wasser, mit dem man sparsam sein musste, und die Tatsache, dass Rosa seine Wäsche wusch. Einzig an das Chemieklo würde er sich wahrscheinlich nie gewöhnen.

Er schnappte sich noch zwei Cracker aus seiner Süßigkeitenschublade und ging wieder nach draußen. Unterwegs pfiff er nach Spirit, der sich zwar immer in Hörweite befand, womöglich aber stur so lange fernblieb, bis Jack wieder verschwunden war. Für die beiden Vögel war die räumliche Trennung in jedem Fall ein Gewinn gewesen. Entgegen seiner Annahme kam der Wellensittich sofort angeflogen und setzte sich auf den Campingtisch. Er gab ihm einen Cracker, den anderen hielt er Jack entgegen. »Willst du den?«, fragte er.

»Ja, ja, ja!«, kreischte der Kakadu und griff mit seinem großen Schnabel beachtlich feinfühlig danach.

»Und hier für dich.« Milan reichte Pedro das Getränk.

Der Clown bedankte sich nicht, sondern riss stattdessen Mund und Augen auf, packte den Becher und drückte ihn an sein Herz. Also Pantomime, schlussfolgerte Milan. Er lehnte sich an seinen Wohnwagen und sah ihm weiter zu. Es war erstaunlich, was dieser kleine alte Kerl aus einem schlichten Becher voll Apfelschorle machen konnte. Er hob ihn zum Himmel, machte einen Kniefall davor, küsste ihn. Dann leckte er sich mit der Zunge über die Lippen, setzte an und trank. Doch sogleich spritzte das Getränk durch eine Zahnlücke in seinem Mund wieder nach draußen. Milan wusste nichts von dieser Zahnlücke, deshalb war er einigermaßen erstaunt. Der Clown trieb das Spiel noch eine ganze Weile weiter, bis er schließlich einen Trinkhalm hervorzog, den er sich direkt in die Zahnlücke klemmte. Dann legte er den Kopf schief und trank den Becher aus. Sobald alles leer war, gab er vor, den Kopf jetzt nicht mehr gerade halten zu können, und zuckelte mitsamt seinem Trinkhalm im Kiefer davon.

Lachend klatschte Milan Beifall, als Pedro schließlich wieder als ganz normaler Mensch zurückkam. »Die Zuschauer werden sich kringeln vor Lachen«, prophezeite er.

»Ach, das ist nicht für die Manege. Das war nur für dich«, antwortete Pedro. »Und vielleicht zeige ich es noch Julie und dem kleinen Junior. Heute Morgen ist mir der Zahn herausgefallen, und da dachte ich: Mach was Nettes daraus.«

»Oh«, sagte Milan. »Tut mir leid um deinen Zahn.«

Pedro winkte ab. »Ach, schon okay. Man wird eben nicht jünger. Aber den Zuschauern muss ich es ja nicht gleich auf die Nase binden. Sonst fällt denen noch ein, dass sie lieber Frischfleisch sehen wollen. Zu viele Clowns ohne Zahnlücken und Falten da draußen.«

»Aber keiner ist so lustig wie du«, bekräftigte Milan. Dann saßen sie noch eine ganze Weile zusammen vor dem Wohnwagen, beobachteten Nancy, die ihren Jüngsten auf einem Pony durch die Gegend zog, und Julie, die in dem offen stehenden Zelt Aufwärmübungen machte. Seit der Sache mit Marcella waren nun fast zwei Wochen vergangen. In dieser Zeit hatten sie zwar hin und wieder miteinander geredet, aber Milan hatte doch gemerkt, wie sie ihm aus dem Weg ging. Nun trat sie plötzlich durch den Zelteingang, stemmte die Hände in die Hüften und sah ihn an.

»Sie denkt nach, sehr scharf«, kommentierte Pedro das Geschehen.

»Die Schlinge um ihren Arm ist weg«, fiel Milan auf.

»Ja, aber ich glaube, sie denkt nicht über die Turnübungen nach, die sie jetzt wieder machen kann.«

Je länger die Überfliegerin da stand, desto heftiger rumorte es in Milans Bauch. Schließlich setzte sie sich in Bewegung, schlug ein Rad und mehrere Flic Flacs hintereinander. Ihr schwarzes Haar flog offen im Wind, an dem hautfarbenen Kostüm mit dem grünen Rock glitzerten kleine Perlen in der Sonne.

»Mach den Mund zu, Junge!«, flüsterte Pedro.

Milan schluckte, als Julie vor ihm auf beiden Füßen landete. Sie verschwendete keine Zeit damit, ihn böse anzuschauen. »Wer bin ich?«, fragte sie stattdessen.

»Ähm, Julie, die Überfliegerin, gesegnet mit der Gabe des Wagemuts?«

Sie verdrehte die Augen. »Nicht ich. *Ich!*« Ihre Hände präsentierten das Kostüm.

»Ach so«, murmelte Milan. Er sah noch einmal genauer hin. Es musste irgendetwas sehr Nacktes darstellen, denn der Hauptteil des Anzugs war hautfarben. Nur um die Brust herum wand sich ein grünes Urwaldgewächs, ähnlich einer Efeuschlinge. Dazu der knappe grüne Rock.

»Eva?«, riet Milan.

»Falsch«, sagte Julie enttäuscht.

»Du bist Jane, auf der Suche nach einem Tarzan«, kam es von Pedro. Daraufhin zwinkerte Julie ihm zu. »Bingo!«

Sie wandte sich wieder an Milan. »Also, machst du es?«

»Was? Tarzan sein?«

»Ja.«

»Nie im Leben!«, rutschte es ihm heraus.

Das beleidigte Funkeln kehrte in Julies Augen zurück. »Warum nicht?«

»Weil ich jetzt nicht mehr nur ein Mitreiser bin, sondern auch noch ein Pferdeflüsterer. Weil ich mir selber eine Show ausdenken muss. Und vor allem: Weil ich kein Trapezkünstler bin!«

»Du musst doch nicht mal rauf«, bekräftigte sie. »Du musst nur das Seil schwingen, das vom Ring nach unten baumelt. Die Liane, verstehst du? Komm schon, ich hab super Musik dazu, und Damian macht es niemals!«

Milan dachte nach. Er konnte sich bessere Momente im Leben vorstellen, als halb nackt in der Manege zu stehen und ein Seil zu schwingen. Auf der anderen Seite: Solange sie ihn nicht wieder mit nach oben nehmen wollte …

»Ich mach es!«, verkündete Pedro und entblößte seine Zahnlücke.

»Du bist ein Schatz«, sagte Julie lächelnd. Sie setzte sich auf den Schoß des Clowns und drückte ihm einen Kuss auf die Halbglatze. Dann sah sie wieder fragend Milan an.

»Hast du auch daran gedacht, dass ich ein sehr Tarzan-untypisches Tattoo auf der Brust habe, das einige Zuschauer abschrecken könnte?«

Bei diesen Worten breitete sich ein zauberhaftes Lächeln auf Julies Gesicht aus. »Egal. Du bekommst ein Fell darübergebunden. So ein richtiges …« Sie stand auf und hieb sich vor die Brust. »… Gorillafell! Also machst du's?«

Er seufzte und gab sich geschlagen. »Ja.«

»Und was ist mit mir?«, fragte Pedro kichernd.

»Für dich finden wir auch noch was, größter Clown der Welt!«

Sie hüpfte zweimal hintereinander freudig auf der Stelle, dann hielt sie Milan die Hand entgegen. Eines musste man ihr lassen: Bei der Umsetzung ihrer Ideen verlor sie keine Zeit.

Der Ring schwebte bereits in der Mitte der Manege, als sie das Zelt betraten. Daran hing ein derbes Seil, fachkundig mit einem Kabelbinder festgezurrt. Julie tänzelte zur Musikanlage hinüber und drückte auf den Knopf. Es erklangen ein paar Akkorde, dann begann eine Frau zu singen. Noch ehe Milan wirklich auf den Text hören konnte, war Julie schon wieder an seiner Seite und erklärte, was sie sich ausgedacht hatte: »Also während der ersten beiden Strophen ist alles ganz langsam und leise. Da kommen wir zusammen rein und unterhalten uns quasi. Das üben wir nachher noch mal extra. Und dann, bevor der Refrain anfängt, schwebt der Ring herab. Du nimmst das Seil in die Hand und dann … Mist, dann brauchen wir ja jemand anderen, der den Ring hochzieht, und zwar …« Die Musik schwoll an. »Genau jetzt, verstehst du!«

Er nickte, obwohl er überhaupt nichts verstand.

»Und dann schwingst du es einmal nach vorne und einmal nach hinten.«

»Okay.«

Musicalstimmen dröhnten durch das Zelt. Pedro war mittlerweile auch aufgestanden und ihnen hinterhergekommen. Als Publikum brachte er zwei Vögel und eine Ratte mit.

»Oh, gut, dass du da bist«, schrie Julie gegen die Musik an. »Du musst den Ring rauf- und runterlassen.« Sie rannte wieder zur Anlage und schaltete den Gesang ab. »Also wir üben das jetzt mal ohne Musik. Es ist ganz leicht. Du erkennst mein System sofort.«

Sie übten zwei Stunden lang. Julie hatte tatsächlich ein System eingebaut, doch das erkannte Milan erst, als die Musik wieder lief. Er musste nur auf den Wechsel von Strophen und Refrains hören und entsprechend seine Bewegungen ändern. Es gab ruhigere Phasen, in denen er das Seil stillhalten musste, und dramatischere, in denen er es so schnell drehte, dass ihm der Schweiß ausbrach, während Julie kopfüber am Ring hing und sich mitdrehen ließ. In den ganzen zwei Stunden gab es nur einmal eine kurze Pause, in der er darüber nachdachte, was passieren würde, wenn er einen Fehler machte. Wenn er zu schnell drehte oder in die falsche Richtung.

»Warum muss ich das Ding unbedingt drehen?«, beschwerte er sich. »Ich könnte es doch einfach ein bisschen anschubsen und gut.«

»Weil das mit dem Drehen hundertmal besser aussieht«, beschwerte sie sich augenrollend.

»Aber ohne das Drehen könntest du dich …«

»Sichern? Ja, Milan, das ist richtig. Aber es ändert nichts an der Tatsache, dass die Nummer ohne das Drehen schlechter wird. Ich bin nur drei Meter über dem Boden. Und du wirst keinen Fehler machen, wenn du einfach auf die Musik hörst.« Ihre Augen blitzten.

»Ja, genau, hör auf die Musik«, bekräftigte Pedro.

»Das mach ich doch«, sagte Milan.

»Nein, machst du nicht. Aber vielleicht probt ihr das Ganze noch mal komplett von vorne.« Der Clown zwinkerte Julie zu und schob sich grinsend seinen Trinkhalm in die Zahnlücke.

Seufzend stellte Julie ihre Wasserflasche ab und zog Milan hoch. Mittlerweile hatte sie eine Fernbedienung gefunden, mit der sie die Musikanlage steuerte. Pedro ließ den Ring in der Zeltdecke verschwinden, und sie nahmen am Eingang Aufstellung.

»Was machen wir jetzt? Uns unterhalten?«

Julie stöhnte und drückte auf den Knopf für die Musik. »Du bist Tarzan, ich bin Jane. Hör einfach auf die Musik.«

Sie legte die Fernbedienung weg und wandte den Blick nach vorn. Milan suchte nach ihrer Zirkusmaske, aber sie hatte sie nicht aufgesetzt. Ihr Gesicht war offen, so, wie er es liebte. Er lauschte der Musik.

»*Sei nicht so traurig, ich bin doch bei dir*«, sang die Stimme vom Band. »*Ich pass schon auf, so glaube mir. Ich bin dein Anker, sei du mein Held. Nimm meine Hand, und ich zeig dir die Welt.*«

Dabei führte Tarzan seine Jane in die Manege. Er zeigte ihr seine Welt, deutete nach hierhin und nach dorthin. Jane, noch unsicher und verängstigt, blieb an seiner Seite, drückte sich an ihn, sah zu ihm auf.

»*Du bist so warm und doch so kalt, ein kleiner Junge, tausend Jahre alt. Ich bleib jetzt bei dir, trotz all deinem Schmerz. So lass mich ein in dein Herz!*«

Tarzan legte seine Hand in Janes Gesicht, sah tief in ihre funkelnden Augen, tief hinein bis in ihr Herz. Seine Lippen näherten sich ihren, und sie schloss die Augen in Erwartung des Höhepunkts, des Moments, in dem das Orchester anschwoll und der Ring von der Decke taumelte. Sie setzte sich, und Tarzan griff nach der Liane, bereit, sie zu schwingen, ihr den Dschungel zu zeigen.

»*Denn du und ich sind eins, ja, du und ich sind eins. Von heute bis in alle Ewigkeit!*«

Jane flog durch das grüne Dach des Walds, hangelte sich von Baum zu Baum, sie streckte sich nach den tausend exotischen Blüten und strich den Papageien durchs Gefieder, die ihren Flug begleiteten. Und Tarzan passte auf sie auf. Denn er und sie waren eins. Und das bis in die Ewigkeit.

Als die Musik verklungen war, der Ring wieder über dem Zirkusboden schwebte, als Julie abstieg und Milan zulächelte, tat er es einfach. Ohne nachzudenken. Ohne die Konsequenzen aufzuzählen. Er legte seine Hand in ihren Nacken, zog sie heran und küsste sie. Einfach so, wie Tarzan es tun würde. Für einen kurzen Augenblick blieb sein Herz stehen. Dann spürte er den Druck ihrer Hände auf seinem Rücken und den Tanz ihrer Zunge mit seiner. Gleichzeitig ertönte der Applaus hinter ihnen. Nicht nur Pedro hatte ihnen zugesehen, sondern der ganze Zirkus. Damian ruderte mit den Armen und schrie: »Wuhuhuhu! Geile Nummer!« Marcella zog vielsagend eine Augenbraue hoch, und Ricardo legte seufzend seinen Arm um Rosa. Der kleine Ole trommelte auf den Sattel des Ponys, auf dem er saß. Selbst Madame Veritas ließ sich zu einem Kommentar herab, der so etwas wie ein Lob sein konnte: »Besser, als ich es euch zugetraut hätte. So echt!«

Sie übten die Nummer an diesem Tag nicht mehr. Ein Zauber lag über dem Zelt, und es wäre Frevel gewesen, ihn zu brechen. Ein andermal konnten sie damit anfangen, die Geschichte erneut zu erzählen, so lange, bis sie zu einer Nummer wurde, die sicher saß und Routine bekam. Aber heute sollte der Zauber des Dschungels anhalten dürfen, der Zauber dieser großen, alles verschlingenden Liebe. Nachdem die anderen wieder in ihren Wohnwagen verschwunden waren oder eine sonstige Beschäftigung gefunden hatten, begleitete Julie Milan zum Stallzelt. Vor der Box von Nightwatch blieben sie stehen und betrachteten den Hengst beim Wachehalten. Kurz kam er zu ihnen, schnaubte weich über Milans ausgestreckte Hände, drehte sich dann aber wieder um und starrte zum Zelt hinaus.

»Wonach er wohl sucht?«, murmelte Milan.

»Frag ihn doch, Pferdeflüsterer«, kicherte Julie.

Er lachte. »Wenn das so einfach ginge …«

»… dann wäre der Zauber dahin.«

Wie immer hatte sie damit recht. Es war seltsam: Auch wenn er noch kein einziges Training mit seinen Pferden durchgestanden hatte, allein die

Tatsache, dass er nun seine Gabe kannte, ließ etwas in ihm wachsen. Etwas Zartes, Unglaubliches, das ihn erfüllte, seine Seele kitzelte und zum Lachen brachte. Seit Tagen hatte er nicht mehr darüber nachgedacht, sich wehzutun. Julie drehte ihn zu sich um, zog sein Gesicht zu sich herab und küsste ihn. Er schmeckte den Geschmack ihrer Lippen, sog alles in sich auf, was der Moment zu bieten hatte, spürte das Pulsieren der ganzen Welt. Als sie sich schließlich voneinander lösten, sah Julie ernst aus. »Wie geht es dir damit?«, fragte sie.

»Fantastisch«, antwortete er. »Umwerfend. So gut, dass ich Angst vor jeder weiteren Sekunde bekomme. Wenn man ganz oben auf einem Berggipfel ist, kann es nur noch abwärts gehen, oder?«

Lächelnd schüttelte sie den Kopf. Dann schoss sie ihn in einer Rakete von seinem Berggipfel bis hinauf zum Mond, mit einem einzigen Satz: »Ich habe dich schon geliebt, bevor du deine Gabe hattest, aber jetzt glaube ich, dass du meine Liebe auch aushalten kannst.«

»Du liebst mich?«, brachte er hervor. »Mich?«

Erneut zog sie sein Gesicht zu sich herunter und legte ihre Stirn an seine. Ihre Haare streichelten seine Wange. »Mit all deinen Narben.«

»Das kann ich nicht glauben.«

»Warum nicht? Sie gehören zu dir wie die Farbe deiner Augen.«

Etwas Schöneres hatte noch nie zuvor ein Mensch zu ihm gesagt. Er fühlte sich zu Hause. Angekommen. Nur Jo hatte es bisher vermocht, ihm dieses Gefühl zu vermitteln. Er hatte nicht geglaubt, es jemals wieder zu spüren.

»Ich … kann sie niemals vergessen!«

»Natürlich nicht. Genauso wenig, wie du die Farbe deiner Augen ändern kannst.«

»Und du wirst nicht … anfangen, mich zu hassen, wenn die Zeiten wieder schlechter werden?«

Als Antwort drückte sie ihre Lippen auf seine. Milan machte die Schotten dicht und ließ alle Bedenken draußen. Das hier musste einfach wahr sein, er wollte es so sehr glauben. Auf jeden Fall war es der Höhepunkt seines Lebens. Und falls es fortan nur noch bergab gehen sollte, dann war er froh, bis zu diesem Moment durchgehalten zu haben.

Ti-ger-quä-ler

Der Alltag holte ihn schon am Nachmittag wieder ein. Da nämlich tauchten die Tierschützer wieder auf, diesmal mit einem besonders üblen Utensil im Gepäck: einer Trillerpfeife. Während Damians Familie der Belagerung beim letzten Mal räumlich entgangen war, hatten die Angreifer dieses Mal wohl herausgefunden, wer genau das Ziel ihrer Attacke war. Sie positionierten sich direkt vor seinem Wohnwagen und skandierten gemeinsam das Wort »Ti-ger-quä-ler«, jede Silbe unterbrochen von einem Pfiff aus der Trillerpfeife. Das Ganze war schon von weiter weg nur schwer zu ertragen. Milan fragte sich, wie lange Damian das aus nächster Nähe durchhalten würde. Als es losging, lag Julies Hand gerade auf seinem erstochenen Herzen und ließ es mit jedem Kreisen ihrer Finger heftiger schlagen. Hätte Milan einen Wunsch frei gehabt, dann hätte er die Tierschützer zum Teufel gewünscht. Doch so unterbrach Julie das Werk ihrer heilenden Hände und setzte sich auf. Ihre Frisur war wirr, und das Jane-Kostüm hing in Höhe ihres Bauchnabels auf ihren Hüften. Jedes einzelne von Milans Körperteilen zuckte bei diesem Anblick.

»Das ist zu viel für Damian«, beschloss sie. »Das muss aufhören.«

Ja, das musste es wohl. Ein anderer Moment für all das wäre besser gewesen, aber das Leben suchte sich nur selten die richtigen Momente aus. Milan holte tief Luft und befahl all seinen Körperteilen, das Zucken einzustellen. Es funktionierte leidlich.

Sie zogen sich beide wieder an, dann verließen sie den Wohnwagen. Die Welt draußen hatte sich einfach weitergedreht. Es war eine störrische, mitleidlose Welt, ohne Sinn für frisch Verliebte. Sie schaffte es nicht einmal, für einen einzigen sinnlichen Nachmittag stehen zu bleiben und Ruhe zu geben.

Nancy übergab gerade beide Kinder an Rosa, als Julie und Milan an ihrem Wohnwagen ankamen. Im Hintergrund ertönte die Trillerpfeife und frohlockte der Chor.

»Wen meinen sie mit Ti-ger-quä-ler?«, fragte Junior seine Großmutter gerade. »Papa und Shira sind doch seelenverwandt. Und er benutzt nie den bösen Stock.«

»Aber er hat ihn, Junior. Und das reicht diesen Leuten schon.«

Rosa lächelte ihnen zu, dann hob sie Ole auf den Arm und flüchtete ein paar Meter weiter. Julie und Nancy tauschten einen traurigen Blick. »Gut, dass ihr hier seid«, sagte Nancy. »Er ist kurz davor, selbst zum Tiger zu werden.«

Sie gingen nach drinnen, wo Damian am Küchentisch saß, vor sich ein unangetastetes Glas Bier, dessen Schaum sich längst gesetzt hatte. »Sie meint, das würde mich beruhigen«, sagte er mit einem bitteren Lachen und zeigte auf das Glas. »Wenn es doch so einfach wäre, oder?«

»Oh, es ist so einfach«, stellte Milan klar. »Kipp es dir runter und noch ein Fass hinterher, dann hörst du sie nicht mehr.«

»Was für ein bescheuerter Vorschlag!«, schimpfte Nancy hinter ihm. »Setz dich hin und halt die Klappe, Mitreiser.«

Milan setzte sich also zu Damian, während Julie mit Nancy wieder nach draußen ging. Wie immer fiel ihm die penible Sauberkeit des Wohnwagens auf, die gedrechselten Kanten der Möbel. Damians Familie wohnte weitaus spießiger als so manche Einfamilienhausbewohner.

»Und, seid ihr jetzt endlich zusammen?«, fragte Damian.

»Ich soll die Klappe halten, hat sie gesagt.«

»Nein, du sollst verdammt noch mal mit mir reden, denn ich bin hier der Ti-ger-quä-ler, hast du gehört?«

»Du hast dein Bier immer noch nicht getrunken.« Er stand auf und bediente sich an Damians Kühlschrank. Darin fand er tatsächlich das vermutete Fünf-Liter-Fässchen, holte es heraus und zapfte sich ebenfalls ein Glas davon.

»Auf die Tiger!«, sagte er und hob Damian sein Getränk entgegen. Der Dompteur gab seine Verweigerungshaltung auf und stieß mit ihm an. Schneller als Milan selbst leerte er sein Glas. Milan zapfte ihnen beiden ein neues.

»Also sag endlich: Läuft da was bei euch?«, wiederholte Damian seine Frage.

Milan grinste. »Ja.«

»Ha, ich wusste es! Der Kuss war echt!«

Natürlich war er das gewesen. Aber hier, wo Träume, Geschichten und Realität sich jeden Tag von Neuem ineinander verschlungen, wo Damian mal ein umjubelter Held und mal ein verabscheuungswürdiger Ti-ger-quä-ler war, war das vielleicht gar nicht so klar. Der Held holte aus und knuffte Milan in die Schulter. Dann trank er sein zweites Bier, woraufhin seine Augen bereits glasig wurden. Allzu viel schien er nicht zu vertragen. Milan sorgte für Nachschub.

»Ich hätte nicht gedacht, dass sie dir das verzeiht. Dass du Marcella flachgelegt hast«, bemerkte Damian.

»Ich auch nicht«, seufzte Milan. »Hat sie aber zum Glück.«

»Und? Ist es so, wie man sagt?«

»Was denn?«

»Na, das mit der Schlangenfrau. Du bist der Einzige hier, der es beurteilen kann. Normalerweise schleppt sie nur Private ab.«

Milan zog scharf die Luft ein. Von allen Themen, die er anschneiden konnte, hatte Damian gerade das gewählt, an das er sich heute am wenigsten erinnern wollte.

»Ich bin nicht betrunken genug für so ein Gespräch«, versuchte er, sich herauszureden.

»Na, dann schenk nach!«, befahl der Tigerdompteur und streckte ihm sein leeres Glas entgegen.

Eine Stunde später waren alle Details über die Schlangenfrau geklärt. Damian sang mit den Tierschützern im Chor, und Milan trommelte mit zwei Löffeln den Rhythmus dazu auf dem Tisch. Weder Nancy noch Julie waren sonderlich begeistert, als sie die beiden so vorfanden.

»Wir hätten nicht rausgehen sollen«, bemerkte Julie.

»Doch, aber wir hätten das Fass mit rausnehmen sollen«, sagte Nancy.

»Wieso? Ist doch alles gut«, lallte Damian. »Kennt ihr schon den Ti-ger-quä-ler-Song? Das ist der neue Nummer-eins-Hit. Ti-ger-quä-ler!« Dazu machte er schwankende Bewegungen mit beiden Händen vor seinem Gesicht. Milan lächelte Julie zu und schlug den Takt der Trillerpfeife mit. Sie verdrehte die Augen. »Das war ja wirklich deine einzige Lösung.«

»Klar, hab ich doch gesagt«, verteidigte er sich. Er war ebenfalls angeheitert, aber längst nicht so schlimm wie Damian.

»Ich dachte, ihr würdet Männergespräche führen oder so was.«

»Na, haben wir doch«, sagte Milan und wurde rot.

Julie schüttelte den Kopf. Sie sah Nancy an, die aber auch keine Idee zu haben schien. Daraufhin nahm die Überfliegerin die Sache in die Hand: »Also dann gibt es jetzt genau zwei Möglichkeiten: Entweder wir rufen die Polizeivertreter, oder wir fliehen.«

»Keine Polizei!«, beeilte Nancy sich zu sagen. »Die bringen nur wieder das Jugendamt mit.«

»Also gut, dann abhauen?«

Beide Frauen sahen ihre Männer an.

»Ti-ger-quä-ler!«, sagte Damian.

»Abhauen«, entschied Milan.

Man warf also das leere Fässchen weg und packte die Betrunkenen in Nancys Geländewagen. Julie suchte den Film aus, und Nancy fuhr. Als sie den Zaun passierten, kamen ihnen die Tierschützer entgegen. Damian sang weiter ihr Lied mit, aber die anderen drei streckten ihnen den Mittelfinger entgegen, was für allgemeine Empörung sorgte.

Der Film handelte von Superhelden und der Rettung der Welt. Julie kuschelte sich die ganze Zeit über an Milans Brust, seufzte, wenn es romantisch wurde, und küsste ihn jedes Mal, wenn die Schauspieler es taten. Er selbst bekam von der Story nichts mit, wartete ständig nur auf die nächste Kussszene. Damian hingegen wurde während des Films ziemlich nüchtern. Er verließ das Kino sehr viel schlechter gelaunt, als er es betreten hatte.

»Wir brauchen Alkohol.« Es war Nancy, die diese Feststellung beim Verlassen des Saals machte, nicht Milan. Entsprechend gingen sie nicht zurück zum Auto, sondern schlugen sich in das nächtliche Getümmel der Stadt. Es war eine kleine Stadt, Milan wusste nicht einmal, wie sie hieß. Aber neben dem Kino hatte sie eine waschechte Partymeile zu bieten, mit mindestens fünf oder sechs Bars in einer Reihe. Für jemanden, der die letzten drei Monate seines Lebens hinter einem Zaun verbracht hatte, war das fast so etwas wie der Ballermann.

Milan fühlte sich wie der König der Welt, als eine Kellnerin ihm einen echten Long Island Ice Tea brachte, nicht das schlecht gemischte Zeug, das Tony ihm hin und wieder kredenzt hatte, als er noch lebte.

»Ich will nicht zurück«, jammerte Damian und umklammerte seinen Zombie-Kübel mit beiden Händen. »Diese gemeinen Idioten! Erst essen sie Fleisch aus Massentierhaltung und Eier aus Legebatterien, und dann kommen sie, um auf meinen Tigern herumzuhacken.«

»Also jetzt hör mal!«, wies Nancy ihn zurecht. »Vorhin hast du noch die ganze Zeit Ti-ger-quä-ler gesungen. Und jetzt brichst du hier zusammen wie eine Memme aus der Stadt?«

»Nein. Wie eine Memme aus dem Wohnwagen.« Damian rülpste und zog noch einmal an seinem Trinkhalm. »Der Mitreiser ist schuld. Der hat mich abgefüllt.«

»Er ist kein Mitreiser. Er ist ein Pferdeflüsterer«, stellte Julie klar.

»Mir egal, was er ist. Er hat mich abgefüllt.«

Das Gespräch hätte so harmlos und sinnlos enden können, wie es angefangen hatte, wären nicht plötzlich diese Typen aufgetaucht. Milan erkannte sie sofort wieder, auch wenn es nicht dieselbe Stadt war. Aber in den letzten Wochen waren sie quasi im Kreis gezogen, immer auf der Suche nach einer Kommune, die die Tigerauftritte zuließ. Der Ort mit der Burg, wo Julie ihre Slackline aufgespannt hatte, war sicher keine fünfzig Kilometer Luftlinie von hier entfernt.

»Hey, Zigeuner!«, grölte einer der Typen. Es war derjenige, der schon damals den Streit angefangen hatte. Insgesamt waren sie zu viert. Und schon wieder angetrunken. Julie winkte nach dem Kellner, Milan ballte die Fäuste.

»Hast du deine Seiltänzerin schon rumgekriegt?«, provozierte der Kerl weiter. »Ist ihr Arsch so knackig, wie er aussieht?«

Das Bild vor seinen Augen verschwamm. Ein rötlicher Filter legte sich darüber. Julies Hand wanderte auf seinen Arm.

»He, Zigeuner, ich rede mit dir!« Einer seiner Kumpanen zog den Typen am Arm zurück, doch er machte sich sofort los, baute sich vor ihrem Tisch auf und fixierte Milan mit seinen kleinen blauen Schweinsäuglein.

»Es ist besser, du lässt das. Denk daran, dass wir alle mit gezinkten Karten spielen«, zischte Milan. Es war das Letzte, das er noch im Guten hervorbrachte. Ein einziger weiterer Satz, und er würde …

»Ach ja, stimmt. Du wolltest mir die Zähne ausschlagen, oder nicht? Bloß dumm, dass wir zu viert sind und ihr nur zu zweit.«

Der Typ sah die Faust nicht kommen, die auf ihn zuflog. Sie war klein und kam von der Seite, aber es war eindeutig nicht der erste Schlag, den sie austeilte. Er taumelte rückwärts in seine Kumpel hinein, dabei schoss Blut aus seiner Nase.

Julie schüttelte ihre Hand aus. »Mein Arsch ist so knackig wie mein rechter Haken. Ich glaube nicht, dass er was für dich ist«, sagte sie hochnäsig. Dann hätte alles vorbei sein können. Der Typ hätte einstecken können, Prügel von einem Mädchen bezogen zu haben, Milan hätte die Beleidigung hinunterschlucken können. Niemand hätte mehr etwas sagen müssen. Stattdessen machten sie weiter.

»Sieh zu, dass du Land gewinnst«, sagte Milan. »Denn wir sind auch zu viert, wie du vielleicht merkst.«

Schwankend kam sein Gegenüber wieder zum Stehen. Er wischte sich das Blut von der Nase und senkte den Blick wie ein Stier kurz vor dem Angriff. Die Art, wie er Julie und Nancy nun anstarrte, war extrem herablassend. »Den beiden Zigeunerschlampen besorgen wir's mit links.« Das war das Letzte, was er sagte. Es war nicht Milan, der ihn schlug, sondern Damian. Und der Hieb war keiner, wie man es hin und wieder des Nachts in Bars sah. Es war einer von der Sorte, die Ärger nach sich zogen, eine Menge Ärger. Im selben Moment, in dem der Typ zu Boden ging, wusste Milan, dass jemand den Krankenwagen rufen musste. Er wusste auch, dass sie von Glück reden konnten, wenn dieses dämliche Arschloch je wieder herumlaufen und Leute anpöbeln konnte. Ein Raunen ging durch die Reihe der Privaten ringsum.

Nancy schlug die Hände vors Gesicht. »Was hast du getan?«

Julie hingegen sagte gar nichts. Sie trat neben Milan und fasste nach seiner Hand. Vielleicht dachte sie jetzt genau wie er darüber nach, die Beine in die Hand zu nehmen und abzuhauen. Aber falls ja, dann wusste sie ebenso, dass es zwecklos war. Sie waren die einzigen Zirkusleute weit und breit. Man würde sie sofort finden.

Ein anderer Junge aus der Gruppe ihrer Gegner ging neben dem Opfer in die Knie und fühlte seinen Puls.

»Lebt er noch?«, fragte Nancy mit zitternder Stimme.

»Keine Ahnung«, sagte der andere. Sein hasserfüllter Blick wanderte nach oben zu Damian. »Dafür sollte man euch an den nächsten Baum hängen, genau wie man es früher mit den Zigeunern gemacht hat!«

Milan hatte jegliches Zeitgefühl verloren. Seit Stunden saß er in der Untersuchungszelle. Er wusste nicht, wie viel Uhr es war, wusste nicht, wo die anderen waren, wusste nicht, wer seine Pferde fütterte. Wie ein Tier mit Hospitalismus lief er in seiner Zelle auf und ab, schlimmer, als er es je einen von Damians Tigern hatte tun sehen. Dabei fragte er sich, warum das alles hatte passieren müssen. Waren die Tierschützer schuld, weil sie Damians Gespenster entfesselt hatten? Die Betrunkenen, weil sie ihn provoziert hatten? Oder vielleicht doch mal wieder er, Milan, weil er den Dompteur betrunken gemacht hatte? Hätte er es nach Julies Ohrfeige doch gut sein lassen! Hätte er nur das Fass Bier nicht aus dem Kühlschrank geholt! Hätte! Hätte! Hätte!

Irgendwann wurde das Licht in der Zelle gedämpft. Da merkte er, dass niemand mehr kommen würde, um seine Fragen zu beantworten. Julie hatte recht mit dem, was sie über den Zaun sagte: Sie waren nur auf ihrer Seite sicher. Wären sie doch nur dort geblieben. Auf der harten, leicht nach Erbrochenem stinkenden Pritsche fiel Milan in einen unruhigen Halbschlaf. Bei jedem Geräusch fuhr er hoch, bildete sich ein, er würde etwas verpassen, könnte seine Freunde nicht retten. Wüste Traumbilder mischten sich mit seiner Realität, Monster verschlangen ihn und platzten wieder im Neonlicht des Flurs.

Der erste Besuch, den er am nächsten Morgen erhielt, war Clemens von Baumgart. Ohne eine großartige Reaktion über die veränderten Rahmenbedingungen ihres Gesprächs zu zeigen, setzte der Psychologe sich an den Tisch im Besprechungsraum der Polizei und ruckelte an seinem Hemdkragen. Wieder einmal nahm Milan in Handschellen ihm gegenüber Platz.

»Das Opfer hat überlebt«, war das Erste, was von Baumgart sagte. Er wartete auf eine Reaktion von Milan, doch die blieb aus.

»Ist diese Nachricht eine Erleichterung für dich?«

»Ja«, sagte Milan, und das stimmte auch. In erster Linie aber war er erleichtert, dass Damian dadurch weniger Ärger bekommen würde. Das Arschloch war ihm egal. Von Baumgart schien ihm das anzusehen.

»Gehe ich recht in der Annahme, dass du einem Menschen den Tod wünschst, nur weil er deine Freundin beleidigt hat?«

»Nein, verdammt.«

»Ein einfaches Nein reicht mir.« Wieder ruckelte der Psychologe an seinem Kragen herum. Diesmal war ihm die Umgebung wohl zu stickig. Garantiert hatte er selbst irgendeine Paranoia und war deshalb so empfindlich.

»Wo sind die anderen?«, fragte Milan. »Ich sage kein Wort mehr, bevor ich nicht weiß, wo sie sind.«

Ein seltsames, falsches Vertreterlächeln stahl sich auf von Baumgarts Mundwinkel. »Ich muss schon sagen, du hast dich gut in der Zirkuswelt eingelebt. Freunde gefunden. Und sogar ein Mädchen. Das ist eine Leistung, die ich durchaus zu würdigen weiß.« Er machte eine kleine Kunstpause. »Damian und Julie sind in den Zellen neben dir. Nancy durfte nach Hause, damit sie für die Kinder sorgen kann.«

»Und die Arschlöcher?«

»Du meinst die Freunde des Opfers? Was soll mit denen sein? Sie haben ihre Aussage gemacht und durften gehen. Sie haben niemandem etwas getan.«

»Ich habe auch niemandem etwas getan.«

Der Psychologe seufzte. Dann zückte er die Polizeiakte und las Milans Aussage vor. Als er fertig war, ließ er die Mappe geräuschvoll zwischen ihnen auf den Tisch fallen. »Du beschuldigst dich selbst. Du hast provoziert, du hast den Alkohol besorgt, du hast nicht auf Damian aufgepasst und blablabla. Erwartest du, dass man dich jetzt gehen lässt?«

»Die Wahrheit ist doch: Sie lassen mich nicht gehen, weil ich ein Zigeuner bin und Sie ein Vertreter.«

»Ich bin ein Psychologe, Milan, kein Vertreter«, sagte von Baumgart irritiert.

»Wenn Sie kein Vertreter sind, warum lässt unser Schicksal Sie dann so kalt? Warum versuchen Sie immer, mich in Ihre schreckliche Welt zurückzuholen und mir einen schrecklichen Job in einer schrecklichen Stadt aufzudrängen? Warum lassen Sie mich nicht sein, wie ich bin?«

»Du fängst an, Blödsinn zu reden, Junge. Ich zweifle an deiner Zurechnungsfähigkeit.«

»Ich bin so zurechnungsfähig wie noch nie zuvor. Wollen Sie meine Arme und Beine sehen? Bitte schön, Handschellen auf, und es kann losgehen.«

Er hatte sich so in Rage geredet, dass der Polizist hinter ihm näher gekommen war. Von Baumgart gab dem Beamten ein Zeichen, dass alles okay war. Er ruckelte noch einmal an seinem Hemd, dann gab er auf und öffnete den obersten Knopf.

»Nun pass mal gut auf, Milan«, sagte er. »Du wohnst im Wohnwagen eines Toten, spielst mit dessen Pferden und träumst von einem großen Auftritt vor viel Publikum. Du gehst mit einer Artistin ins Bett und glaubst, sie könnte die Mutter deiner Kinder werden. Du hältst dich für einen echten Outlaw, der seine Freunde verteidigt und den Rest der Welt als Spießer oder … Vertreter … beschimpft. Aber dieses Haus, was du da baust, hat kein Fundament. Es wird zusammenbrechen, und dann schneidest du dir wieder die Pulsadern auf oder lässt dir noch ein paar Messer auf die Brust tätowieren.«

Milan wusste nicht, was enger war, die Eisenschellen an seinen Handgelenken oder seine Kehle, die sich bei diesen Worten ganz von selbst zuschnürte. Ein Teil von ihm wollte in einem Meer aus Blut und Tränen ertrinken, jammern und aufgeben ob der Wahrheit, die hinter all dem steckte. Aber da war noch ein anderer Teil von ihm. Der, der die Schienen vor dem Zug überquert hatte. Der Jane auf ihre Reise durch den Dschungel schickte. Der mit Pferden sprechen konnte und das Zeltdach zusammenknotete. Dieser Teil hielt sein Kinn nach oben und flüsterte ihm die richtige Antwort ein: »Das wird nicht passieren. Denn ich baue kein Haus. Ich ziehe in einem Wohnwagen durchs Leben, und der braucht kein Fundament.«

Von Baumgart musterte ihn lange. Dann schüttelte er einfach nur den Kopf und ging zum nächsten Punkt über.

»Ich will Erfolge sehen, Milan. Eine funktionierende Show, mit der man Geld verdienen kann. Einen Gehaltszettel, nicht dieses Mitreiser-Taschengeld. Und kauf dir Kondome, ja, vor allem das. Schlimm genug, dass das Jugendamt sich jetzt wieder mit dem Wohnwagen gegenüber befassen muss.«

»Merken Sie eigentlich, wie menschenverachtend Sie sind?«

»Das ist keine Menschenverachtung«, sagte von Baumgart und stand auf. »Das sind Tatsachen. Bis in zwei Wochen, Milan.«

Wahrscheinlich war es dem Psychologenvertreter zu verdanken, dass Milan als Allerletzter aus der Untersuchungshaft entlassen wurde, sogar nach Damian. Erst am Abend des nächsten Tages brachte ein Polizeiwagen ihn bis zum Zaun. Er kletterte hinüber und steuerte auf der Stelle Julies Wohnwagen an. Sie hatte ihn wohl vom Fenster aus kommen gesehen, denn die Tür öffnete sich, noch ehe er sie erreichte. Sie flog ihm entgegen, schlang die Arme um ihn, vergrub ihr Gesicht in seiner Halsbeuge. Seufzte: »Du bist da! Ich dachte schon, die Vertreter hätten dich fertiggemacht.«

»Sie haben ihr Bestes gegeben«, versicherte Milan.

Ein Schatten überzog ihr Gesicht. Wortlos streifte sie seine Ärmel nach oben, schob ihre Hände unter sein Shirt, schloss die Augen, tastete und suchte.

»Es ist gut«, sagte er. »Ich bin okay.«

Ein Hauch von Scham überzog ihr schönes Gesicht. »Tut mir leid. Aber bei dir weiß man nie …«

Er legte seinen Zeigefinger auf ihre Lippen und brachte sie damit zum Schweigen. Langsam schob er sie rückwärts zum Wohnwagen. »Das stimmt«, flüsterte er dabei. »Darum mach es wie Nancy und liebe mich, als wäre es das letzte Mal!«

Pferde

Ein Schritt nach rechts. Eine leichte Drehung. Spannung in seinem Oberkörper. Nightwatch trabte nach links. Ein Schritt nach links. Eine leichte Drehung. Spannung. Nach rechts. Und Wiederholung. Milan übte das bis zur Vergasung. Bis sein Kopf qualmte. Bis er jede Bewegung des Pferds ganz genau voraussagen konnte. Er merkte sich den Punkt, an dem sein Schritt zu groß war, verstand, um wie viel schneller Nightwatchs Beine trabten für jeden Zentimeter, den er sich verschätzte. Sie tanzten hin und tanzten her, wie ein Flamenco-Paar, das sich nicht berührte und dennoch auf unbeschreibliche Art miteinander verschmolzen war. Julie sah ihnen lange zu, ohne ein Wort zu sagen. Dann kam sie von der Tribüne herab und setzte sich auf die Bande der Manege. Milan stoppte Nightwatch durch einen gezielten Schritt nach rechts. Dann wandte er ihm seine Seite zu und klopfte mit der Hand an seinen Oberschenkel, woraufhin der Hengst angetrottet kam und regungslos neben ihm stehen blieb. Er folgte ihm wie ein Hund, während er zu Julie hinüberging.

»Und? Was sagst du?«, fragte Milan mit glänzenden Augen.

Julie machte ein betretenes Gesicht. »Ich verstehe nicht, was du machst. Du tanzt mit dem Pferd. Aber was soll daraus werden?«

»Das weiß ich noch nicht«, gab Milan zu. »Im Moment reden wir einfach miteinander.«

Sie warf den Kopf in den Nacken und lachte. »*Das* ist Pferdesprache?«

»Ja.«

»Was erzählst du ihm?«

Er kam näher und legte die Arme um ihre Taille. Das Pferd folgte ihm. »Dass die tollste Frau, die jemals unter einem Zeltdach geschwebt ist, morgens in meinem Arm aufwacht.«

Julie kicherte und deutete auf Nightwatch.

»Wird er heute Abend auch da sein, wenn ich wieder in dein Bett krieche?«

»Das wirst du dann sehen«, sagte Milan geheimnisvoll. Er drehte sich zu dem Pferd um, hob beide Arme leicht an und sagte: »Lass uns kurz allein!«

Der Rappe machte ein paar Schritte rückwärts, beobachtete ihn noch kurz und fing dann an, mit der Nase über den Boden zu schnuppern.

»Er folgt dir ja wirklich aufs Wort.«

»Ich habe doch gesagt, wir unterhalten uns.«

Kopfschüttelnd betrachtete Julie den Hengst und seinen neuen Trainer. Milans Brust schmerzte. Es dauerte einen Moment, bis er begriff, dass es Stolz war, der ihn durchflutete. Stolz auf diesen ersten Schritt, und wenn es auch nur ein ganz kleiner war. Was er vorhatte, war etwas viel Gewaltigeres. In zwei Wochen kam Clemens von Baumgart wieder, um über seine Zukunft zu entscheiden. Vielleicht endgültig, vielleicht aber auch nicht. Aber wenn er bis dahin eine Show und einen Gehaltszettel vorzuweisen hatte, dann war das doch wohl der letzte Beweis, dass er keinen Vormund nötig hatte, um sein Leben zu meistern. Dass seine Mutter und der Psychologe unrecht hatten und mit ihnen alle Vertreter dieser Welt. Zwei Wochen Zeit, um das zu beweisen.

»Sind sie draußen?«, fragte er Julie.

»Ja, alle sieben. Ich muss nur den Vorhang öffnen, und sie gehören dir.«

Er nickte. Seine Hände schwitzten, denn er war keinesfalls sicher, ob er das schaffen würde.

»Ist das Tor zu? Ich meine … falls sie abhauen.«

»Das werden sie nicht«, sagte Julie. »Aber ja, es ist zu, und die Tiger sind im Waggon.«

»Danke.«

Sie ließ sich von der Bande gleiten und küsste ihn flüchtig auf den Mund. »Ich lasse dich mit ihnen allein.« Dafür war er ihr dankbar. Sie schien alles von seinem Gesicht abzulesen, was ihm wichtig war, was er brauchte, um leben und arbeiten und lieben zu können. Das Letzte, was er von ihr sah, war ihr Lächeln, während sie den Vorhang hinter der Manege anhob und die Pferde hereinließ. Sie gesellten sich zu Nightwatch und wandten sich Milan mit gespitzten Ohren zu. Jetzt war der Moment gekommen. Der Moment, um zu flüstern. Er machte einen Schritt nach rechts, und die Herde setzte sich in Bewegung.

Damian hatte eine Anklage wegen schwerer Körperverletzung bekommen. Die Tatsache, dass er von Beruf Tigerdompteur sei und nicht Landschaftsgärtner, wirke sich erschwerend auf die Tat aus, hatte der Vertreter gesagt, der ihm seine Rechte vorgelesen hatte. Er empfahl ihm einen guten Anwalt und ließ ihn dann wieder gehen. Doch die ganze Episode hatte einen Schatten auf die Familie gelegt. Die nächtlichen Geräusche, die sonst jedes einsame Herz zum Springen brachten, hörte man derzeit eher aus dem Wohnwagen nebenan. Der kleine Ole lachte weniger als zuvor, und Junior trollte sich bei jeder Gelegenheit zu Pedro, wo er Clownsnummern einstudieren wollte. Damian selbst war der Kummer am meisten anzusehen. Normalerweise nutzte er die frühen Morgenstunden, nachdem er mit dem Misten und Füttern der Tiger fertig war, dazu, um mit Shira zu spielen. Ein paarmal, immer dann, wenn ein grausamer Zufall Milan früher als üblich aus dem Bett getrieben hatte, war er bereits Zeuge dieses Schauspiels geworden. Damian und sein Tiger. Beide ungefähr gleich groß, wenn Shira sich auf die Hinterbeine stellte. Sie umschlangen einander dann mit ihren Pranken, knufften und packten sich, rissen die Mäuler auf und zeigten sich ihre Zähne. Manchmal warfen sie sich auch um. Es sah wahnsinnig und lebensgefährlich aus, ein Anblick, der jeden zum Hyperventilieren bringen würde, der nicht wusste, wen er vor sich hatte. Aber niemand außer den Frühaufstehern vom Zirkus Salto bekam das je zu Gesicht. Schade eigentlich, fand Milan. Speziell den Tierschützern von gestern hätte er das gern einmal gezeigt. Um Damian einen entsprechenden Vorschlag zu machen, aber auch, um das archaische Schauspiel der Pranken und Muskeln noch einmal selbst zu sehen, hatte er sich nun aus dem Bett gequält. Aber Damian spielte nicht. Er stand nur neben dem Auslauf und starrte durch die wartende Shira hindurch auf den Waggon. Milan trat neben ihn. »Ich glaube, dein Seelentier will was von dir«, sagte er zur Begrüßung.

Damian schüttelte den Kopf. »Sie ist ein Tiger und wird damit klarkommen, den Tag mit einem Happen Fleisch zu beginnen.«

»Sieht aber nicht so aus«, stellte Milan mit einem Blick auf das riesige Schnitzel fest, das zwei Meter weiter unangetastet in der Ecke lag.

»Wenn sie zu dumm ist, um das zu fressen … oder wenn sie mich damit erpressen will, dann muss sie wohl damit leben, dass das Fleisch weg ist, sobald ich die Käfige im Waggon öffne. Also jetzt.«

Er ging um den Auslauf herum zum Waggon, erklomm die Stufen und betätigte einen Hebel, der die restlichen Tigerkäfige aufspringen ließ. Majestätisch schlichen die Großkatzen heraus. Sie setzten ihre samtenen Pfoten auf die Treppen, blickten sich um und schnupperten in die Luft. Khan verzog sein Maul, als wolle er ein überlautes Miau ausstoßen, doch heraus kam ein Grollen, das Milan durch Mark und Bein ging. Er sah das übrig gebliebene Fleischstück als Erster, drängte alle anderen beiseite und schnappte es sich. Genüsslich verzog er sich damit zum Rand des Auslaufs und schlug seine

Reißzähne hinein. Der übrige Teil des Rudels fuhr unterdessen seine Krallen aus und plagte sich gegenseitig mit Futterneid und schlechter Laune. Mit hängendem Kopf verzog Shira sich ins Innere des Waggons.

»Warum bestrafst du dein Seelentier? Sie kann am allerwenigsten etwas dafür«, sagte Milan, als Damian zurückkam. »Wenn du unbedingt jemanden bestrafen willst, dann nimm mich. Hier«, er zeigte auf seine Wange, »hau drauf, aber bitte nicht so fest wie bei dem Arschloch.«

Damian wurde so wütend, dass er knallrot anlief. Wie ein Bulldozer rollte er auf Milan zu, machte erst halt, als seine Brust ihn berührte, und starrte ihn mit blutunterlaufenen Augen an.

»Verschone mich mit deinem verfickten Selbstmitleid, Mitreiser, hier geht es einmal nicht um dich.«

Milan ballte nun auch die Fäuste und starrte auf Damian herab. Sie mussten einen seltsamen Anblick abgeben, wie sie da neben dem Tigerkäfig standen, die stinkende Mistkarre irgendwo im Off, und sich anfunkelten, weil jeder von ihnen glaubte, selber das ärmste Schwein der Welt zu sein. Diese Einsicht durchdrang sie nahezu gleichzeitig. Milan entspannte seine Fäuste und Damian seine Brustmuskulatur. Dann schnaubte Damian wie ein Pferd und machte einen Schritt zurück. »Deine Frisur ist so scheiße, Bruder, mit der kannst du nie und nimmer auftreten«, sagte er.

Milan fuhr sich durch die Haare. Es stimmte. Er hatte überhaupt keine Frisur, nur schwarz gefärbte Zotteln, die in alle Richtungen abstanden. Er versuchte, sie im Nacken zusammenzufassen, aber dafür waren sie zu kurz. Damian lachte. »Tja, da muss wohl die Schere ran. Vielleicht erbarmt sich Marcella, obwohl du sie mit Julie betrügst.«

»Idiot«, sagte Milan, ließ seine Haare los und hieb Damian mit der Faust auf den Oberarm. Der Dompteur steckte den Schlag ohne Wimpernzucken weg. »Überhaupt … bist du gerade aus deinem eigenen Wohnwagen gekommen? Habe ich das richtig gesehen?«

»Ja. Heute ist Vorstellung. Sie muss mal schlafen.«

»Sie muss mal schlafen?«, wiederholte Damian ungläubig.

Milan zog eine Augenbraue hoch.

»Ihr seid wie die Karnickel. Das ist widerlich«, beschloss der Dompteur. Dann wechselte er das Thema und deutete mit dem Kinn hinüber zu Shira, die nun oben auf der Waggontreppe saß und das Geschehen vor ihr traurig beobachtete. »Es ist nicht sie, die ich bestrafen will. Ich glaube, du kennst das Prinzip sehr gut. Ich bin bloß nicht der Typ für diese …« Er fuhr sich mit dem ausgestreckten Finger über die Unterarme.

»Ich versteh das schon«, sagte Milan. »Nur bestraf dich nicht zu lange. Sonst hast du bald ein abgemagertes Seelentier und bist dann wirklich ein Ti-ger-quä-ler.«

»Das wäre dann Stufe zwei«, sagte Damian. »So wie bei dir dieses … abartige Tattoo. Nein danke, ich höre schon vorher auf.«

»Gut«, sagte Milan. »Ich hätte da nämlich einen Vorschlag für dich: Warum baust du in deine Show keinen neuen Teil ein? Wenn alle anderen Tiger durch sind. Dann lass Shira noch in der Manege und spiel mit ihr.«

»Spielen? Wir *kämpfen*, ist dir das nicht aufgefallen?«

»Ja, von mir aus, dann kämpf mit ihr. Und lade die Tierschützer dazu ein.«

»Was soll das bringen?« Damian verschränkte die Arme vor der Brust. Jetzt kam also der schwierige Teil der Überzeugungsarbeit.

»Deine Show ist fantastisch, versteh mich nicht falsch«, sagte Milan. »Aber es ist eben das, was man kennt. Tiger sitzen auf Podesten, springen durch brennende Reifen, stellen sich auf die Hinterbeine.«

»Aber das ist Dressur«, warf Damian ein. »Es hat mich Jahre gekostet, ihnen das beizubringen. Jahre und Narben. Was ich mit Shira mache, ist keine Kunst.«

»Für dich vielleicht nicht. Aber zeig mir einen Privaten, der jemals mit einem Tiger gekämpft hat. Diese körperliche Nähe zu einem so gefährlichen Raubtier … das ist faszinierend, glaub mir, ich war selber mal privat.«

»Was soll daran faszinierend sein?«, brummte Damian.

»Probier es aus und achte auf die Reaktion des Publikums.«

»Hm. Ich werde mal mit Nancy darüber reden.«

»Ja, rede mit Nancy. Ich muss weiter. Deinem Schwiegervater einen Arbeitsvertrag rausleiern.«

»Einen Arbeitsvertrag? Den hab nicht mal ich«, bemerkte Damian.

»Nicht?«

»Nein.«

»Dann wird die Sache vermutlich schwieriger, als ich gedacht habe.«

Er hatte sich nicht getäuscht. Ricardo hörte sich an, was Milan zu sagen hatte, verdrehte dann die Augen und zeigte nach draußen auf Tonys Wohnwagen. »Du bist jetzt seit drei Monaten bei uns. Aber du hast einen eigenen Wohnwagen, ein Auto und acht Pferde. Jetzt willst du auch noch Geld? Dabei haben wir doch gar keins.«

»Nein«, sagte Milan. »Ich will kein Geld. Aber ich will dableiben dürfen. Und wenn ich dem Psychologen keine Show und keinen Gehaltszettel vorlege, erklärt er mich für unzurechnungsfähig und steckt mich wieder in die Psychiatrie oder gibt mir einen Vormund. Und dann wimmelt es irgendwann nur so vor Vertretern in deinem Zirkus.«

»Hmpf«, grummelte Ricardo. Er lehnte sich auf seiner Eckbank zurück, streckte den Bauch heraus und setzte seinen Ellbogen darauf, damit er sich gemütlich den Bart zwirbeln konnte. Das schien seine Art zu sein, fieberhaft nachzudenken. Unterbrochen wurde er dabei nur von Rosa, die eine Kanne Orangensaft und Kekse zwischen sie stellte. Sie klemmte die Arme in die Hüften, sah von einem zum anderen und schüttelte den Kopf.

»Dass ihr Männer immer so eindimensional denkt!«, bemerkte sie. Dann wollte sie sich wieder abwenden und zu ihrer Waschmaschine gehen. Ricardo hörte auf, an seinem Bart zu drehen, und rief ihr hinterher, sie solle stehen bleiben. Spöttisch grinsend kam Rosa zurück. Sie hatte dasselbe ausladende Hinterteil wie Nancy, nicht den schlanken Körper aus biegsamem Stahl wie ihre zweite Tochter. Schnell versuchte Milan, an etwas anderes zu denken. Aber irgendwie schien der Name Marcella bereits in der Luft zu hängen. Rosa richtete ihren Zeigefinger auf ihn, sah dabei aber Ricardo an. »Er war mit deiner Tochter in der Kiste. Also überleg dir gut, ob du ihn wirklich haben willst, bevor ich dir die Lösung eures Problems verrate.«

Milan schlug die Hände vors Gesicht. Wie peinlich!

»War er?« Ricardo musterte ihn mit todernstem Gesicht. »Ich dachte, er hat was mit Julie?«

»Hat er auch, jetzt. Aber davor war er mit Marcella in der Kiste.«

Das Ganze schien für Ricardo Grund genug zu sein, um sich eine Pfeife anzuzünden. Er entsprach wirklich jedem Klischee von einem Zirkusdirektor. Gerade das mochte Milan an ihm. Er presste die Lippen aufeinander und hoffte, Ricardo würde ihm diesen Ausrutscher vergeben. Stattdessen spannte der Direktor ihn auf die Folter, zog erst ein paarmal an seiner Pfeife, bevor er sie schließlich weglegte und die Hände auf dem Tisch faltete.

»Würden wir diese Kiste hinter uns herziehen, und wären noch alle Männer darin, die jemals mit Marcella hineingesprungen sind, dann müssten wir einen weiteren Lkw anschaffen, um sie zu bewegen«, sagte er. Rosa gab einen entrüsteten Laut von sich. Aber dann lachte sie urplötzlich und setzte sich neben Ricardo auf die Eckbank. Milan atmete auf.

»Also, Weib, wie lautet deine sagenhafte Lösung nun?«, fragte Ricardo.

Rosa schenkte erst Orangensaft aus und drängte jedem einen Keks auf. »Was bezahlst du dem Mitreiser jeden Monat?«, fragte sie dann.

»Hundert Euro bar auf die Kralle«, antwortete Ricardo.

»Gut, dann wirst du ihm künftig tausend bezahlen.«

»Tausend Euro?« Vor Entrüstung war der Direktor aufgesprungen. »Das würde uns ruinieren!«

»Nicht, wenn er dir neunhundert zurückbezahlt für Tonys Wohnwagen. Und wenn der abbezahlt ist, macht ihr mit dem Geländewagen weiter. Und wenn der auch abbezahlt ist, dann kauft der Mitreiser entweder auch die Pferde oder macht sich wieder fort in sein privates Leben.«

Das war die perfekte Lösung. Warum war Milan selbst nicht darauf gekommen? Nächtelang hatte er gegrübelt, aber dieser einfache kleine Trick war ihm nicht eingefallen. Immerhin war Ricardo Tonys Erbe. Der Wagen, das Auto und die Pferde gehörten ihm. Aber er konnte nicht das Geringste damit anfangen. Wahrscheinlich hatte er innerlich längst damit abgeschlossen gehabt, dass Milan diese Dinge nun übernahm. Die Grenzen von mir und dir verschwammen hier ohnehin am laufenden Band. Jeder stellte einfach das zur Verfügung, was er gerade geben konnte und wollte.

Ricardo stand immer noch eingeklemmt zwischen Tisch und Eckbank, steif wie eine Statue. Nun hob er feierlich sein Glas. »Willst du einen Wohnwagen kaufen, Kleiner?«

»Das will ich«, sagte Milan und stand ebenfalls auf.

Der Direktor hob seinen Orangensaft und knallte ihre beiden Gläser zusammen. »Darauf trinken wir. Weib, hol ein Stück Papier, um den Arbeitsvertrag aufzusetzen!«

»Den druckst du besser aus dem Internet aus«, empfahl ihm Rosa kopfschüttelnd, putzte mit einem Tuch den Orangensaft vom Tisch und wandte sich dann wieder ihrer Waschmaschine zu.

Eine Stunde später waren sie fertig. Doch als Ricardo seine Unterschrift unter den Vertrag setzen sollte, stockte er plötzlich. Grübelnd sah er Milan an. »Hast du überhaupt eine Show, die man einem Publikum zumuten kann?«

Milan grinste und erklärte seinen Plan.

Die zwei Wochen gingen viel zu schnell ins Land. Noch am Tag vor der Vorstellung war Milan sicher, alles würde gut werden. Aber dann rückte sie näher, die alles entscheidende Stunde. Minute für Minute verging, und der Kloß in Milans Hals wuchs auf Fußballgröße an. Er hatte die Tarzan-Show nun schon mehrfach ohne die Pferde gezeigt, achtmal, um genau zu sein. Aber niemals war dabei seine Kehle so trocken gewesen, sein Puls so hoch.

Heute würde von Baumgart da sein, um zu sehen, ob er den Herausforderungen seines neuen Lebens gewachsen war. Und Damian hatte Freikarten an den Tierschutzbund geschickt. Das alles war plötzlich zu viel für Milan. Wie ein Geisteskranker tigerte er hinter dem Manegeneingang umher. Julie fand ihn in dieser Situation und brachte ihn zum Stehen. Sie ruckelte das Band zurecht, das seine Tarzan-Haare hielt, strich ihm anzüglich über das Fell auf seiner Brust und küsste ihn, aber nur flüchtig, um sein Gehirn nicht am Denken zu hindern. »Ich weiß genau, wie du dich fühlst«, sagte sie.

»Niemand weiß, wie ich mich fühle. Es steht zu viel auf dem Spiel«, sagte Milan. »Was, wenn ich es verkacke?«

»Ich könnte es auch verkacken.«

»Nein, du bist Julie Montalbano, die Überfliegerin. Ich bin nur ein dummer Mitreiser, der aufs offene Meer hinausschwimmt – diesmal mit Publikum!«

»Nein, das bist du nicht«, sagte Julie geheimnisvoll. Sie brachte ihren Mund ganz nah an sein Ohr, dann flüsterte sie hinein: »Alle werden wissen, wer du bist, wenn sie deinen neuen Namen hören.«

»Meinen neuen Namen?« Überrascht sah Milan sie an. »Du hast ein Pseudonym für mich gefunden?«

Sie nickte.

»Welches?«

»Das wirst du hören, sobald wir die Manege betreten.«

Mehr war nicht aus ihr herauszubekommen. Die Pause nahte, und ihre Vorführung würde die letzte davor sein. Milan hatte nicht nachgesehen, ob von Baumgart tatsächlich anwesend war. Alles, was er üblicherweise sonst an Arbeiten innerhalb der Manege übernahm, während die Vorstellungen liefen, hatte Ricardo heute in weiser Voraussicht sich selbst und Pedro auferlegt – Planen einrollen, Tische und Reifen aufstellen, den Ring hochziehen. Marcella war die Nummer vor ihnen. Gerade eben brandete ihr Abschiedsapplaus auf. Milan schwang sich auf den blanken Rücken von Nightwatch und streckte Julie die Hand entgegen. Mit einem galanten Schwung sprang sie hinter ihm auf, vor ihm tanzte eine Straußenfeder im Wind. Eine Sekunde lang vergaß er, wozu er eigentlich hier war und was für ein Thema ihre Show noch einmal hatte. Dann sprang Marcella an ihnen vorbei und schnappte sich eine Gerte, genau wie Rosa und Nancy hinter ihnen.

»Es kann losgehen. Die Herde ist bereit!«, verkündete sie und trieb die anderen Pferde ein Stück weiter nach vorn. Von drinnen hob Pedro den Vorhang auf. Gerade erklangen die letzten Worte von Ricardos Ansage: »… in ihrer ersten gemeinsamen Show: Julie Montalbano und Milan Caballerino!«

»Caballerino?«

»Der mit den Pferden tanzt«, flüsterte Julie und drückte ihre Fersen in Nightwatchs Flanken, weil Milan es nicht tat.

Die Musik erklang, als Tarzan und Jane in die Manege ritten, gefolgt von sieben arabischen Rappen, allesamt auf Hochglanz poliert und mit grünen Straußenfedern geschmückt. Die Pferde drängten sich hinter ihren Leithengst, und Milan steuerte ihn im Kreis, so lange, bis alle an ihrem Platz standen. Dann hob er beide Arme an, und alle Pferde stiegen mit den Vorderbeinen auf die Stufe vor der Bande. Es war ein einfaches Kunststück, verfehlte aber nicht seine Wirkung. Die Zuschauer in den Logen waren den Pferden nun ganz nah. Einige lehnten sich erschrocken zurück, andere reckten die Hände nach den dampfenden Hälsen über ihnen. Da kam die Liane herabgeschwebt. Sie glitten von Nightwatchs Rücken, und Julie nahm in dem Ring Platz. Als sie hochgezogen wurde, warf sie Milan eine Kusshand zu.

»*Denn du und ich sind eins!*«, sang die Musik dazu, und jemand im Publikum seufzte. Und plötzlich war alle Aufregung verflogen. Milan Caballerino brachte den Ring in Schwung. Dann führte er seine Pferde in eine elegante Drehung, ließ sie kehrtmachen und angaloppieren. Er schickte Jane auf ihren Flug durch den Dschungel, holte die Tiere des Waldes herbei und zeigte nach oben in die Luft. In dem Moment, als alle acht Pferde sich auf die Hinterbeine erhoben, während Julie mit offenen Haaren kopfüber im Ring baumelte, wusste er, dass er es geschafft hatte. Das hier war es, was er für den Rest seines Lebens tun wollte: mit Pferden tanzen, Träume erschaffen, die Überfliegerin lieben. Der Applaus schien extra dafür gemacht, diese Gewissheit zu unterstreichen. *Geh weiter!*, sagte er ihm. *Das ist der richtige Weg!*

Er schickte die anderen Pferde an den Rand der Manege, drei nach rechts, vier nach links. Auf Nightwatch nahm er selbst wieder Platz und ergriff die Liane. Dann kam das, was am schwierigsten war, das Drehen mit dem Pferd im Kreis, die Galopp-Pirouette. Sie funktionierte nicht ganz so gut, wie Milan gehofft hatte, doch das Publikum merkte es nicht. Sie drehten sich, bis ihm schwindelig wurde, bis zu dem Satz im Lied, der sein Zeichen war und woraufhin er loslassen durfte. Verzückt wandte er seinen Blick nach oben und sah der Überfliegerin beim Tanzen zu, sah die Kraft, mit der sie sich hielt, den Rücken durchgedrückt, die zarten Fußknöchel mit den Händen umschlungen. Nachher würde sie wieder in seinen Armen liegen und ihre Beine um ihn schlingen, nur um ihn.

Die Show war nur vier Minuten lang, doch sie fühlte sich an wie ein ganzes Leben. Zum Abschluss sprang Milan vom Pferd und ließ alle acht

Rappen noch einmal steigen, bevor sie ins Kompliment gingen und vor den Zuschauern knicksten. Der Ring baumelte herab, und Tarzan nahm Jane auf seine Arme. Unter dem Applaus des Publikums setzte er sie galant ab, um sich aufzustellen und zu verbeugen. Der Vorhang öffnete sich, und Milan gab einem Pferd nach dem anderen ein Zeichen, hindurchzurennen. Erst ganz am Ende fasste er Julies Hand und rannte ebenfalls hinaus.

Draußen fielen sie sich in die Arme und küssten sich. Sie pressten ihre Körper aneinander, um sich besser zu spüren. Am liebsten hätte Milan ihnen beiden die bescheuerten Kostüme vom Leib gerissen und ihr direkt hier gezeigt, wie sehr er sie liebte. Es war wie ein Rausch. Damian beendete ihn.

»Hey, Caballerino, deine Pferde hauen ab.«

Voller Schreck ließ er Julie los und fuhr herum. Aber Nightwatch und die anderen Pferde standen friedlich hinter ihm und warteten auf ihre Belohnung.

»Du Arschloch«, sagte er zu Damian. Dann lächelte er Julie noch einmal zu und verteilte Leckerlis an alle Pferde. Er hörte erst auf, als der Beutel an seinem Gürtel leer war. Die Araber scharrten mit den Hufen, er musste ihnen zuflüstern, dass sie damit aufhören sollten. Im gleichen Moment kam Rosa um die Ecke und zog ihn ganz unvermittelt an ihre ausladende Brust. Milan schnappte nach Luft, ließ es aber geschehen.

»Du bist ein guter Junge«, sagte sie und klopfte dabei auf seinen Rücken. »Ich bin froh, dass du in einem Wohnwagen mit uns fährst und nicht in einer Kiste verrotten musst.«

Mit diesen Worten ließ sie ihn stehen und griff in das Halfter des Pferds, das ganz vorne stand. Es war ausgemacht, dass Rosa und ihre Töchter die Araber zurück in den Stall brachten. Milan wurde beim Aufbau des Tigerkäfigs benötigt. Er versuchte, erst einmal die Schnappatmung loszuwerden, die Rosas Überfall ihm beschert hatte. Julie war neben ihn getreten. »Wie hat sie das denn gemeint?«, fragte sie.

»Keine … Ahnung«, log Milan. »Hilf mir einfach, das Fell loszuwerden.«

Er zog sich um, so schnell er konnte, und half dann den anderen Männern in der Manege, während Julie und Marcella die Kinder durch die Tierschau führten und Nancy mit ihrer Mutter Popcorn verkaufen ging. Madame Veritas prophezeite währenddessen einigen Liebespärchen eine strahlende Zukunft – gegen drei Euro Gebühr natürlich. Die Pause dauerte zwanzig Minuten, doch während dieser Zeit war Milan damit beschäftigt, den Käfig und die Schleuse aufzubauen, durch die die Tiger das Zelt betreten sollten. Der Aufbau war sehr viel komplizierter als der Abbau, da man dabei jede einzelne Steckverbindung kontrollieren musste. Später würden sie das gesamte Ding innerhalb von fünf Minuten wieder auseinandergenommen haben. Trotz allem waren noch fünf Minuten Pause übrig, als der Käfig stand. Milan wischte sich mit einem Tuch den Schweiß von der Stirn und ließ den Blick über das wenige Publikum schweifen, das die ganze Zeit über in dem Zelt ausgeharrt hatte. Sie sparten sich den Euro für die Tierschau oder die eins fünfzig für die Dose Cola. Es waren zumeist Vertreter, die so etwas machten. Denn wer noch einen Funken Magie in seinem Herzen hatte, ließ es sich in der Regel nicht nehmen, sich Marcellas Babypython Moses um den Hals zu hängen, auf einem Pony oder Kamel zu reiten oder die Ziegen zu füttern. Hätten die beiden Jungs ganz oben im zweiten Rang gewusst, wie enorm man bei Marcella punkten konnte, indem man ihr Ziegenfutter abkaufte, sie hätten einen Euro dafür übrig gehabt, da war Milan sich sicher. Clemens von Baumgart konnte Milan nirgendwo entdecken. Ein anderer junger Mann stand indes an der Bande und winkte aufgeregt in seine Richtung. Erst blickte Milan sich nach rechts und links um, bevor er begriff, dass der Typ wirklich ihn meinte. Er ahnte nichts Gutes, ging aber trotzdem hin.

»Ja?«, fragte er so höflich wie möglich. Dabei irritierte ihn das aufgeregte Funkeln in den Augen des Privaten. So etwas hatte er schon lange nicht mehr gesehen, zumindest nicht auf der anderen Seite des Zauns, wo dieser junge Mann ganz sicher herkam.

»Du bist Milan Caballerino, oder?«, fragte er.

»Ähm … ja«, sagt Milan.

Sein Gegenüber streckte ihm die Hand entgegen. »Ich bin Robin Naumann«, sagte er. »Ich habe einen Reitstall, drüben in Dillberg.«

»Ah«, machte Milan und drückte seine Hand. Er hatte keine Ahnung, wo Dillberg lag.

»Du machst eine fantastische Freiheitsdressur«, sagte Robin.

»Danke. Ich hab die Gabe noch nicht so lange. Das war unsere Premiere heute.«

»Gabe?«

»Na ja, das mit dem Pferdeflüstern.«

Der junge Mann lachte. Es war ein wirklich amüsiertes Lachen, von ganz tief unten. Milan wusste nicht recht, ob er beleidigt sein sollte. In den Büchern, die er gelesen hatte, war oft von Pferdeflüsterern die Rede gewesen. Er hatte geglaubt, die Privaten könnten mit dem Wort umgehen.

»Sorry, sorry, tut mir leid«, sagte Robin und hielt sich die Hand vor den Mund. »Es ist nur so: Wir … normalen … Pferdeleute würden so etwas niemals über uns selbst sagen.«

»Wieso nicht?«

»Weil es arrogant klingt.«

»Tut mir leid, ich wollte nicht arrogant klingen. Auf unserer Seite des Zauns nennen wir das so.«

»Auf eurer Seite des Zauns, ja?«

Milan zuckte mit den Schultern. Er wusste nicht, was dieser Mensch von ihm wollte. Im Hintergrund ertönte der erste Gong. Die Pause war vorbei. Robin merkte es ebenfalls. Schnell griff er in seine Jackentasche und zog seine Visitenkarte hervor.

»Deine Bodenarbeit ist besser als meine. Aber ich kann die Galopp-Pirouette besser reiten als du. Zeig mir, wie du die Araber in Reihe steigen lässt, und ich zeige dir, wie man das Gewicht auf die Hinterhand bekommt. Ruf mich an, und … sorry dafür, dass ich gelacht habe!« Damit drückte er ihm die Karte in die Hand und verschwand wieder auf der Tribüne. Milan schob die Adresse ein. Das war entweder ein besonders mieser Vertretertrick oder ein totaler Glücksgriff in die magische Welt der Privaten. Er würde Spirit darauf ansetzen müssen, es herauszufinden. Noch während er das dachte, fiel ihm auf, dass er mittlerweile völlig die Denkweise der Zirkusleute übernommen hatte. Er lachte über sich selbst und ging ins Dunkel neben den Sitzreihen, um sich die Tigerdressur anzuschauen.

Als alle Leute wieder Platz genommen hatten, dämpfte Ricardo das Licht im Zelt und sagte die Nummer an. Der Scheinwerfer erstrahlte und fiel genau auf Damian, der in seinem gold-blau schimmernden Kostüm wie Aladin persönlich aussah. So völlig anders als der Typ, der jeden Morgen die Tigerscheiße zum Container fuhr. Und auch ganz anders als der Jammerlappen, der sich neulich an sein Bierglas geklammert und Ti-ger-quä-ler gesungen hatte. Jetzt war er der König des Zelts. Er drehte sich um sich selbst, hob die Arme und forderte Applaus. Als Letzterer verklungen war, gab er Pedro ein Zeichen, damit er die Schleuse öffnete. Alle sechs Tiger trabten auf Samtpfoten herein, Khan vorneweg, dann Shira und hinter ihnen der Rest. Damian zeigte die gleiche Show wie immer. Er ließ die Tiger durch Reifen und übereinander springen, sich über den Boden rollen und sich auf die Hinterbeine erheben. Der Großteil des Publikums spendete Applaus, denn sie hatten sich ja bereits damit abgefunden, eine Tigerdressur zu sehen, als sie das Zelt betreten hatten. Ein paar wenige, darunter drei Frauen in der vordersten Reihe, klatschten nicht. Das mussten die Gäste vom Tierschutzverein sein. Etwa nach der Hälfte der Darbietung hielten sie ihre Plakate hoch: »Gegen Tiger im Zirkus!« Milan stockte der Atem. Hundertfach hatten sie die Demonstrationen schon hinter dem Zaun gehabt. Dies war das erste Mal, dass solche Plakate im Zelt gehisst wurden. Und Milan hatte Damian diesen Tipp gegeben. Nur mit Mühe hielt er seine Beine auf der Stelle, schärfte sich das ein, was Ricardo zu ihm gesagt hatte, bereits an seinem allerersten Abend hinter dem Zaun: »Das Publikum hat immer recht. Egal, wie dumm diese Menschen sich benehmen: Bleib freundlich!«

Er konnte nichts machen. Damian musste es aushalten. Und das tat er auch. Er zog seine Show durch, als wäre nichts gewesen, drehte den drei Frauen den Rücken zu und entließ alle Tiger bis auf Shira. Dann wurde es wieder dunkel im Zelt, aus dem Lautsprecher erklang »Read All About It« von Emeli Sandé.

»Und nun, meine Damen und Herren«, sagte Ricardo ins Mikrofon, »möchten wir Ihnen zeigen, dass unsere Tiger eine ganz besondere Beziehung zu ihrem Dompteur haben. Sie leben vielleicht nicht in freier Wildbahn, aber dort sind sie auch nicht geboren. Trotzdem sind es wilde Tiere. Mit ihnen in diesen Käfig zu steigen erfordert Mut. Aber es erfordert auch Freundschaft und Einfühlungsvermögen. Sehen Sie nun das, was wir jeden Morgen sehen, wenn wir mit der Sonne aufstehen, Sie aber noch schlafen: Damian Krüger und seine Seelenverwandte Shira.«

Er legte das Mikrofon zur Seite und drehte die Musik auf. Damian tätschelte Shira im Nacken, lief einmal mit ihr am Käfig entlang und begann dann sein Spiel, nein, seinen Kampf. Am Anfang beobachtete Milan ihn und seine Tigerdame dabei ganz genau, irgendwann beobachtete er nur noch das Publikum. Jeder Einzelne von ihnen war auf seinem Stuhl bis auf die Kante gerutscht und lehnte sich nach vorne. Ihre Augen funkelten vor Faszination und Grauen. Es war genau so, wie Milan es vorausgesehen hatte: Sie liebten diesen Anblick. Mann gegen Tiger, wie in der Steinzeit. Dieses Raufen und Schlagen, das dumpfe Knurren aus Shiras Hals, Damians Halsmuskeln, die sich anspannten, als er das Raubtier zur Seite wuchtete und umwarf. Das Lied verklang, und wie auf ein unsichtbares Kommando zivilisierten sie sich plötzlich wieder, der Tiger und sein Dompteur, und platzierten sich ganz manierlich Seite an Seite, um ihren Applaus entgegenzunehmen. Die drei Tierschützerinnen saßen mit offenem Mund da und hatten die Plakate auf ihren Oberschenkeln abgelegt. Damian strahlte. Doch genau in diesem Moment griff die erste der drei Frauen wieder zu ihrer Waffe und hob sie hoch. Die zweite ließ sich von ihr mitziehen, und auch die dritte hob schließlich ihr Plakat wieder an. Alle drei ließen sie Damian wissen, was sie von seiner neuesten Darbietung hielten: »Gegen Tiger im Zirkus.«

Die Vertreter sagten später, dass es Zufall gewesen wäre. Die anderen Besucher sagten gar nichts, sie kicherten nur. Damian sagte, sein Seelentier hätte eben durchgegriffen. Und da ein tonnenschwerer Käfig Shira von den drei Frauen trennte, die sie gern gefressen hätte, blieb ihr nichts anderes übrig, als ihnen auf andere körperliche Art zu zeigen, was sie von ihnen hielt. Sie drehte sich um und hob den Schwanz an. Ihr Urin ergoss sich zielgenau über die mittlere Frau, spritzte von deren breiter Brust ab und markierte auch die beiden Frauen neben ihr. Dabei vernichtete sie nicht nur alle drei Plakate, sondern auch eine Designerbluse, zwei Oberteile made in Bangladesh und drei Packungen Popcorn. Damian brauchte genau eine Sekunde, um das gehässige Grinsen zu kontrollieren, das auf seine Mundwinkel trat. Dann tadelte er Shira mit hocherhobenem Zeigefinger, während die komplette Familie Lauenberger angerannt kam, um den völlig verschreckten Damen zu Hilfe zu eilen. Rosa tupfte alle drei mit einem Tuch ab, Nancy drückte ihnen neues Popcorn in die Hand, und Ricardo entsorgte mit spitzen Fingern die drei stinkenden Plakate, die sich bereits beim Hinaustragen in seinen Händen auflösten.

»Böse Katze«, schimpfte Damian noch, als er Shira wieder in die Schleuse schickte. Doch Milan fand ihn eine Minute später im Tigerkäfig auf der anderen Seite wieder, wo er sich mit Shira balgte und »Geile Katze!« schrie. »Hast du gesehen, wie angepisst die ausgesehen haben?«

Der Abend hätte so zu Ende gehen können, und alles wäre gut gewesen. Milan sehnte sich danach, mit Julie in ihrem Bett zu liegen und jede einzelne Sekunde ihres Auftritts Revue passieren zu lassen. Oder vielleicht doch besser ein paar Wohnwagen weiter bei ihm, weit genug weg von dem Steinzeitmenschen, der den Säbelzahntiger niedergerungen hatte und heute die letzte, aber garantiert allerletzte Nacht mit seiner Höhlenfrau erlebte. Sie würden reden bis tief in die Nacht hinein, Pläne schmieden und schließlich erkennen: Auch für sie konnte das Leben jederzeit enden und musste deshalb sinnvoll genutzt werden.

Mehr als das wollte Milan nicht mehr. Aber dann stellte sich heraus, dass Clemens von Baumgart eben doch da gewesen war, und das nicht allein. Urplötzlich stand er nach der Show neben ihm. Und er hatte Milans Mutter dabei. Jene Mutter, die Milan zu verdrängen versucht hatte, indem er sein Handy in den Container mit dem Tigermist geworfen hatte. Es hatte nicht funktioniert, sie aus seinem Leben fernzuhalten. Da war sie, ohne den grauen Anzug, aber dafür in einem seltsam langweiligen blauen Kleid. Ihre Frisur war ordentlich, ihre Schuhe geputzt, und das

Schlimmste – ihre Fingernägel waren gemacht. Daran erkannte Milan, dass die Vertreter sie endgültig erwischt hatten. Er drängte die Tränen zurück, die ihn bei ihrem Anblick überkamen. Tränen der Trauer um seine glückliche Kindheit, um die wilde, arme, leidenschaftliche Zeit, die diese Frau ihm geschenkt hatte, die Spiele, die sie für Jo und ihn erfunden hatte, die Waldmonster, die sie gemeinsam aus Stöcken, Zapfen und Ton gebastelt hatten.

»Milan!«, hauchte sie,und in ihrer Stimme stand immer noch dieselbe Liebe wie früher.

»Hallo, Mama«, sagte er, unfähig, ihr auf angemessene Weise zu begegnen. Er wusste ja nicht einmal, was eine angemessene Weise war.

»Deine Mutter ist heute mitgekommen, um zu sehen, wie du dich in deinem neuen Lebensumfeld eingelebt hast«, erklärte von Baumgart. »Wir sind uns einig, dass du etwas sehr Ordentliches auf die Beine gestellt hast.«

»Ordentlich?« Er sah nur seine Mutter an, der Psychologe war ihm egal. Sie lächelte ihm liebevoll zu, ließ aber nicht erkennen, was sie dachte.

»Hast du auch die offiziellen Sachen geregelt? Arbeitsvertrag? Lohn?«

»Ja«, sagte Milan und zog mechanisch die Kopie des Dokuments aus seiner Hosentasche. Von Baumgart nahm es entgegen, ließ flüchtig seinen Vertreterblick darüberschweifen. »Internetvorlage, na ja«, murmelte er. »Aber zumindest unterschrieben. Und sonst?« Er zog die Augenbrauen hoch. »Arme, Beine?«

Milan biss die Zähne aufeinander. Daraufhin winkte der Psychologe ab. »Schon okay, das kontrollieren wir beim nächsten Mal. Rede mit deiner Mutter, Milan Schröder. Und sieh zu, dass du deinen echten Namen nicht vergisst.«

Damit ließ er sie stehen, machte einen heftig schnäuzenden Abgang durch das Zelt hindurch, zu seinem Auto mit der antiallergenen Klimaanlage. Gleichzeitig kam Julie ihnen aus der Gegenrichtung entgegen. *Rette mich!,* schrien Milans Augen ihr zu. *Siehst du, in welcher Gefahr ich mich befinde? Siehst du, wie ich leide?*

Ja, sagte Julies Blick. *Du tust mir schrecklich leid, Liebster. Aber das ist dein Kampf, nicht meiner.*

Sie trat neben ihn und streckte seiner Mutter die Hand entgegen. »Guten Tag, ich bin Julie.«

Seine Mutter nahm die Hand freundlich entgegen und lächelte ihr zu. Aber dann sagte sie »Schröder«, und Milans Herz krampfte sich zusammen. »Mama …«, brachte er hervor, *Mama!*

»Ja?«, fragte sie stirnrunzelnd, als wüsste sie nicht, was er meinte.

»Ich bin sicher, ihr habt eine Menge zu besprechen. Warum zeigst du deiner Mutter nicht deinen Wohnwagen, Milan?«, fragte Julie.

Ich hasse dich dafür, dass du mich allein in diese Schlacht schickst, suggerierte Milan ihr mit seinem Blick.

Und ich liebe dich dafür, dass du dich ihr trotzdem stellst, antwortete sie ihm. *Solltest du verlieren, werde ich deine Wunden heilen.*

Also blieb ihm nichts anderes übrig, als seine Mutter mit zu seinem Wohnwagen zu nehmen. Natürlich hatte er ihn nicht aufgeräumt. Ein Wohnwagen neigte dazu, bereits bei der kleinsten Unordnung asozial auszusehen, das lag in seiner Natur. Und das, was in Milans Wohnwagen herrschte, war keine kleine Unordnung mehr. Dieser kurze Auftritt heute Abend in der Show hatte ihn einen ganzen Tag Vorbereitung gekostet: Er hatte acht Pferde gestriegelt, ebenso viele Vorderzeuge und Gurte gefettet und Straußenfedern entstaubt. Er hatte das dämliche Fell auf seiner Brust zweimal durch ein anderes ausgetauscht, bevor er wieder bei dem ersten hängen geblieben war. Und dann hatte er alle Schränke nach seiner Tarzan-Hose durchwühlt, ehe Julie sie in der Wäsche gefunden und beschlossen hatte, Milan sollte sich doch noch einmal komplett ausziehen. Dieses ganze Chaos hatte den Wohnwagen in eine Art Schlachtfeld verwandelt. Wie passend, dass er ihn nun zum Schauplatz seines persönlichsten Kriegs erklärte.

Er führte seine Mutter dennoch einmal kurz hindurch, bevor er sie wieder nach draußen bugsierte, auf einen Campingstuhl drückte und je ein Glas Wasser für sie beide holte. Seine Mutter nippte daran, ohne zu fragen, wo es herkam und ob es wirklich Trinkwasser war, was er ihr hoch anrechnete.

»So, das ist also dein neues Zuhause«, sagte sie.

»Ja.« Warum nur hatte er das Gefühl, dass sie es nicht mochte?

»Nett.« Sie blickte umher, bevor ihr Blick auf dem Stromaggregat haften blieb, das, wie so meist, genau zwischen seinem Wohnwagen und dem von Marcella stand. »Läuft das dauerhaft?«, fragte sie.

»Nein, aber oft.«

»Hm.« Sie nippte wieder an dem Wasser. »Und das Mädchen? Wie war ihr Name noch gleich?«

»Julie.«

»Julie. Ist sie eine Sinti?«

»Eine was?«

»Eine Sinti. Na ja … Zigeunerin?«

Darüber hatte Milan noch nie nachgedacht. Er hatte schon von dieser Volksgruppe gehört, irgendwann in der siebten Klasse im Religionsunterricht. »Keine Ahnung … ich denke schon«, sagte er.

»Hm«, murmelte seine Mutter erneut.

»Warum machst du das?«, brach es aus Milan heraus.

»Was denn? Ich mache doch gar nichts.«

»Doch. Du machst immer ›Hm‹, und dann sagst du nicht, was du denkst. Dabei sehe ich dir an, wie scheiße du alles findest: den Wohnwagen und das Stromaggregat und … und sogar Julie!«

»Sag mal, spinnst du, Milan?«, fragte seine Mutter. Schon wieder. Das hatte sie bereits vor dreieinhalb Monaten zu ihm gesagt, und daraufhin hatte sie ihn verloren. Lernte sie nicht dazu? »Ich habe doch gar nichts Negatives gesagt!«

»Nein, gesagt nicht, aber gedacht!«

»Woher willst du denn wissen, was ich denke?«, fragte sie. »Bist du neuerdings nicht nur ein Pferdeflüsterer, sondern auch noch ein Wahrsager?«

Es war schrecklich. Es war die Hölle! Wo war die Frau, die ihn verstand und liebte?

»Du findest es nicht gut, was ich mache«, stellte er fest.

»Das hab ich auch nicht gesagt. Ich mache mir lediglich Sorgen um deine Zukunft. Was, wenn das alles hier zur Routine wird?«

»Dann denke ich mir eine neue Show aus. Oder was genau meinst du?« Er schüttelte verständnislos den Kopf.

»Na, alles«, sagte seine Mutter und machte eine umfassende Geste über den Zirkus hinweg. »Irgendwann wirst du merken, wie die Pferde stinken. Und dass der Direktor dich mit den tausend Euro im Monat über den Tisch zieht. Du wirst merken, dass du nicht weiterkommst. Und das Mädchen … sie ist älter als du, nicht wahr?« Er sagte nichts darauf, was hätte es für einen Wert gehabt? Zwei Jahre, das waren zwanzig in den Augen seiner Mutter. »Irgendwann wirst du erkennen, dass auch sie Falten und Zellulitis kriegt. Aber vielleicht habt ihr zu diesem Zeitpunkt schon Kinder. Die sind dann in einer Sinti-Familie verwurzelt und gehen nur im Winter zur Schule. Was willst du tun, wenn du so tief drinsteckst und merkst, es war ein Fehler, hierherzukommen?«

Vor Kummer und Schmerz blieb Milan der Mund offen stehen. Das war nicht seine Mutter! Auf keinen Fall war das dieselbe Frau wie die, die damals für einen Monat ihr Badezimmer unzugänglich gemacht hatte, weil sie es für nötig hielt, ein riesiges Mosaik auf den Fußboden zu legen.

»Wann haben sie dich so erwischt?«, fragte er leise. »Und hätte ich es verhindern können, wenn ich da gewesen wäre?«

»Was redest du da?«, fragte sie stirnrunzelnd.

Da griff Milan zum letzten aller Argumente, das Einzige, was ihm noch einfiel, um seiner vertretergeschädigten Mutter klarzumachen, dass er genau da war, wo er hingehörte: Er zog sein T-Shirt aus und zeigte ihr seinen Oberkörper.

»Siehst du das? Keine Schnitt- und Brandwunden mehr. Als ich gegangen bin, sah es so in mir aus.« Er zeigte auf sein Tattoo. »Jetzt wächst die Wunde zu, und mein Herz schlägt wieder.«

»Daran siehst du doch, dass du es dir nie hättest tätowieren sollen.«

Alles, was er noch hätte sagen wollen, blieb Milan im Hals stecken.

»Aber darum geht es doch gar nicht, Mama.«

»Findest du? Ich finde es schon krass, was du da gemacht hast.«

»Wäre es dir lieber gewesen, ich hätte mir noch mal die Pulsadern aufgeschnitten?«

»Nein, verdammt!« Seine Mutter sprang auf. Das Glas Wasser auf dem Campingtisch machte einen Abgang auf den Boden. »Du bist mein Sohn, Milan. Ich will, dass du lebst und glücklich bist. Ich will, dass du einen richtigen Job hast und eine nette Frau und gesunde Kinder. Ich will, dass wir alle in Ruhe alt werden können, ohne den ständigen Schatten von Jos unendlicher Dummheit im Nacken!«

Nun war es heraus. Ein paar Sekunden lang sahen sie sich nur schweigend an. Dann sagte Milan: »Du hasst sie, weil sie gestorben ist, nicht wahr?«

»Ja, ich hasse sie, Milan. Ich hasse Jo, weil sie unser Leben kaputtgemacht hat. Obwohl ich sie jahrelang durchgefüttert habe. Obwohl ich ihrer Mutter ausgeredet habe, sie auf ein Internat zu schicken. Obwohl ich zugelassen habe, dass sie mit dir Drogen nimmt. Zum Dank dafür hat sie nicht auf ihr Leben aufgepasst und deines einfach mit in den Abgrund gerissen!«

»Wer hat dir nur eingeredet, dass es so gewesen ist?«

»Wer mir das klargemacht hat, meinst du wohl?« Sie schnappte nach Luft. »Das warst du, Milan! Ich habe dich ein Jahr lang dabei beobachtet, wie du dich systematisch kaputtgemacht hast. Da wurde mir klar: Mein ganzes Leben ist eine Farce. Ich hänge einem Traum vom authentischen, selbstbestimmten Leben nach, der nicht funktioniert. Er führt nur immer tiefer in die Dunkelheit. Und ich musste etwas tun, damit das aufhört. Ich musste die Reißleine ziehen, verstehst du?«

»*Ich* habe dich dazu gemacht?«, fragte er tonlos. »Ich dachte, du hättest … irgendjemanden … kennengelernt, der dir das eingeredet hat.«

»Eingeredet? Ich bin am Ende, Milan, ich kann nicht mehr. Komm einfach zurück. Wir kriegen das schon hin.«

»Nein.« Kraftlos ließ er sich auf seinen Campinghocker fallen. »Meine Erkenntnis aus all dem ist eine völlig andere. Ich bin da, wo ich sein will.«

Sie schüttelte den Kopf, fassungslos, verständnislos. »Du willst den Pferdeflüsterer spielen und kleine Sozialhilfeempfänger in die Welt setzen.«

»Ja«, sagte er. »Das will ich. Aber es werden keine kleinen Sozialhilfeempfänger sein. Sollte ich jemals Kinder haben, dann will ich sie zu authentischen, selbstbestimmten Menschen erziehen, so, wie du mir das vorgelebt hast. Damals, als noch alles gut war. Als ich noch nicht der Vertreter war, der deine Magie geraubt hat … Und übrigens: Die Zirkusschule ist nicht nur im Winter. Wenn wir sie brauchen, fährt sie mit uns mit.«

Seine Mutter sah ihn lange an. Trotz allem, das erkannte er jetzt, war sie immer noch seine Mutter. Trotz allem liebte sie ihn. Aber sie vergaß, ihm die endlose Schuld zu verzeihen, in der er bei ihr stand. Und dann machte sie einen weiteren Fehler: Sie stellte ihm die schlimmste aller Fragen. Die Frage, vor der er sich selbst seit dreieinhalb Monaten drückte.

»Was wirst du tun, wenn sie fällt?«

Julie fand ihn um die Dämmerung herum an einem einsamen Weiher im Wald. Spirit flog voraus und führte sie dorthin. Sie hatte einen Verbandskoffer dabei, weil sie genau wusste, was sie erwartete, und weil sie überdies versprochen hatte, seine Wunden zu heilen – oder zumindest zu verbinden. Sie sagte kein Wort zu all dem Blut, das von seinen Armen und Beinen rann. Stattdessen kniete sie sich neben ihn, holte einen Satz sterile Wundauflagen aus ihrem Koffer und verteilte sie sorgfältig auf alle Schnitte, die er sich zugefügt hatte. Anschließend wickelte sie Mullverbände darum. Als sie fertig war, setzte sie sich hinter ihn, schlang Arme und Beine um ihn und starrte gemeinsam mit ihm hinaus auf den See. Dabei troffen ihre Tränen in seinen Nacken.

»Ich wollte diesen Abend zu einem ganz besonderen für dich machen«, murmelte Milan.

»Das ist dir gelungen«, schluchzte Julie.

»Es tut mir leid.«

Sie strich sein zu langes Haar zur Seite und hauchte einen Kuss auf sein Ohr. Dann sang sie hinein, ganz leise, dabei wiegte sie ihre beiden Körper langsam hin und her: *»Sei nicht so traurig, ich bin doch bei dir. Ich pass schon auf, so glaube mir. Ich bin dein Anker, sei du mein Held. Nimm meine Hand, und ich zeig dir die Welt.«*

Milan blickte hinaus auf den See, sah die Seerosen, die im letzten Abendlicht ihre Blüten schlossen, die Wasserläufer, die vor seinen Füßen ein

Wettrennen veranstalteten, und Spirit, der auf einer Eiche saß, deren Blätter bereits gelb waren. Dabei lauschte er auf Julies Stimme und das Streicheln ihres Atems an seinem Ohr:

»Denn du und ich sind eins, ja, du und ich sind eins. Von heute bis in alle Ewigkeit!«

Seufzend drehte er sich zu ihr um und verlor sich in ihrem Kuss. Er würde nicht mehr über diese Frage nachdenken. Sie würde. Nicht. Fallen. Niemals.

Rampenlicht

Robin Naumann sah extrem irritiert aus, als er zur Begrüßung einen weißen Wellensittich entgegenstreckt bekam, wie eine Abwehrrakete. Spirit saß auf dem Handrücken von Milan, starrte Robin direkt ins Gesicht und tschilpte freundlich. Der Reitlehrer blinzelte ein paarmal.

»Okay, und ... was sagt dir das jetzt?«, fragte er verunsichert.

»Das sagt mir, dass ich gefahrlos mit dir reden kann.«

»Aha«, machte Robin, kratzte sich am Kopf und sah Milan nachdenklich an. »Also du bist eindeutig ziemlich durchgeknallt. Aber weißt du was? Das schreckt mich nicht ab. Genauso wenig wie diese ... Spuren eines Tigerangriffs?« Er zeigte auf die verkrusteten Schnittwunden auf Milans Arm.

»Ach, das war kein Tiger«, sagte Milan. »Eher so eine Art ... verhaltensgestörter Schimpanse. Wo fangen wir an?«

»Bei mir«, bestimmte Robin. »Ich habe noch zwei Leute da, die dich interessieren könnten.«

Milan zuckte mit den Schultern. »Okay. Soll ich einen von meinen Arabern mitnehmen?«

»Nein, wir ... würden es gut finden, wenn du unsere Pferde nimmst.«

»Sie wollen dich testen«, sagte Julie, die soeben hinter ihm aus dem Wohnwagen kam und besitzergreifend einen Arm um ihren Freund legte. Es war Montag, und sie hatten beide frei. Deshalb trug sie auch keine Show- oder Trainingskleidung, sondern ein kurzes, schwarzes Top mit einem weißen Spitzenüberwurf und eine hautenge Jeans. Die Haare hatte sie zu einem Knoten hochgebunden, und auf ihrer Nase saß eine Flieger-Sonnenbrille.

»Das ... ist dann wohl deine Freundin«, sagte Robin schlicht. Wahrscheinlich brachte er nicht mehr als das heraus.

»Seine Freundin, seine Geliebte, seine Managerin«, tönte Julie. »Und wenn du ihn mitnehmen willst, dann musst du vorher einen Antrag bei mir stellen.«

Milan konnte die Gedanken sehen, die durch das Hirn des Reitlehrers fluteten. Fast wortwörtlich konnte er sie lesen: *Noch eine Verrückte!*

»Na gut, also, Freundin, Geliebte und Managerin des Pferdeflüsterers vom Zirkus Salto: Hiermit stelle ich einen Antrag …«

»Schon gut, du hast die Prüfung bestanden«, sagte Julie. »Ich wollte nur wissen, ob es dir wichtig genug ist. Ich bin übrigens Julie.«

»Wow. Okay. Robin«, stotterte er.

Sie fuhren in Milans Geländewagen hinter dem Reitlehrer her. Milan begriff weiterhin nicht, warum es Robin so wichtig war, mit ihm zusammenzuarbeiten. Er war etwa Mitte zwanzig und erweckte den Eindruck, als liefe sein Reitstall auch ohne die Hilfe eines Zirkusdresseurs nicht schlecht. Zumindest fuhr er einen SUV von einer Nobelmarke und trug Kleidung, die den Anschein machte, teuer gewesen zu sein.

Derselbe Eindruck setzte sich auch in dem Reitstall selbst fort. Überall standen sauber glänzende Pferde in sauber glänzenden Boxen. Die Reiter trugen Cowboyhüte und hatten Silberbeschläge an ihren Sätteln. Milan wusste über all das nicht mehr als die Dinge, die er in seinen Büchern gelesen hatte. Julie schob sich die Fliegerbrille weiter nach oben. »Ach du Scheiße«, kam ihr über die Lippen.

Robin stieg aus und begleitete sie zu einem Raum, der »Reiterstübchen« hieß und genauso sauber ausgeschleckt war wie der ganze restliche Stall. Darin gab es eine Bar im Mexico-Stil, die Cola und Bier ausschenkte, und einige Tische, an denen man sitzen und durch eine riesige Glasscheibe die Reiter in der Halle beobachten konnte. Sie steuerten auf einen Tisch zu, an dem bereits zwei Männer im mittleren Alter saßen.

»Darf ich vorstellen?«, sagte Robin. »Das ist Arthur Sladky. Er war früher Oberbereiter der Spanischen Hofreitschule und gibt zurzeit einen Kurs bei uns.« Er deutete auf den älteren der beiden Männer, der ihnen zunickte und sie sofort beide von oben bis unten mit seinem Blick scannte.

»Das ist Peter Marburger, Western-Legende und Begründer der Ranchero-Reitweise. Ihn dürfen wir regelmäßig als Freund des Hauses begrüßen.« Damit deutete er auf den jüngeren Mann, der einen Cowboyhut und Schnauzbart trug. »Und hier haben wir Milan Caballerino. Er ist … Pferdeflüsterer beim Zirkus Salto. Und seine sagenhafte Freundin Julie Montalbano, die ihren Körper um einen Ring aus Eisen wickeln kann.«

Milan täuschte sich nicht, wenn er zu sehen glaubte, dass die beiden Herren Julie sehr viel interessierter musterten als ihn. Sie fackelten zum Glück nicht lange herum und stellten auch keine sinnlosen Fragen nach dem Zirkusleben. Stattdessen tranken sie ihre Gläser leer und gingen dann alle zusammen in die Stallgasse. Dort waren bereits zwei Mädchen zugange, die fieberhaft drei kleine Pferde mit dicken Muskeln striegelten.

»Das sind Quarter Horses«, klärte Robin sie auf. »Westernpferde.«

Milan hatte davon gelesen, wollte aber nicht zugeben, dass seine einzige bisherige Begegnung mit einem Quarter Horse auf einem Sachbuch basierte. Die Mädchen striegelten die Pferde mit erhöhter Eile fertig, dann wurden alle drei in die Reithalle gebracht und dort losgelassen.

»Was brauchst du?«, fragte Robin Milan.

»Zum Arbeiten? Am besten eine Zirkusmanege. Das ist hier alles viel zu groß.«

Anstatt ihm einfach den Vogel zu zeigen oder die Aktion für beendet zu erklären, rief Robin fünf weitere Mädchen (er schien wie aus dem Nichts ganze Horden davon herbeizaubern zu können) und befahl ihnen, die rechteckige Halle mittig mit Hindernissen abzusperren, damit eine Art quadratische Manege entstand. Damit erklärte Milan sich einverstanden. Unter genauer Beobachtung der drei Männer – und zahlreicher Pferdemädchen – betrat er die Halle und nahm Kontakt mit den Pferden auf. Er tanzte mit ihnen, um herauszufinden, worauf sie reagierten und wie viel Druck sie brauchten, um von ihm zu weichen oder auf ihn zuzukommen.

»Was machst du?«, fragte Robin von der Bande aus. Milan erklärte es ihm: »Ich schicke sie weg und lasse sie kommen, mache Druck und nehme ihn wieder weg.«

»Das ist ein uraltes System«, sagte Robin. »Danach arbeiten wir alle.« Die anderen beiden Männer nickten. Milan konnte nichts dazu sagen, weil er nicht mehr darüber wusste. Also machte er einfach weiter, so lange, bis er verstanden hatte, wer diese drei Pferde waren. Dann drängte er sie nebeneinander an die Wand und ließ sie steigen. Für ihn war es das Normalste der Welt. Einfach nur der nächste Schritt. Aber die drei Männer und die Pferdemädchen rasteten komplett aus.

»Wie hast du das gemacht, verdammt?«, rief Robin.

»Ich weiß nicht«, sagte Milan. »Ich wollte einfach, dass sie es tun.«

»Du … *wolltest* es einfach?« Der Reitlehrer kam auf ihn zu, seine Begleiter im Schlepptau. »Habt ihr das gesehen? Ich meine … ich habe recht, oder?«

»Das ist wirklich interessant«, sagte der, der einmal ein großes Tier bei der mexikanischen, nein, spanischen Irgendwasreitschule gewesen war. »Du wirst größer im Oberkörper, das habe ich gesehen. Und du hebst die Arme.«

»Ja, das … stimmt wahrscheinlich«, sagte Milan.

»Und du bedrängst sie, aber nur so weit, bis sie Last auf die Hinterhand aufnehmen, dann verringerst du den Druck«, sagte der andere, der mit Vornamen Peter hieß und irgendwas mit einer Ranch zu tun hatte.

»Ähm … kann sein«, sagte Milan.

Sie starrten einander alle an. Hinter dem Tor der Reithalle türmten sich die Mädchen. Julie stand an die Bande gelehnt da und ließ ein Kaugummi platzen.

»Was soll ich jetzt machen?«, fragte Milan verständnislos.

»Na, du bringst es uns bei!«, antwortete Robin.

Zwei Stunden später wusste Milan nicht mehr, ob irgendjemand noch verstand, was er sagte. Sein Mund fühlte sich fusselig an vom vielen Reden. Aber nach wie vor schaffte keiner der drei Männer es, die Pferde in Reihe zum Steigen zu bringen. Eines davon ließ sich manchmal überreden, alle drei gleichzeitig niemals, nur wenn Milan es demonstrierte.

»Verdammt noch mal!«, fluchte Robin.

»Ich weiß, was das Problem ist«, meldete sich Julie zu Wort.

»Was?«, fragte Robin genervt.

»Eure Köpfe«, sagte Julie. »Sie sind voller Wissen, aber auch voller Knoten. Deshalb findet ihr nicht den richtigen Takt.«

»Takt? Wir sind hier nicht in der Tanzschule«, murrte der Spanier.

»Ich glaube doch«, sagte Julie.

Es half nichts. Auch nach einer weiteren Stunde und nach einem Austausch der Quarter Horses gegen andalusische Pferde änderte sich nichts an der Sachlage. Die drei Männer mit dem Knoten im Kopf brachten die Pferde nicht zum Steigen. Dafür legte der Spanier einem davon ein Gebiss an und ließ es auf der Stelle tanzen. Piaffieren nannte er das. Und der Ranchreiter konnte alle Pferde dazu bringen, spektakulär aus dem Galopp zu stoppen, ohne dabei einen Zügel einzusetzen. Robin demonstrierte seine Galopp-Pirouetten, und sie einigten sich darauf, Milan diese Dinge in den kommenden Tagen beizubringen. Als sie nach Hause fuhren, legte Julie eine Hand auf Milans Knie.

»Mein Pferdeflüsterer«, sagte sie, »du gehst mir nicht allein in diesen Reitstall. Sonst fressen die Mädels hinter der Bande dich auf.«

»Du bist eifersüchtig«, stellte Milan zufrieden fest.

»Nein«, behauptete sie. Aber Milan wusste es besser. Mit Marcella hatte das hier nichts zu tun. Das war eine völlig andere Ebene. Sie hatte Angst, ihn zu verlieren, Angst, allein gelassen zu werden. Wahrscheinlich wegen dem, was mit ihrer Mutter passiert war.

»Wirst du es mir eines Tages erzählen? Das mit deiner Mutter?«

Sie versteifte sich und wandte den Blick zum Fenster hinaus.

»Ist sie abgestürzt? Hast du deshalb gesagt, du seist beziehungsgeschädigt?«

»Nein«, murmelte Julie.

»Nein, sie ist nicht abgestürzt, oder nein, das hat nichts mit deiner Beziehungsschädigung zu tun?«

»Nein, ich werde es dir nicht erzählen!«, giftete Julie ihn an.

Für Milan, der den ganzen Tag über auf einer Art Pferdeflüstererwolke geschwebt war, war diese Abfuhr wie ein Schlag gegen den Kopf.

»Ich … tut mir leid, Julie, das war blöd von mir.«

Sie sagte nichts mehr, bis sie vor dem Zaun angekommen waren. Dann stieg Milan aus, um das Vorhängeschloss an dem Riegel aufzuschließen. Als er wieder zurückkam, saß Julie ganz ernst auf dem Beifahrersitz, die Hände in den Schoß gebettet.

»Sprich mich nie mehr auf meine Mutter an«, sagte sie und sah dabei so ernst aus, dass Milan es sich hinter die Ohren schrieb.

Die Besuche in Robins Reitstall dauerten insgesamt vier Wochen. In dieser Zeit lernte Milan Dinge, die er nicht für möglich gehalten hatte. Er konnte Nightwatch jetzt nicht nur vom Boden, sondern auch von seinem Rücken aus piaffieren lassen, und seine Pirouette verbesserte sich kolossal. Robin hingegen lernte, zumindest ein einzelnes Pferd steigen zu lassen, aber das war bereits ein Gewinn für ihn. Als sie sich vorübergehend Auf Wiedersehen sagten, waren Dillberg und der Zirkus Salto schon siebzig Kilometer voneinander entfernt.

Julie schien eher froh darüber zu sein, dass die Besuche in dem Nobelreitstall nun ein Ende hatten. Die Fahrten dorthin waren anstrengend gewesen, denn sie brachten ihren normalen Rhythmus durcheinander. Aber allein hatte sie Milan weiterhin nicht gehen lassen. Sie nahmen also ihren Alltag wieder auf, fuhren ihre Wohnwagen zum nächsten Stellplatz, hängten Plakate auf, trainierten für ihre Vorstellung und trafen sich mit den anderen zum gemeinsamen Abendessen. Zwischendurch kamen die Vertreter des Jugendamts und der Psychologie, aber niemand behielt einen bleibenden Schaden davon. Von Baumgart war Milans Totalausfall am Tag nach seiner ersten Vorstellung natürlich nicht entgangen. Er wollte alles über die Gründe für die erneute Selbstverletzung wissen, schien ganz gierig nach der sensationellen Story zu sein.

»Also war deine Mutter schuld daran, dass du dich wieder verletzt hast – nach all der Zeit auf Entzug?«, fragte er.

»Nein«, antwortete Milan.

»Wer dann?«

»Ich selbst.«

Der Psychologe verdrehte die Augen. »Na klar, wer sonst?«, murmelte er mehr zu sich selbst. »Kannst du das bitte etwas genauer erklären?«

»Durch mein Verhalten nach Jos Tod habe ich meine Mutter verändert. Ich habe sie praktisch dazu gezwungen, sich selbst aufzugeben. Deshalb ist sie so geworden.«

»Wie geworden?«

Milan seufzte. Wie sollte er einem Vertreter erklären, was das Endergebnis seiner Arbeit war? »Das würden Sie nicht verstehen.«

»Versuch es!«, forderte von Baumgart.

»Sie hat auf einmal diesen Hausmeisterjob und trägt einfarbige Kleider. Sie will, dass ich Julie verlasse und mit einem netten Mädchen in einem Reihenhaus wohne. Ich soll mehr Geld verdienen und Ricardo nicht über den Weg trauen. Und auf keinen Fall meine Kinder auf die Zirkusschule schicken.«

»Hm, ich würde sagen, deine Mutter ist eine verantwortungsbewusste Frau«, urteilte von Baumgart, was Milan von vornherein geahnt hatte. »Und was willst du?«

Milan zögerte einen Augenblick. Er hasste es, seine tiefsten Gedanken diesem Vertreter anvertrauen zu müssen. Gedanken, die nur ihm und vielleicht Julie gehörten. Aber er würde ihn niemals loswerden, wenn er ihm nicht glaubhaft versicherte, dass alles gut war, solange er nur hierbleiben konnte. Und dafür war es leider unabdingbar, ehrlich zu sein.

»Ich will ich selbst sein dürfen. Ich will mit allen meinen Narben geliebt werden. Ich will mir eine Show ausdenken, die die Zuschauer zum Weinen bringt. Und unbedingt, verstehen Sie, unbedingt … will ich meine Kinder auf die Zirkusschule schicken.«

Das Letzte sollte eher eine sarkastische Bemerkung sein, aber von Baumgart verstand sie nicht. Er schüttelte den Kopf. »Diese hochtrabenden Emotionen sind genau der Grund, warum ihr Jugendlichen euch immer in Schwierigkeiten bringt«, sagte er.

»Ah, Meinungsäußerung!«, rügte Milan ihn.

»Interessiert mich nicht mehr, Milan. Bei dir versagt jede Form der normalen psychologischen Interaktion. Du blockierst ohnehin, also kann ich dir auch sagen, was ich von deinen Zukunftsplänen halte.«

»Tun Sie sich keinen Zwang an.« Insgeheim feierte Milan den ungewöhnlichen Ausbruch des Psychologen als Sieg. Er war stärker als der Vertreter, hatte dessen Angriffe an sich abprallen lassen. So sah die Sache aus.

»Irgendwann, wenn dein Testosteron auf ein erträgliches Niveau gesunken ist, wirst du die Sache sehen wie deine Mutter«, prophezeite von Baumgart. »Zirkusschule! Ich fasse es nicht. Frag mal deinen *Bruder* Damian, wie viele Formulare er schon ausgefüllt hat, um das staatliche Jugendamt davon zu überzeugen, dreimal wöchentlich Schulunterricht würde ausreichen. Mehr als das kriegt die Zirkusschule nämlich nicht hin. Er kann froh sein, wenn sein älterer Sohn Schreiben und Lesen lernt. Bei dem jüngeren ist jetzt schon Hopfen und Malz verloren. Was soll mal aus ihm werden? Ein Clown? Der Behinderte, der die Ziegen füttert?«

»Ich glaube, Nancy und Damian haben für ihn vorgesehen, dass er mal glücklich wird«, sagte Milan und verschränkte die Arme vor der Brust. Dieses Gespräch begann, aufdringlich zu werden.

Der Psychologe musterte ihn von oben herab, wie ein lästiges Insekt, das es zu zertreten galt. »Du kannst unglaublich gut gefühlsduselige, ausweichende Antworten auf gezielte Fragen geben. Aber eines Tages wirst du erkennen, dass wir recht hatten.«

Er definierte dieses »wir« nicht genauer, aber Milan wusste schon, welche Art von Mensch gemeint war. »Sind wir dann für heute fertig?«, fragte er.

Von Baumgart schien noch darüber nachzudenken, welche Strafe er ihm für die Selbstverletzung auferlegen konnte. Aber außer dem sofortigen Vollzug und der Zuweisung eines Vormunds fiel ihm nichts anderes ein. Und dafür reichte ein einzelner Rückfall wohl nicht. Immerhin hatte er ihm eine Show und einen Gehaltszettel präsentiert. Milan atmete auf.

»Eines noch«, sagte von Baumgart, nachdem sie sich schon von ihren Campingstühlen erhoben hatten. »Und das ist die letzte Meinungsäußerung, die ich dir gegenüber machen werde: Ich finde es höchst arrogant und unverschämt, vielleicht sogar rassistisch, dass ihr euch einbildet, echte Menschen gäbe es nur hinter eurem Zaun.« Damit ließ er Milan durchaus nachdenklich stehen und verschwand wieder in seine Welt.

Am Abend fragte Milan Julie danach, ob sie glaubte, echtes Leben sei auch da draußen in der Vertreterwelt möglich.

»Aber sicher«, sagte sie. »Erinnerst du dich an unser allererstes Gespräch? Damian sagte, es gebe keine Privaten, die Seelentiere haben. Ich war der Meinung, so etwas gibt es. Ich glaube sogar, dass einige von denen ganz ohne alles auskommen, ohne Zaun, ohne Tier, ohne Bannkreise. So war es früher auch bei euch.«

»Ja, aber wir sind alle kaputtgegangen.«

»Ich habe auch nicht gesagt, dass es einfach ist.«

»Also ist der Zaun ein Eingeständnis von Schwäche?«

»Ja«, gab Julie zu. »Aber das ist in Ordnung. Früher haben die Ritter doch auch eine Mauer um ihre Festung gebaut, um die Angreifer abzuwehren.«

Milan dachte nach. »Aber dadurch halten wir ebenso alle anderen fern. Sogar diejenigen, die eine Bereicherung für uns sein könnten.«

»Das stimmt«, sagte Julie. »Aber ich bin überzeugt davon, die wirklich Wichtigen finden uns dennoch. Wie Robin. Wenn es Schicksal ist, dann begegnet man sich trotzdem.«

Sie hatte kaum ausgesprochen, da klingelte ihr Handy. Beim Blick auf das Display musste sie lachen. »Robin Naumann« stand dort. »Wenn man vom Teufel spricht«, sagte sie lachend und nahm den Anruf an. »Freundin, Geliebte und Managerin des großen Milan Caballerino am Apparat, was kann ich für Sie tun?«

Doch schon nach ein paar Sekunden hörte sie auf zu grinsen. Stattdessen wurden ihre Augen riesengroß. Sie sagte »Echt?« und »Das ist ja krass« und »Ich denke schon«. Erst nach einer gefühlten Ewigkeit gab sie Milan das Telefon weiter. Mit einem mulmigen Gefühl im Bauch ging er ran. »Du hast meine Freundin gerade innerhalb von einer Minute mehr verwirrt, als ich es in vier Monaten geschafft habe.«

»Das halte ich für ein Gerücht«, flüsterte Julie.

»Hallo, Milan«, sagte Robin am anderen Ende der Leitung. »Ich habe eine großartige Neuigkeit für dich: Erinnerst du dich an Arthur Sladky?«

»Den Typ von der italienischen …«

»Spanischen Hofreitschule, genau. Er hat auch Kontakte in die Zirkuswelt. Und er hat jemandem von dir erzählt, der es wieder jemandem erzählt hat, der einen bundesweiten Artistenwettkampf ausrichtet. Das Finale wird sogar im Fernsehen übertragen. Durch die Empfehlung müsst ihr keine Bewerbung mehr schreiben, nur hinfahren und einmal eure Show zeigen. Wenn sie euch auswählen, seid ihr direkt im Finale. Ist das nicht der Hammer?«

»Ja … krass«, sagte nun auch Milan.

»Und, seid ihr dabei?«

Er sah Julie an. Die ballte die Fäuste, reckte beide Arme in die Luft und ließ die Haare im Kreis fliegen wie der Sänger einer Metal-Band. Milan lachte. »Julie sagt Ja.«

Die Sache war nicht ganz so einfach, wie sie sich zunächst angehört hatte, denn die Vorentscheidung des Wettbewerbs fand in Hannover statt, das aktuell zweihundert Kilometer vom Zirkus Salto entfernt lag. Die Veranstalter bezahlten die Anfahrtskosten, allerdings nicht für den gesamten Zirkus, sondern nur für die Artisten, die an dem Wettbewerb teilnahmen.

»Dann fahren wir allein«, entschied Julie. »Ihr werdet wohl zwei- oder dreimal ohne uns auftreten können.«

»Zwei- oder dreimal ja, aber nicht dauerhaft«, sagte Damian. »Und genau das wird passieren, wenn Milan einen Wohnwagen bis nach Hannover ziehen muss – er kehrt nie mehr zurück.«

»Mal ganz abgesehen von unseren wertvollen Pferden«, warf Rosa ein. »Wer fährt die denn?«

»Die fahre ich«, verkündete Julie.

Alle schwiegen und starrten sich an. Erst wagte keiner, etwas dagegen zu sagen. Aber dann erinnerte sich Ricardo daran, dass er der Chef dieses Zirkus war, und sprach ein Machtwort. Ein nett formuliertes, aber dennoch ein Machtwort: »Ihr seid zusammen achtunddreißig Jahre alt. Der Lkw mit den Pferden wiegt siebeneinhalb Tonnen. Die Tiere sind vierzigtausend Euro wert. Die Strecke beträgt vierhundert Kilometer hin und zurück. Ihr habt null Euro auf der hohen Kante, falls irgendetwas passiert. Fahrt, wenn ihr wollt, aber ohne meine Araber.«

»Ohne deine Araber können wir nicht auftreten und das weißt du genau«, zischte Julie. Milan dachte kurz darüber nach, vorzuschlagen, Madame Veritas könne ja ihre Kristallkugel befragen, ob ihnen ein Unfall auf der Autobahn bevorstand. Aber dann hielt er doch lieber den Mund, um sich nicht (schon wieder) ins eigene Fleisch zu schneiden. Was für ein passendes Sprichwort das doch war.

»Ich fahre sie«, sagte plötzlich Pedro in das allgemeine Gemurmel hinein. »Ich bin achtundsechzig Jahre alt und besitze hundertzwanzig Prozent Sehkraft. Die Anzahl der Kilometer, die ich in meinem Leben mit Gespannen über Straßen gefahren bin, liegt bei fünfhunderttausend. Und falls ich deine wertvollen Rappen in ihrem nagelneuen Siebeneinhalb-Tonner die Böschung hinunterschubse, habe ich sechzigtausend Euro auf einem Vertreterbankkonto gebunkert.«

Marcella stieß ein hohes Lachen aus und klatschte begeistert Beifall. Auch Damian und Nancy schienen diesen Vorschlag gut zu finden. Madame Veritas enthielt sich der Stimme, wie zumeist.

»Und wir sollen dann auch noch ohne Clown auftreten, oder was?«, beschwerte sich Rosa.

»Nein, ich bin ein Clown, ich mache das!«, schrie Junior und sprang von seinem Platz auf. »Ich kann das, ich kann das!«

Ricardo schüttelte den Kopf. »Du bist fünf Jahre alt und ... die Anzahl deiner Nerven ... also die Wahrscheinlichkeit, dass das klappt ...«, vergeblich suchte er nach weiteren Zahlen.

»Ich kann das, Opa, ich kann es!«, kreischte Junior.

»Das stimmt«, mischte Pedro sich ein. »Der Junge war so oft mit mir in der Manege. Er kann die Zeitungsnummer auch alleine durchziehen.«

»Die mit der brennenden Zeitung?«, rief Nancy entsetzt.

»Ja. Und du wirst seine Partnerin sein, die sie anzündet.«

»Auf keinen Fall. Wenn das das Jugendamt sieht!«

Sie diskutierten noch eine Weile, aber dann einigten sie sich darauf, dass Junior die Nummer durchziehen durfte, wenn Nancy den Part übernahm, der die brennende Zeitung halten musste.

»Scheiße, jetzt werde ich mir garantiert wegen euch die Finger verbrennen. Und meinen Text vergessen!«, motzte sie in die Richtung von Milan und Julie, aber dabei blitzten ihre Augen vor Begeisterung, weil sie neben ihrem Sohn in der Manege stehen würde.

»Das ist Pantomime, Nancy, da gibt es keinen Text. Du wirst einfach nur Spaß haben«, prophezeite Pedro.

Sie fuhren zwei Wochen später. Es war ein seltsames Gefühl, aus dem Bannkreis auszubrechen und den Zaun hinter ihnen zu schließen. Einen Moment lang durchzuckte Milan ein derartiger Anflug von Panik, dass er um ein Haar die Handbremse gezogen und Julie davon abgehalten hätte, auf die Straße zu fahren. Aber er beherrschte sich, biss lediglich einen Fingernagel ab, der auf wundersame Weise gewachsen war. Und starrte zum Fenster hinaus.

»Wovor hast du solche Angst?«, fragte Julie. »Vor einem Unfall auf der Autobahn? Davor, in Hannover zu versagen?«

»Nein«, sagte Milan, »vor der Welt, in die wir ausziehen. Ohne die anderen, ohne Madame Veritas. So unbewaffnet.«

»Wir sind nicht unbewaffnet, wir sind magisch, stimmt's, Fauntleroy?« Als Antwort quietschte die Ratte aus der Kapuze ihres Pullis heraus. Milan griff hinein und packte sie. Wortlos setzte er sie in den Käfig neben Spirit auf dem Rücksitz. Julie schien das alles einfach nur zu amüsieren. Sie kutschierte den Van gut gelaunt auf die Hauptstraße. Hinter ihnen folgte Pedro mit dem bunt bemalten Lkw, der die Pferde beherbergte.

Es wurde eine ruhige Fahrt. Wie immer wurden sie von tausend Augen begafft, wenn sie in eine Tankstelle einfuhren, doch wie immer sprach keiner der zugehörigen Menschen sie an. Ältere Damen passten in ihrer Nähe auf ihre Handtaschen auf, aber kleine Kinder saßen meist mit offenen Mündern da und drückten ihre Nasen an die Scheiben der elterlichen Kombis. Die ganze Szenerie wurde meist noch angefacht, wenn Milan die Luke des Lkws öffnete, um den Pferden etwas Luft und Wasser zu gönnen. Aber von diesen üblichen Nebenepisoden einmal abgesehen, passierte nichts, bis Julies Navigationsgerät sie schließlich auf einen riesigen Platz in einem Randgebiet von Hannover führte. Darauf stand ein Zirkuszelt, das so groß war, dass sie unwillkürlich auf die Bremse trat.

»Hammer«, sagte sie und lehnte sich am Fahrerfenster hinaus. »Das ist mindestens zwanzig Meter hoch!« Hinter ihnen hupte Pedro. Das Ende seines Lkws steckte noch in einem Kreisverkehr und hielt dort eine ansehnliche Autoschlange auf.

»Ist ja gut, ist ja gut«, murmelte Julie und ließ ihr Gespann auf den Platz rollen. Sofort kam ein Parkplatzanweiser in einer orangefarbenen Sicherheitsweste, kontrollierte ihre Einfahrtspapiere und teilte ihnen einen Parkplatz auf der anderen Seite des Zelts zu. Dort gab es, zu Milans Entzücken, nicht nur einen richtigen Stromanschluss, sondern auch fließendes Wasser und ein Badehaus in Form eines Containers. Er kam sich vor wie in einem Luxushotel. So schnell wie möglich nahmen sie alles in Betrieb, bauten eine provisorische Umzäunung um den Pferde-Lkw und schlossen ein Stromgerät an, um die Araber am Ausbrechen zu hindern. Dann war Julie nicht mehr zu halten. »Ich muss das Zelt von innen sehen!«, verkündete sie und rannte voraus, während Pedro und Milan ihr grinsend folgten.

Das Zelt war in der Tat beeindruckend: kein einfacher Viermaster, wie der Zirkus Salto ihn hatte. Insgesamt zählte Milan acht Masten, aber die Hälfte davon hielt die seitlichen Aufbauten. Obwohl die Manege rund war, spannte die Decke sich oval darüber – es war quasi ein Eldorado für Trapezkünstler.

»Warum haben wir bloß den Ring dabei?«, jammerte Julie.

»Weil unsere Show nur mit einem Ring funktioniert?«, schlug Milan vor.

»Aber sieh nur!« Sie deutete nach oben in die luftigen, blau-rot gestreiften Höhen des Zelts. »Was ich mit einem Trapez dort alles machen könnte!«

Was wirst du tun, wenn sie fällt?

»Ist doch egal. Wir haben nur diese eine Show, also wirst du wohl mit dem Ring vorliebnehmen müssen.« Es klang säuerlicher, als er beabsichtigt hatte.

Pedro legte ihm eine Hand auf die Schulter. »Ist ja gut, Mann. Lass sie doch ein bisschen träumen!«

Bevor sie das Thema vertiefen konnten, kam eine ältere Dame auf sie zu. Sie trug ebenfalls das Outfit eines Einweisers, hatte eine orangefarbene Schildkappe auf dem Kopf und jede Menge Schlüssel an ihrem Gürtel baumeln. »Seid ihr die Teilnehmer vom Zirkus Salto?«, fragte sie.

Sie nickten. Die Frau wandte sich an Julie und streckte ihr einen Umschlag entgegen. »Das sind eure Berechtigungskarten für die VIP-Bereiche, All-inclusive-Armbändchen und die Chipkarten für die Hotelzimmer.«

Julie blies die Backen auf. »Hotelzimmer? Davon stand nichts in der Einladung. Wir haben extra meinen Wohnwagen mitgebracht.«

»Wir haben zwei Zimmer in einem Fünf-Sterne-Hotel für euch gebucht, ganz in der Nähe«, bekräftigte die Frau.

»Aber wir müssen doch unsere Pferde versorgen«, warf Milan ein.

»Dafür haben wir ein Stallzelt und ausgebildete Pferdepfleger. Ihr sagt ihnen, was die Tiere brauchen, und sie kümmern sich dann darum.«

»Ein Stallzelt?«, brachte Milan hervor.

Die Frau sah ihn an wie einen Schuljungen, der eine besonders sinnlose Frage gestellt hatte. »Jaaaa … ein Stallzelt«, sagte sie gedehnt und deutete in eine ungefähre Richtung hinter ihnen.

Pedro schien das zu gefallen. Er schnappte nach dem Umschlag in Julies Hand, warf ihn in die Luft und tat so, als würde er damit jonglieren, was enorm lächerlich aussah. Dazu sang er: »Der alte Pedro zieht in ein Hotel, ein Ho-tel-tel-tel! Denn fünf Sterne – hab ich gerne!«

Milan sah Julie an. Der Ausdruck in ihrem Gesicht bestätigte sein eigenes Gefühl: Sie hatte weder Lust auf das Hotel noch auf das Stallzelt und die Pferdepfleger.

»Wir bleiben lieber auf unseren Stellplätzen. Der Strom- und Wasseranschluss ist schon Luxus genug«, sagte er.

»Das könnt ihr gerne machen, aber ich nicht«, stellte Pedro klar. »Ich geh ins Hotel. Ich lasse mir mein Bett machen und Champagner aufs Zimmer bringen. Rutscht ihr gerne in eurem Wohnwagen zusammen, macht ein Liebesnest daraus, mir egal!«

Milan und Julie lachten, doch die Frau mit der Schildmütze blieb ganz ernst. »Ich muss erst klären, ob das erlaubt ist«, stellte sie klar.

Dann trennten sich ihre Wege. Pedro ließ sich von einem Taxi ins Hotel bringen. Er winkte ihnen zum Abschied aus dem Fenster zu, während er von einem Ohr bis zum anderen grinste und dabei seine Zahnlücke entblößte. Milan trug den Käfig mit Jack hinüber zu seinem Wohnwagen, wo der Kakadu sich mit dem Gesicht zur Wand hinhockte und jämmerlich immer wieder »Nein, nein, nein!« krächzte.

»Jetzt stell dich doch nicht so an. Er kommt morgen schon wieder!«, sagte Milan genervt, doch der Vogel war nicht mehr zu halten. Alles, was ein Kakadu an Seelenschmerz aufbringen konnte, legte er an den Tag. Er krächzte immer noch, als Julie und Milan bereits die Pferde versorgt und auf ihren Klappstühlen Platz genommen hatten.

»Mir reicht das jetzt«, beschloss Milan. »Pedro soll zurückkommen und den bescheuerten Vogel beruhigen. Ruf ihn an!«

Doch so oft Julie auch die Nummer ihres Clowns wählte, er ging nicht ran. Wusste der Teufel, was er gerade trieb, ob er sich Kaviar bestellte, die Sauna testete oder auf seinem Bett Trampolin sprang – in jedem Fall schien ihm völlig egal zu sein, was sie hier gerade aushalten mussten.

In einem letzten Versuch, Jack zu beruhigen, ging Milan noch einmal nach drinnen und kramte nach Crackern. Doch bevor er die Packung aufgerissen hatte, ertönte plötzlich von draußen ein unterdrückter Schrei. Ein Glas fiel zu Boden und zersplitterte auf dem Beton. Mit einem Satz war Milan an der Wohnwagentür. Panisch suchte sein Blick nach Julie.

Sie saß immer noch auf dem Campingstuhl, die Hand ausgestreckt, als befinde sich das Glas weiterhin darin und läge nicht in Scherben zu ihren Füßen. Mit weit aufgerissenen Augen starrte sie auf die Frau in dem bordeauxroten Hosenanzug, die mit einer Aktentasche in der Hand vor ihr stand. »Was machst du hier?«, fuhr Julie sie an. In ihrer Stimme lag eine Mischung aus Wut und Furcht.

»Ich bin hier, um euch zu sagen, dass wildes Campen vor dem Zelt nicht erwünscht ist. Wir haben hier zwar Strom und Wasser, aber das ist nicht für diese Veranstaltung bestimmt.«

Während sie geredet hatte, war Julie aufgesprungen. »Was machst du hier?«, wiederholte sie hysterisch.

Die Frau setzte ein geschäftsmäßiges Lächeln auf. »Nun, Julie, ich versuche, den Zirkus zu zivilisieren. Ich bin die Veranstalterin dieses Wettbewerbs.« Sie machte einen Schritt auf sie zu, dabei fiel Milan auf, dass sie leicht hinkte.

»Bleib bloß weg von mir!«, rief Julie und flüchtete sich in Milans Arme. Dabei steigerte sich das Toben der drei Seelentiere im Inneren des Wohnwagens um ein Vielfaches. Milan verfluchte sich dafür, sie alle in den Käfigen gelassen zu haben.

»Wer ist das, Julie?«, fragte er entgeistert.

Mit ihren ungleichmäßigen Schritten kam die Frau auf sie zu. Sie musterte Milan, ohne dass das Lächeln auf ihrem Gesicht sich auch nur im Geringsten änderte. Damit sah sie aus wie eine Schaufensterpuppe – schön, gefällig, professionell, kalt. »Ich bin ihre Mutter, Milan. Hat sie dir nicht von mir erzählt? Du hast ihm doch nicht etwa gesagt, ich sei tot, Schätzchen, oder?«

Entscheidungen

Milan hatte immer gewusst, dass auch Julie ein Gespenst hatte. Aber er hatte geglaubt, dieses Gespenst hätte ebenfalls mit dem Tod zu tun, mit Fallen und Versagen. Nun wusste er, dass es etwas völlig anderes war. Wie eine Furie fegte sie durch den Wohnwagen, räumte den Tisch ab, warf die Cracker zurück in die Schublade, verstaute die Campingstühle.

»Du willst abreisen?«, fragte er entgeistert.

»Ja, weg, weg von ihr!«, rief sie. Dabei hingen ihr die Haare wirr ins Gesicht, und ihre Augen glänzten panisch. Milan war nicht grundsätzlich gegen diese Entscheidung, aber er brauchte eine Erklärung. Sanft fasste er Julie an den Schultern und drehte sie zu sich um. Sie drückte sich an seine Brust und schluchzte.

»Komm, wir flüchten zu den Pferden«, beschloss Milan mit einem Wink auf die immer noch tobenden Seelentiere. Bevor sie gingen, öffnete er die Käfige und hoffte, die beiden Vögel und die Ratte würden den Wohnwagen ganz lassen.

Er zog Julie hinter den Pferde-Lkw, vorne stellte er Nightwatch als Wache auf. Es hatte nie so richtig, so passend ausgesehen wie heute: das edle schwarze Pferd, das seine Ohren in Richtung des riesigen Zelts stellte, wo gerade blutrot die Sonne unterging. Nightwatch.

Milan fasste Julie mit beiden Händen an den Oberarmen an und streichelte sie. »Ich habe dir versprochen, nie mehr nach deiner Mutter zu fragen, aber gerade ist das etwas schwer«, sagte er.

Julie wandte den Kopf in Richtung des Hengstes und versuchte, ruhiger zu atmen.

»Sie hat eine Beinprothese«, sagte sie dann leise. »Als ich zehn war, ist sie gestürzt, und genauso viele Meter tief ist sie gefallen. Wir hatten ein riesiges Zelt, viel größer als das von Ricardo. Kein Netz. Sie war wagemutig und gut. Danach hätte sie Popcorn verkaufen oder eine Tierdressur vorführen können. Irgendwas mit Pudeln oder Ziegen, das kann jeder. Aber stattdessen hat sie Angst bekommen.«

»Angst ist verständlich, wenn einem so etwas passiert«, warf Milan ein.

»Angst vor der Höhe, vor dem Wagnis, ja. Aber nicht Angst vor dem Leben und der Zukunft. Sie hat jeden Vertreter hereingelassen, den sie finden konnte, eine Versicherung nach der anderen abgeschlossen. Dann verließ sie mit mir den Zirkus, steckte mich auf ein Internat und heiratete einen Privaten. Sie wollte eine Umschulung machen, irgendwas mit Veranstaltungen. Jetzt weiß ich ja, wohin es geführt hat.«

»Das tut mir leid«, sagte Milan. Er streichelte sie weiter, weil er spürte, wie gut es ihr tat. Dennoch schaffte sie es immer noch nicht, ihm in die Augen zu sehen.

»Das Internat, auf dem ich war, war ein Magiesauger-Internat. Sie haben Zirkuskinder umgepolt, haben uns unsere Kreativität genommen. Wir durften keine Kunststücke machen, keine Zigeunersprache reden, nicht mal malen. Da bin ich abgehauen und wollte mir einen neuen Zirkus suchen, aber keiner hat mich genommen, weil ich gesucht wurde. Alle hatten Angst vor einem Vertreterüberfall.«

Milan fragte nicht nach, was genau ein »Magiesauger-Internat« war. Er fragte auch nicht nach den anderen Details. Julies Wahrheit war die einzige, die zählte. Die einzige, die hier richtig war. Er stellte sie nicht infrage.

»Sie haben mich immer wieder zurückgebracht. Aber ich habe heimlich geübt. Nachts, wenn alle schliefen, bin ich aufgestanden, habe mich an eine Gardinenstange gehängt und Klimmzüge gemacht. Einmal haben sie es mitbekommen und meiner Mutter geschrieben. Da kam sie mich besuchen und sagte, sie würde mir eher eigenhändig beide Beine brechen, ehe sie es zuließe, dass ich in einem Zirkus auftrete. Damals habe ich sie zum letzten Mal gesehen. An diesem Nachmittag erkannte ich, dass sie von den Vertretern nicht nur gebrochen wurde. Sie hat sich zu einer von ihnen entwickelt und ist jetzt selbst auf der Jagd. Einen Monat später bin ich wieder durchgebrannt. So fand ich zum Zirkus Salto, und Ricardo hat mich quasi adoptiert.«

Erst jetzt, nachdem sie sich ihre Geschichte von der Seele geredet hatte, wagte sie es, ihm wieder in die Augen zu sehen. Ihr Blick war lauernd, voller Ungewissheit über seine Reaktion.

»Warum schaust du mich so an? Denkst du, ich glaube dir nicht? Oder ich würde auf diesem Auftritt bestehen?« Er strich ihr eine Haarsträhne aus dem Gesicht.

»Ich weiß nicht, beides wahrscheinlich.«

»Traust du mir denn gar nichts zu?«

»Doch, ich …«

Er schloss ihren Mund mit einem Kuss.

»Versuchen wir es weiter bei Pedro. Sobald er zurück ist, fahren wir«, sagte er dann.

Julie zog ihn wieder zu sich herab, küsste ihn weiter, tief und innig. Lange standen sie so da vor der Kulisse des übermächtigen Vertreterzelts, mit einem Seelenpferd als Wache und Furcht in ihren Herzen. Irgendwann gingen sie Hand in Hand zurück, nicht ohne Nightwatch eine gute Nacht zu wünschen. Als sie den Wohnwagen wieder betraten, war es still in seinem Inneren. Jack hatte aufgehört zu schreien. Er saß immer noch in seinem Käfig, aber nun waren Spirit und Fauntleroy bei ihm. Über den Boden zog sich eine Spur aus Kekskrümeln, die aufgerissene Schachtel lag unter dem Tisch, und jedes der drei Tiere knabberte an einem Cracker.

»Sie haben ihm geholfen«, stellte Julie ehrfurchtsvoll fest.

»Und das, obwohl sie sich eigentlich nicht leiden konnten«, fügte Milan hinzu.

»So ist das bei uns Zigeunern. Was auch immer zwischen uns steht: Wenn es hart auf hart kommt, sind wir alle füreinander da.«

Bei diesen Worten unterbrach der Kakadu für ein paar Sekunden den Kampf mit seinem Cracker und pflichtete ihr bei: »Ja, ja, ja!« Milan hatte noch nie so sehr an Magie geglaubt wie in diesem Augenblick.

Pedro antwortete nicht auf ihre Anrufe und Nachrichten. Den ganzen Abend nicht und auch nicht in der Nacht. Sie fingen an, sich Sorgen zu machen, aber da in dem Empfangszelt der Vertreter niemand mehr da war, der ihnen die Adresse des Hotels hätte sagen können, blieb ihnen nichts anderes übrig, als bis zum nächsten Morgen zu warten. Sie sanken in einen unruhigen Schlaf, träumten von Stürzen ohne Netz, von Magiesaugern und gebrochenen Beinen.

Milan erwachte noch vor Sonnenaufgang. Er tastete nach Julies Körper neben sich, aber sie war nicht mehr da. Aufgewühlt von seinen grausigen Träumen sprang er aus dem Bett und suchte sie. In Boxershorts verließ er den Wohnwagen, stellte fest, dass die Scherben weggekehrt waren und die Campingstühle wieder an ihrem alten Platz standen. Das verwirrte ihn. Bei den Pferden fand er sie nicht. Er sprang über ein Stromkabel, riss die Tür zum Waschcontainer auf, doch auch hier war sie nicht. Schließlich bekam er es mit der Angst zu tun und rief ihren Namen, erfolglos. Schwer atmend drehte er sich einmal um sich selbst. Da waren noch zwei andere Wohnwagen, deren Bewohner sich geweigert hatten, ins Hotel zu ziehen, aber in beiden brannte kein Licht. Sollte er diese fremden Artisten wecken, weil ihm seine Freundin abhandengekommen war? Was sollte er zu ihnen sagen?

Es war sicher noch nicht einmal fünf Uhr. Hannover war leise um diese Zeit. Deshalb hörte Milan schließlich die Musik aus dem Zelt – ihre Musik. *Denn du und ich sind eins.*

Er rannte zum Zelt. Als er es betrat, konnte er kaum glauben, was er sah: Julies kleine Musikbox stand in der Mitte der Manege und spielte das Lied. Darüber hing die Überfliegerin in ihrem Jane-Kostüm im Ring, wand ihre Arme und Beine durch den Metallrahmen und bereitete gerade einen Handstand vor. Milan verstand die Welt nicht mehr. Er sah sich nach Pedro um, der diese Sinneswandlung wohl bewirkt und den Ring hochgezogen hatte, doch als Letzterer plötzlich wie von Geisterhand herabschwebte, erkannte er, dass Julie ihn selbst bediente, mit irgendeiner modernen Fernbedienung, wie nur überdimensionale Vertreterzelte sie hatten. Sie stieg ab und kam zu ihm. Lächelnd strich sie ihm die zerzausten Haare aus dem Gesicht. Dann klopfte sie ihm gegen die nackte Brust.

»Ich Jane, du Tarzan«, sagte sie.

»Also jetzt doch?«

»Ja.«

»Warum?«

Sie dachte einen Moment nach, dann sagte sie: »Weil ich sie nicht gewinnen lassen will. Ich muss aufhören, vor ihr davonzulaufen. Ich glaube, ich weiß, was sie mit dieser Veranstaltung bezweckt.«

»Was denn?«, fragte Milan.

»Man kann einen Zirkus nicht zivilisieren. Man kann ihn nur töten. Und das ist ihre Intension.«

»Uns zu töten? Das meinst du jetzt … im übertragenen Sinn, oder?«

»Nein. Wenn du einen Artisten dazu bringst, in einem Hotel zu schlafen, für viel Geld aufzutreten, seine Show zugunsten des Fernsehens zu verändern, dann hast du den Zirkus getötet.«

»Ach so.« Milan atmete auf, was Julie eindeutig nicht nachvollziehen konnte. Sie schnaubte.

»Ich will ihr zeigen, dass sie uns nicht töten kann, dass wir stärker sind als sie, verstehst du? Wir ziehen das durch, kommen ins Finale, gewinnen den Wettbewerb, und dann schlagen wir alle Angebote aus und ziehen mit den Lauenbergers weiterhin für einen Hungerlohn durch Deutschland. Wir widerstehen diesem ganzen Vertretermist und bleiben wir selbst!«

Milans Herz klopfte, wenn er sie so reden hörte. Sie war so unglaublich wild, so sehr sie selbst, so verrückt, so schön und so leidenschaftlich. Wie könnte er ihr jemals widersprechen?

Erst als eine Tür im Zuschauereingang aufging und ein Mann mit einem Wagen voller Rechen und Besen hereinkam, wurde Milan wieder bewusst, dass er bis auf seine Boxershorts nichts anhatte. Also griff er sich die Musikbox vom Boden, packte Julie, die einen überraschten Schrei ausstieß, und trug sie auf seinen Armen nach draußen. Unterwegs stieß er ein Löwengebrüll aus.

»Ich Tarzan, du Jane!«

Der Mann mit den Werkzeugen starrte ihnen hinterher, als hätte er seit Ewigkeiten keinen Zirkus mehr gesehen.

Pedro kam am Nachmittag mit einem Taxi zurück, genau eine Stunde vor ihrem Auftritt, während sie gerade die letzten Pferde striegelten. Er sah niedergeschlagen aus. Julie warf ihren Striegel hin und lief ihm entgegen.

»Wo bist du gewesen? Wir haben uns furchtbare Sorgen um dich gemacht!«, rief sie und umarmte ihn zur Begrüßung. Der Clown drückte sie zurück, seufzend und mit einem Gesichtsausdruck, als sähen sie einander zum letzten Mal.

»Ach, ich habe meine alten Knochen geschont und mich ein bisschen durchchecken lassen«, sagte Pedro. »Nichts Schlimmes, nur das Alter halt.«

Julie ließ ihn los. »Wie meinst du das?«

»Ach, diese Frau war bei mir. Die mit dem kaputten Bein. Sie meinte, es würde Sinn machen, langsam mal an meine Altersvorsorge zu denken. Mir fallen ja schon die Zähne aus, Kindchen, wer will denn noch einen siebzigjährigen Clown sehen?«

Bei diesen Worten stürzten Tränen aus Julies Augen, in solchen Sturzbächen, dass Milan Angst bekam. Die Theaterschminke verwischte, ihre Brust bebte, und ihr Kinn zuckte.

»Aber Pedro!«, schluchzte sie. »Darum geht es doch bei einem Clown nicht! Und wenn du nicht mehr auftreten willst, dann kannst du immer noch die Eintrittskarten verkaufen und die Plätze anweisen. Und uns sagen, ob unsere Nummern gut sind oder nicht. Du kannst … verdammt noch mal, was hat sie dir gesagt?« Den letzten Satz schrie sie.

Pedro streichelte ihr übers Gesicht, versuchte, mit seinen faltigen Händen die Schminke wieder zurechtzuwischen, aber es war ein sinnloses Unterfangen.

»Sie meinte, ich täte gut daran, die sechzigtausend in eine Einzimmerwohnung im betreuten Wohnen zu investieren. Hier in Hannover gibt es so etwas, da wird man immer gut versorgt, wenn man es braucht. Und mehr als ein Zimmer habe ich auch nicht nötig. Hab ja nie viel Platz gehabt.«

»Und Jack? Und Junior? Und wir anderen?«, schluchzte Julie.

»Kindchen, Kindchen, jetzt weine doch nicht so«, versuchte Pedro, sie zu trösten. »Jack kann doch zu Milan ziehen, und Junior ist mit seinen fünf Jahren schon lustiger als ich. Ihr werdet alle gut zurechtkommen ohne mich.«

Jetzt reichte es Milan. Er schob sich zwischen Julie und den Clown und sah Pedro böse an. »Eine Nacht im Hotel, und du gibst dich geschlagen? Das lasse ich nicht zu, Pedro! Ich will nicht schon wieder schuld sein, wenn einem von uns etwas passiert. Und du bist nur deshalb hierhergekommen, weil ich unfähig bin, die Pferde selbst zu fahren. Also wirst du gleich nach dem Auftritt wieder mit uns zurückkommen, denn wenn du es nicht tust, fahre ich sie am Ende noch in den Graben, und Ricardo schmeißt mich raus. Du willst doch nicht mein Leben kaputtmachen, Pedro, oder?«

»Nein, das will ich nicht«, sagte der Alte entsetzt.

»Gut, dann ... dann vergiss das alles erst mal wieder, okay? Wir treten jetzt auf, und dann packen wir unsere Sachen und hauen ab.«

»Hm ... okay«, machte Pedro, doch ihm war anzusehen, dass es noch viel Stoff zum Grübeln gab.

Julie rannte in den Wohnwagen, um sich neu zu schminken, und Milan striegelte die restlichen Pferde. Nach einer Weile erinnerte sich Pedro wieder daran, dass er zwar kein Pferdeflüsterer war, aber trotzdem wusste, wie man eine Straußenfeder auf ein Halfter steckte, und half beim Schmücken der Rappen. Als sie schließlich mit ihren Pferden zum Zelt marschierten, kam er mit.

»Ihr werdet sie beeindrucken«, weissagte er. Milan drückte Julies Hand. Sein Magen sackte ihm in die Kniekehlen, wie immer kurz vor einem Auftritt. Aber dann wurde der Vorhang aufgezogen, die Musik ertönte, und seine Aufregung verflog.

Es war das kleinste Publikum, das sie je gehabt hatten: eine Jury aus fünf Personen, noch ohne Fernsehkameras. Eine davon war Julies Mutter. Sie achteten nicht darauf, flogen davon wie immer, mischten ihren großen Traum vom Dschungel mit einer wohldosierten Portion Routine, wie sie es gelernt hatten. Sie tanzten und verbogen sich, strahlten und verbeugten sich. Und dann, vier Minuten später, war alles vorbei. Keiner aus der Jury sagte etwas. Sie wurden einfach hinausgewunken, ohne irgendeine Kritik und ohne die Information, ob sie weiter waren. Zwei Pferdepfleger kamen angerannt und entfernten die Araber schnellstmöglich, um Platz für die nächsten Artisten zu machen. Milan riss einem der beiden Jungen rüde das Halfter von Nightwatch aus der Hand. Dann trabten sie allesamt zurück zum Lkw.

»Mir reicht's hier«, sagte Milan.

»Mir auch«, bestätigte Julie.

So schnell wie an diesem Nachmittag hatten sie noch nie ihre Sachen gepackt. Zwischen dem Ende ihres Auftritts und dem Moment, in dem sie in ihre Autos stiegen, lagen knapp fünfundvierzig Minuten.

»Auf Wiedersehen, Hannover. Auf Wiedersehen, Vertreterzelt. Auf Wiedersehen, Mutter! Waaaaahhh!«, schrie Julie in voller Lautstärke aus dem Fenster hinaus, allerdings erst, als sie bereits außer Hörweite waren. Milan fühlte sich an Ronja Räubertochter erinnert, einen weiteren Kinderfilm, den er mit ihr zusammen gesehen hatte.

»War das dein Frühlingsschrei?«, fragte er lachend.

»Es ist Herbst, du Spinner. Frühlingsschreie gehören in den Frühling und auf einen Berg. Wenn es so weit ist, sage ich dir Bescheid.«

Damian schickte ihnen den Standort ihres aktuellen Lagerplatzes, und gut drei Stunden später, noch bevor die Sonne unterging, passierten sie den Zaun aller Zäune, diesmal auf einer Kuhwiese am Rand eines kleinen Dorfs. Milan hörte das Stromaggregat brummen und roch den Gestank von Tigermist. Selig lächelnd breitete er die Arme aus. »Gott sei Dank, wir sind wieder zu Hause!«

Sämtliche Wohnwagentüren waren noch geöffnet, und von überall her kamen nun Lauenbergers, die Geschichten hören und erzählen wollten. Damian schleifte eine Feuerschale heran, die er aus einer alten Autofelge zusammengeschweißt hatte, und Nancy hatte in weiser Voraussicht Hefeteig für Stockbrote zubereitet.

Als Erstes ließen sie Junior erzählen. Er brauchte über eine halbe Stunde, um jede Einzelheit seiner zwei Auftritte in den schillerndsten Farben Revue passieren zu lassen. Dabei stellte er seine Mutter als totale Idiotin hin, die ohne seine Hilfe niemals durch die Nummer gekommen wäre, aber Nancy lachte nur und nickte bei allem, was er sagte. Anschließend waren Julie und Milan dran. Sie wussten nicht, wo sie anfangen sollten.

»Die Show war … gut, denke ich«, sagte Julie.

»Und, seid ihr weiter?«, fragte Marcella neugierig.

»Das wissen wir nicht«, gab Milan zu.

Alle sahen sie irritiert an. »Wieso wisst ihr das nicht?«

»Wir sind abgehauen, ehe es uns mitgeteilt wurde.«

»Aaaaah, Vertreter«, mutmaßte Madame Veritas.

»Ganze Horden davon. Schwärme! Und die Schlimmste von allen: meine Mutter«, gab Julie zu.

Betretenes Schweigen senkte sich über die Runde. Wie es aussah, war jeder hier absolut im Bilde darüber, was für ein Problem Julies Mutter darstellte. Milan ärgerte sich darüber, nicht längst einmal Damian oder Nancy danach gefragt zu haben. Bestimmt hätten sie es ihm erzählt. Aber auf der anderen Seite: So, wie es gelaufen war, war es besser. Ehrlicher.

»Zum Glück seid ihr rechtzeitig abgehauen. Pfeift doch auf den Wettbewerb«, sagte Marcella.

Weder Julie noch Milan brachten ein Wort heraus. Die anderen starrten sie über das flackernde Feuer hinweg an.

»Irgendetwas stimmt hier nicht«, erkannte Nancy.

»Ja, und das ist Pedro«, fuhr plötzlich Madame Veritas hoch. Sie warf ihr Stockbrot ins Gras und ging vor Pedro in die Knie, nahm seine faltigen Hände in ihre und drückte sie. Der Clown sagte kein Wort, sah sie nur an. Er saß da in seiner viel zu großen alten Cordjeans, sie in ihrer schwarzen Leggins und den Plastiksandalen. Man hätte sie für zwei verrückte Alte halten können, wahrscheinlich waren sie das auch. Aber die Gefühle, die dabei in ihren Blicken lagen, entgingen selbst Damian nicht. Er barg sein Gesicht in Nancys Nacken, wie immer, wenn er mit etwas nicht klarkam.

»Du willst uns verlassen«, stellte Madame Veritas fest. »Aber das ist nicht richtig. Wir sind deine Familie, Pedro.«

»Du willst uns verlassen?«, wiederholte Ricardo, völlig von den Socken. »Bist du wahnsinnig? Wo willst du denn hin?«

»Ich kaufe mir ein Zimmer im betreuten Wohnen«, verkündete Pedro.

»Waaas? Bei den Privaten?«, rief Ricardo. »Davon wirst du krank werden. Wenn sich nicht wöchentlich die Luft in deinen Lungen ändert, kriegst du Geschwüre da drin.«

»Das habe ich auch gedacht. Aber Julies Mutter sagt, es stimmt nicht. Sie lebt schon lange in einem Haus und hat keine Geschwüre. Sie ist nett.«

»Julies Mutter ist eine Vertreterin!«, brüllte Ricardo. »Ich lasse es nicht zu, dass du gehst, hast du gehört? Ich lasse es nicht zu!«

Tränen traten in die Augen des Direktors. Dieser stämmige, taffe Kerl, der immer alles unter Kontrolle hatte, der den ganzen Laden hier schmiss. Er stand mit hängenden Armen da und wusste nicht, was er tun sollte. Es war schrecklich, diese Szene mit ansehen zu müssen. Einer nach dem anderen versuchte, den alten Clown vom Bleiben zu überzeugen. Aber einer nach dem anderen biss sich auch die Zähne an ihm aus. Es war schließlich Junior, der zu ihm durchdrang. »Ich will nicht, dass du weggehst«, schluchzte seine feine Kinderstimme. »Ich bin noch nicht alt genug, um ein richtiger Clown zu sein.«

Es war gerade mal zehn Minuten her, da hatte er vor versammelter Mannschaft verkündet, niemand könne ihm das Wasser reichen, was Witzigsein und Tolpatschigkeit anging. Jetzt war er wieder ganz klein. Eine dicke Träne kullerte aus seinem linken Auge. »Bitte bleib. Wenigstens, bis ich zehn bin.«

»Bis du zehn bist? Das ist noch eine ganze Weile hin, kleiner Mann«, sagte Pedro.

»Dann bis ich acht bin.«

Darauf einigten sie sich. Ein allgemeines Aufatmen ging durch die Reihe, doch niemand war wirklich glücklich. Pedro war nicht mehr derselbe wie vor seiner Reise nach Hannover. Er war über Nacht alt geworden und gebrechlich. Der Schalk war aus seinem Nacken gepurzelt und hatte sich dabei versehentlich erhängt. Zirkus Salto hatte keinen Clown mehr. Auf ihre unnachahmlich subtile Weise hatten es die Vertreter hinter ihren Zaun geschafft. Und dafür hasste niemand sie mehr als Julie. Es stand in dicken Großbuchstaben auf ihrer Stirn.

Angst

Noch zwei Stellplätze und sechs Vorstellungen trennten sie von der Winterpause. Es war an der Zeit dafür, denn die Luft war raus. Nancy telefonierte nun fast täglich mit der mobilen Zirkusschule und versuchte, einen zusätzlichen Privatlehrer für Junior zu finden, den jedoch kein Amt finanzieren wollte. Die Lauenbergers machten einen Kontosturz und stellten fest, dass sie sich eine erweiterte Schulbildung nicht leisten konnten. Und da niemand Junior in ein Internat geben wollte (in diesem Zusammenhang fiel wieder das Wort Magiesauger), beschloss man einstimmig, drei Schultage die Woche müssten ausreichend sein. Die Jugendamtvertreterin sprach von integrativem Unterricht und plante auch Ole mit ein – »wenn der Lehrer schon mal da ist«. Wie das funktionieren sollte, konnte sich allerdings keiner vorstellen.

»Wir lernen dann halt selber mit Junior«, beschloss Damian. »Wir zählen täglich die Schaufeln Tigermist, die wir rausholen, und berechnen dann, wie lange wir den Container füllen können, bevor wir ihn zur Müllabladestation fahren müssen.«

»Das kannst du?«, fragte Marcella beeindruckt.

»Nein, aber ich kenne die Lösung. Es sind acht Tage«, sagte Damian.

Am allerletzten Stellplatz machte Milan die Entdeckung, auf die er nun seit fast einem halben Jahr hoffte: Er fand einen Versicherungsvertreter, der kein Vertreter war. Nach all den Vorträgen über Haftpflicht-, Berufsunfähigkeits-, Unfall- und Lebensversicherungen, die er sich in den letzten Monaten angehört hatte, fühlte sich das Gespräch mit dem rothaarigen kleinen Kerl in der aktuellen Agentur einfach nur gut an. Er nahm nicht nur Milans Gutscheine entgegen, sondern fütterte sogar Spirit mit Keksen aus einer Geheimschublade und holte seine kleine Tochter, um den Wellensittich zu streicheln. Milan bekam keine Versicherungspolicen, sondern ein Glas Cola, und am Ende traute sich sogar Julie mit Fauntleroy in die Agentur, was dem Mädchen spitze Freudenschreie entlockte. »Was macht die Ratte im Zirkus?«, fragte sie aufgeregt. »Turnt sie mit dir?«

»Nein, sie zeigt mir, welche Menschen freundlich sind und welche nicht.«

»Ehrlich? Ich will auch so eine Ratte. Kann ich auch so eine Ratte haben, Papa?«

Ihr Vater lachte. »Ich habe keine Ahnung, wo man so ein Tier herkriegt.«

»Es kommt von selbst zu dir, wenn du es brauchst«, erklärte Julie.

Das Mädchen bekam glänzende Augen. »Wann wird es so weit sein?«

»Das weiß ich nicht«, sagte Julie. »Aber wenn der Tag gekommen ist, erinnere dich daran, dass ich dir dieses Geheimnis verraten habe.«

Sie ließen der Familie noch Freikarten da, luden sie zu ihrer letzten Vorstellung ein und fuhren wieder nach Hause. Diese erfreuliche Entdeckung war ein Lichtblick, der sie kurz von ihren Sorgen abgelenkt hatte. Aber im Grunde war es nun so, dass alle die Winterpause auf heftige Weise herbeisehnten. Pedro hatte sich bereit erklärt, noch einige Auftritte lang Clown zu sein. Aber sein Zauber war verschwunden. Bis zu diesem unsäglichen Hotelaufenthalt in Hannover schien kein Besucher jemals darüber nachgedacht zu haben, ob ein Clown mit Zahnlücken noch witzig sein konnte. Nun aber sah man dem Publikum an, dass sie Pedro wirklich als zu alt erachteten. Der Applaus kam nicht mehr aus dem Herzen, sondern wurde aus Mitleid gespendet. Aus Mitleid für diesen armen alten Kerl, der versuchte, witzig zu sein, aber sich dabei nur lächerlich machte. Niemand wusste, was man dagegen tun konnte. Weder wollte man Pedro einfach aus dem Programm nehmen, noch wollte man ihm diese demütigenden Auftritte mehr zumuten. Es war eine Zwickmühle, aus der es scheinbar keinen Ausweg gab. Und Milan kämpfte wieder gegen den Drang an, sich für diese erneute Schuld zu bestrafen, die auf seine Kappe ging.

Endlich, nach langem Hoffen und Warten, war es dann so weit: Der Zirkus Salto rollte geschlossen über die Grenze seines Stammsitzes in einem kleinen Örtchen namens Rabenau im Osten Deutschlands. Was sie dort erwartete, war ein recht großer Plattenbau mit einem Hektar Land und einem heruntergekommenen Stallgebäude, von dem der Putz bröckelte. Einen Tag lang wurden Teppiche geschlagen, Tierkäfige gereinigt und Kühlschränke zum Laufen gebracht. Dann verkrochen sich alle in ihren Zimmern und machten keinen Pieps mehr. Erst am nächsten Tag ackerte Ricardo sich durch die Post, die er sich seit über einem Monat nicht mehr hatte nachschicken lassen.

Julie malte gerade mit Fingerfarben eine große gelbe Sonne auf Milans Brust, als es an der Tür zu ihrem gemeinsamen Zimmer klopfte. »Mensch, da hat man einmal seine Ruhe, und schon geht das Geklopfe wieder los«, stöhnte sie. Genervt rutschte sie von seinem Schoß und sperrte auf.

»Hey, ihr beiden«, sagte Ricardo. Dann blieb sein Blick auf der Sonne hängen. »Hübsch! Steht dir besser als das Grauen darunter.«

»Komm zur Sache«, stöhnte Milan.

Der Direktor wedelte mit einem Briefumschlag. »Das da kam aus Hannover. Es war an mich adressiert, also habe ich es aufgemacht.«

Weder Julie noch Milan brachten mehr einen Ton heraus. Keiner von ihnen wusste, was er sich wünschen sollte.

»Ihr seid weiter«, verkündete Ricardo und drückte Julie den Brief in die Hand. »Man erwartet euch am 12. März mit einer neuen Show zum Finale. Das Privatfernsehen wird übertragen.«

Er gab keine Meinung dazu ab, zeigte auch nicht, was er darüber dachte. »Hunderttausend Euro sind eine Menge Geld. Denkt gut darüber nach, was ihr dafür aufs Spiel setzen wollt.«

Damit schloss er die Tür wieder und ließ sie mit der Entscheidung allein. Julie kam mit dem Brief zurück zum Bett, ließ sich seufzend neben Milan fallen. Gemeinsam lasen sie ihn durch. Darin war tatsächlich von einer Hunderttausend-Euro-Prämie für die Sieger die Rede.

»Damit könnten wir den Privatlehrer für Junior bezahlen«, murmelte Julie.

»Und einen Clown engagieren, um Pedro zu entlasten.«

»Und Rosa eine neue Waschmaschine schenken.«

»Und Damian und Nancy mal in den Urlaub schicken.«

Sie sahen sich ernst an.

»Wir könnten es deiner Mutter so richtig zeigen«, sagte Milan.

»Und deiner auch«, fügte Julie hinzu.

Seufzen.

»Lass uns später darüber nachdenken«, entschied Julie.

Der Brief flog auf den Boden. Sie holte die Fingerfarben wieder hervor und malte blaue Augen und einen roten Mund auf die Sonne. Dann zog sie ihr T-Shirt und ihren BH aus. »So, und jetzt machen wir einen Abdruck«, kündigte sie an, bevor sie ihre warme Haut auf seine presste und ihn vergessen ließ, dass es noch etwas anderes von Bedeutung auf dieser Welt gab als ihr Stöhnen in seinem Ohr und ihre Zunge in seinem Mund.

Die Farbe ging nicht besonders gut ab. Jemand hatte vergessen, darauf zu schreiben, dass sie nicht geeignet war, um sich darin zu suhlen. Die Zirkusversammlung betraten sie deshalb zwei Stunden später mit sehr viel Gelb, aber auch etwas Rot und Blau im Gesicht, an Armen und Beinen.

»Ich verstehe nicht, wie die Farbe sich in so kurzer Zeit derart vervielfachen konnte«, wunderte sich Ricardo.

»Ist das Teil eurer neuen Show?«, fragte Damian begriffsstutzig.

»Nein, das ist Teil unserer Winterpause«, erklärte Julie. »Man muss sie mit kreativen Aktionen füllen, sonst wird man am Ende noch ganz grau.«

Damian schüttelte den Kopf und machte ein brummiges Geräusch, das wohl Unverständnis ausdrücken sollte.

»Also, warum wollt ihr mit uns reden?«, fragte Ricardo. »Es ist eure Entscheidung, ob ihr da hingeht oder nicht. Wir werden euch nicht im Weg stehen.«

»Wir sehen es anders«, sagte Milan. »Letztes Mal waren wir allein dort und konnten nicht auf uns aufpassen. Die Vertreter haben Pedro erwischt, und wir sind auch nur mit knapper Not entkommen.«

»Dann wollt ihr also absagen?«, fragte Marcella.

»Nein, wir wollen, dass ihr mitkommt und auf uns aufpasst«, sagte Milan. »Die hunderttausend Euro interessieren uns nicht. Aber falls wir gewinnen sollten, geben wir sie in die Zirkuskasse. Wir wollen dort nur nicht mehr allein sein.«

Die komplette Versammlung starrte sie an. Keiner sagte ein Wort. Milan wusste nicht genau, was ihnen nun derart die Sprache verschlagen hatte – die Bitte, mit ihnen in den Krieg zu ziehen, oder die Aussicht auf fette Beute. Wahrscheinlich beides.

»Ihr ... wollt das Geld nicht haben *und* habt Angst vor diesen Leuten? Aber warum, um Himmels willen, geht ihr denn dann hin?«, fragte Rosa schließlich.

»Weil sie wilde Tiger sind«, sagte Damian zu Milans Verblüffung. Der Dompteur ließ sich im Stuhl zurücksinken und klemmte beide Hände in den Nacken. Er sah aus, als hätte er alles verstanden. »Ich komme mit und beschütze euch.«

»Ich auch«, sagte Nancy. »Ich beschütze euch auch.«

»Und ich auch!«, rief Junior. Er sprang auf und zeigte seine Muskeln. »Ich haue die Vertreter zusammen, wenn sie euch zu nah kommen!«

Alle lachten. Doch schnell wurden sie wieder ernst.

»Was sagst du dazu, Madame?«, fragte Ricardo die Wahrsagerin. Milan hielt den Atem an. Das war der Moment, den er vorhergesehen und gefürchtet hatte. Madame Veritas stand auf und sah erst Julie, dann Milan tief in die Augen. Es fühlte sich an wie ein Lauschangriff in Milans Kopf, nein, in seiner Brust, in seiner Seele. Dabei hielt die Alte sein Kinn fest, um jeden Fluchtversuch zu vereiteln.

»Es wird ein waghalsiges Unterfangen«, sagte sie. »Wir könnten alle draufgehen dabei. Womöglich hängt unser Überleben bald davon ab, ob der Mitreiser wirklich so viel Mumm in den Knochen hat, wie er behauptet.«

»Das ist gruselig!«, beschwerte sich Marcella. Sie schüttelte sich, als wolle sie den Schauder loswerden, der jeden Einzelnen von ihnen in diesem Moment überlief.

Madame Veritas ließ Milans Kinn los und setzte sich wieder auf ihren Stuhl. »Es ist aber eine Tatsache«, sagte sie. »Dieses Zelt in Hannover ist der Schlund der Hölle, wie wir wissen. Und trotzdem wollen wir dort hin? Nur im Vertrauen darauf, dass der Mitreiser nicht in letzter Sekunde den Schwanz einzieht und uns davonläuft?«

»Warum sollte ich das tun?«, fragte Milan verärgert.

»Weil du Angst bekommen wirst«, raunte die Wahrsagerin ihm zu. »Angst, so grausam und voller Qual, wie du sie nie zuvor gespürt hast. Du wirst innerlich brennen und äußerlich zu Eis erstarren. Du wirst im Meer ertrinken, die Lungen voller Salzwasser. Und keine Hand, die dich hält, kein …«.

»Es reicht!«, schrie Nancy. Sie war aufgesprungen, den lauthals heulenden Ole auf dem Arm. »Denkst du auch manchmal an die Kinder, du alte Schwarzseherin?«

»Oh, entschuldige«, sagte Madame Veritas. »Tut mir wirklich leid, Schätzchen.« Dann wandte sie sich wieder an Milan: »Ich hab nichts gegen dich, Junge. Aber was ich damit sagen wollte: Ich denke, du hast nicht das Zeug dazu, diese Sache hier durchzuziehen.«

Den weiteren Verlauf der Versammlung bekam Milan nicht mehr mit, denn er sprang auf und rannte auf sein Zimmer. Julie kam erst zwanzig Minuten später hinter ihm her. Da hatte er sich schon wieder so weit beruhigt, dass er auf dem Bett liegen konnte, ohne zu zittern. Sie legte sich neben ihn und betrachtete ihn von der Seite. »Madame Veritas sagt einem immer nur das, was man gerade hören muss«, behauptete sie. Aber Milan war in diesem Moment so gar nicht magisch gestimmt. Er glaubte weder an Wahrsager noch an Vertreter, fühlte sich einfach nur demotiviert und mies behandelt.

»Wieso hackt sie immer nur auf mir herum?«, fragte er beleidigt.

»Das stimmt doch gar nicht. Sie hackt auf uns allen rum. Weil sie nun mal unsere Ängste kennt und ihre Bedenken ausspricht. Hast du Angst, davonzulaufen?«

»Was für ein Quatsch!«, ärgerte Milan sich. Er richtete sich auf und brachte ein paar Zentimeter Abstand zwischen sie. »Siehst du, genau deshalb rege ich mich auf. Als Nächstes nennt ihr mich nicht mehr Mitreiser, sondern Davonläufer.«

Julie rutschte hinter ihm her. Ihr Lächeln war so bezaubernd, dass es ihn festhielt und den Sturm in seinem Herzen etwas dämpfte.

»Niemand nennt dich einen Davonläufer. Die Versammlung hat mit sieben zu einer Stimme beschlossen, dass sie uns begleiten werden. Dabei haben sie von ihrem Pferdeflüsterer gesprochen. Von Milan Caballerino. Und jetzt lass uns die Show planen. Ich hab eine super Idee!«

Am Abend hatte Milan das Gefühl, den Sprung von Spirit, dem wilden Mustang, von einem Berggipfel zum anderen nun eine Million Mal gesehen zu haben.

»Es ist wie geschaffen für uns!«, freute sich Julie und klatschte dabei in die Hände. »Sogar deine Frisur passt dazu! Und über dein Tattoo legen wir einfach einen Indianerbrustpanzer, so ein Knochending.«

Die Pferdeshow hatte sehr schnell gestanden. Ohne groß nachdenken zu müssen, hatte Milan ganz von selbst gewusst, dass er die Freiheitsdressur diesmal zum Großteil von Nightwatchs Rücken aus durchführen wollte. Das nahm ihm zwar einige Möglichkeiten seiner üblichen Kommunikation mit den Pferden, doch er vertraute darauf, stattdessen den Hengst so steuern zu können, dass er seine Befehle an die Herde weitergab. Es war sicher kein leichtes Unterfangen, er war aber zuversichtlich, dass es funktionieren würde. Sehr viel schwieriger war die Planung der Trapeznummer, von der Julie sich einfach nicht abbringen ließ.

»Du hast keinen Partner da oben. Fliegen kannst du also nicht, weil keiner dich fängt. Dann nimm doch gleich den Ring«, bat er sie.

»Das hast du jetzt schon dreimal gesagt«, zischte Julie ihm entgegen. »Ich will aber das Trapez. Hast du die Decke von dem Zelt gesehen? Sie ist wie geschaffen dafür!«

»Und wie willst du von einem Trapez zum anderen kommen?«

»Erst mal gar nicht«, erklärte Julie. »Ich zeige eine Nummer am schwingenden Trapez. Erst ganz am Schluss, wenn du deinen Sprung machst – dann mache ich auch meinen.«

Milan schüttelte den Kopf. Erst nur wenig, dann immer heftiger.

»Wie willst du dich dabei sichern, verdammt? Das verheddert sich doch!«

Sie zuckte die Schultern. »Dann muss ich mich eben kurz vor dem Sprung ausklinken. Es ist nur ein Sprung, Milan. Und Marcella kann oben stehen, um mir das zweite Trapez zuzuwerfen. Sie ist total koordiniert, sie schafft das.«

»Es ist mir völlig egal, ob Marcella koordiniert ist oder nicht. Ich kann da unten nicht arbeiten, wenn du dich über mir ausklinkst.«

»Dann … brauchen wir ein Netz«, murmelte sie, aber es klang niedergeschlagen. Ein Netz bot natürlich den ultimativen Schutz, aber es bedeutete auch, rein optisch eine ganze Menge Abstriche zu machen. Da sie sich aber auf nichts anderes einigen konnten, beschrieben sie den Ablauf der Nummer auf dem dafür vorgesehenen Formblatt mit einem Netz und schickten ihre Zusage zurück nach Hannover.

Das Einstudieren der Nummer war schwieriger, als sie angenommen hatten, denn das Zelt des Zirkus Salto lief oben spitz zu. Es hatte nicht die ovale Freifläche des riesigen Vertreterzelts mit den acht Masten. Entsprechend verlagerte Julie ihre Nummer weiter nach unten, wo genügend Platz war, und Damian schweißte ihr ein entsprechendes Podest zusammen, von dem aus das zweite Trapez geworfen wurde. Zwar lernte Marcella wirklich innerhalb eines einzigen Tages, genau den Moment zu erkennen, in dem sie es werfen musste, aber das Ganze passierte so tief über der Erde, dass Julies Beine ein paarmal sogar am Boden entlangschleiften. Entsprechend konnten sie niemals zusammen üben. Entweder probte Julie ihren Part, oder die Manege gehörte Milan und seinen Arabern. Es war alles nicht optimal, doch sie vertrauten darauf, dass sie es schaffen würden, die Nummer im entscheidenden Moment zusammenzusetzen. Sollte es klappen, das wussten sie beide, dann hatten sie etwas Einzigartiges zu bieten. Klappte es nicht – dann waren sie eben raus. Mehr als das konnte ihnen im Grunde nicht passieren, auch wenn Madame Veritas von grausamer Qual und einem kollektiven Sterben ihrer ganzen Sippe gesprochen hatte.

So zog der Winter ins Land. Sie feilten an ihrem Auftritt, beobachteten die Pferde beim Toben auf der verschneiten Koppel, redeten mit dem allgegenwärtigen Clemens von Baumgart, brachten ihren Seelentieren Kartentricks bei und liebten sich in ihrem kleinen Bett in dem kleinen Zimmer in dem alten Plattenbau. Abends hörten sie manchmal Pedro zu, wie er Junior und Ole eine Geschichte aus seiner Jugend erzählte von den alten Zeiten, in denen noch alle Drahtseilnummern ungesichert waren und Frauen mit wilden Bären tanzten. Nur die Hälfte dieser Geschichten war wahr, das wussten alle außer den Kindern, aber die Happy Ends trieften vor Herzschmerz und Abenteuer, und nur das zählte.

»Kann man wieder heil werden?«, fragte Milan Julie eines Abends, während er Pedro beim Erzählen beobachtete.

»Heil?«

»Ja, ich meine … nachdem sie dich erwischt haben, so wie Pedro. Kann man seine Magie zurückbekommen? Ist es möglich, dass etwas oder jemand dich heilt?«

»Ich weiß nicht«, antwortete Julie. »Früher habe ich immer geglaubt, dafür seien wir Zirkusleute zuständig. Aber ich habe nie darüber nachgedacht, wer *uns* heilt.«

Sie beobachteten Pedro noch eine ganze Weile, verwarfen den Gedanken jedoch wieder, als auf die letzte Tanzbärengeschichte direkt eine Lobrede über das betreute Wohnen folgte. Dennoch war Milan von diesem Moment an von der Idee besessen, ein Wundermittel gegen das Vertretergift zu finden. Irgendwo auf dieser Welt gab es garantiert eines, vielleicht für jeden ein anderes.

Drei Tage vor dem großen Aufbruch nach Hannover flatterte wieder Post bei Ricardo herein. Diesmal öffnete er den Brief nicht, sondern legte ihn beim Frühstück zwischen ihre Teller. Julie griff danach, ehe Milan darauf bestehen konnte, ihn in aller Ruhe in ihrem Zimmer aufzumachen. Man wusste nie, was ein solcher Brief enthielt, und die vor Neugier glitzernden Augen der anderen behagten ihm gar nicht. Aber Julie merkte nichts von seinen Gedanken, riss das Kuvert auf und überflog die Zeilen. Innerhalb von Sekunden verflog das Lächeln aus ihrem Gesicht. Milan spürte ein dumpfes Ziehen in der Magengegend.

»Was?«, fragte er.

»... müssen wir Ihnen leider mitteilen, dass bei der ersten Berechnung der technischen Daten Ihrer Vorführung ein Fehler gemacht wurde«, las sie laut vor. »Eine erneute Berechnung hat ergeben, dass der Abstand zwischen dem Netz der Trapezkünstlerin und der benötigten Sicherheitshöhe für Pferdedressuren nicht groß genug ist.«

»Was soll das denn heißen?«, fragte Damian.

Julie ließ die Hand mit dem Brief sinken. »Das bedeutet, das Netz muss weg«, sagte sie. »Weil die Pferde sich daran den Kopf anschlagen könnten.«

»Quatsch, es sind Araber, keine Shire Horses«, argumentierte Damian. »Schreib ihnen das, sie werden es schon einsehen.«

»Nein«, sagte Julie, dabei klang ihr Tonfall entmutigt. »Das werden sie nicht. Schau dir den Namen darunter an.«

Damian hangelte nach dem Brief und suchte nach der Unterschrift. »Mit freundlichen Grüßen, Sylvia Montalbano. Oh fuck!«

»Sie hat das extra hinausgezögert«, murmelte Julie. »Um uns auszubremsen. Sie will uns versagen sehen – oder aufgeben.«

»Aber das werden wir nicht«, versprach Milan. »Wir machen es ohne das Netz. Du musst nur den Sprung weglassen, dann kannst du angeseilt bleiben.«

»Der gemeinsame Sprung ist der Höhepunkt der Show!« Julie stand so schnell auf, dass ihr Stuhl dabei umpurzelte. »Wenn nur du ihn machst, ist es nur halb so gut. Das ist genau das, was sie will! Uns bleibt nur eine Wahl: Ich klinke mich aus.«

»Ich habe es euch gesagt, oder nicht?«, meldete sich Madame Veritas zu Wort. »Hier geht es um Leben und Tod.«

Da war sie, die quälende Angst. Sie kam langsam in Milan hochgekrochen, entzündete sich an dem störrischen Blick in Julies Gesicht und setzte seine Eingeweide in Brand. Ganz langsam zog die Eisschicht sich über seine Haut, machte ihn bewegungslos und kalt. »Du lässt den Sprung weg«, stellte er klar. »Andernfalls werde ich nicht mit dir auftreten.«

»Du erpresst mich?«, stammelte Julie. Mit großen Augen sah sie ihn an, verwundert, entsetzt, verletzt.

»Wieso nicht? Du erpresst mich doch auch. Irgendeiner von uns muss nachgeben, sonst funktioniert das nicht.«

»Oh, ich glaube, das … funktioniert so auch nicht«, warf Marcella ein.

»Halt die Klappe«, fuhr Milan sie an.

»Sag mal, wie redest du denn mit meiner Tochter?«, meldete sich nun auch Rosa zu Wort. Sie fingen an, alle durcheinanderzuplappern, wer nun das Recht hatte, auf welche Art mit wem zu reden. Dabei starrten Milan und Julie sich an, standen einander gegenüber wie zwei verfeindete Tiger.

»So wichtig ist das alles nicht«, flüsterte Milan.

»Doch! Wir sind bis hierhin gegangen, und ich werde mich weder von ihr noch von dir aufhalten lassen. Ihr kriegt mich nicht klein!«, schrie Julie.

»Von den hunderttausend Euro mal abgesehen«, sagte Pedro.

»Und dem Privatlehrer für Junior«, fügte Damian hinzu.

»Und der Waschmaschine. Vergesst nicht die Waschmaschine«, sagte Ricardo. Er konnte das unmöglich ernst meinen, aber es war egal. Was die Zirkusleute ihm damit sagen wollten, war klar: Sie standen auf der Seite von Julie.

Das große, salzige Meer schlug über ihm zusammen. Er hatte keine Kraft mehr, um zu schwimmen, keine Luft mehr, um zu atmen. Da war nur der Wasserspiegel über ihm. Und keine Hand, die ihn hielt.

Bröckelnde Steine.

Küss mich!

Was wirst du tun, wenn sie fällt?

Und wieder diese Stimme in seinem Kopf.

Lauf, lauf so weit du kannst! Rette dich!

Er wollte nie wieder auf sie hören. Aber sie war die Einzige, die noch zu ihm sprach. Milan stand auf. Niemand sah sein brennendes Herz, spürte die Kälte auf seiner Haut. »Wenn das deine Entscheidung ist, dann werde ich gehen.«

Julie stand da, bleich und zerstört. Keine Überfliegerin mehr, nur noch ein Mädchen mit einer Beziehungsstörung und der endlosen, grauenhaften Angst, allein gelassen zu werden. Ihre Lippen zitterten, als sie ihm antwortete:

»Wenn das deine Entscheidung ist … dann geh!«

Panik

Es dauerte lange, bis Milan einen Lkw fand, der ihn mitnahm. Einsame Tramper mit blutigen Händen, einer Frisur wie Tarzan und Augenrändern wie ein Tuberkulosepatient schreckten die meisten Autofahrer ab. Dennoch stand er am Morgen des folgenden Tages vor dem entzauberten Schlosstor von Falkenstein, mit nichts in den Taschen außer einer Rasierklinge und einem unbenutzten Verbandspäckchen, das der Lkw-Fahrer ihm zum Abschied in die Hand gedrückt hatte. Er hatte keine Ahnung, was er hier wollte, wusste aber keinen anderen Ort, an den er hätte gehen können. Schwerfällig schlurfte er zur Haustür und wollte gerade mechanisch auf die Klingel drücken, ehe er sich daran erinnerte, dass diese schon ewig nicht mehr funktionierte. Also hob er stattdessen den Blumentopf an, unter dem seine Mutter den Schlüssel bunkerte, und schloss auf. Es war acht Uhr morgens, seine Mutter schlief wahrscheinlich noch. Also ging er in die Küche und schaltete die Kaffeemaschine an. Noch während die Aufwärmlampe blinkte, hörte er ein Geräusch aus dem Schlafzimmer. Also war seine Mutter doch schon wach. Nun war es egal, was für einen Schreck sie bei seinem Anblick bekommen würde. Es war ohnehin alles egal. Sein Leben war vorbei, seine letzte Chance dahin. Eigentlich überbrückte er hier nur noch die Zeit, bis er … ja was eigentlich?

Noch während er die Klinke der Schlafzimmertür drückte, erstarrte er in der Bewegung, doch da war es schon zu spät. Die Tür sprang auf, und da lag seine Mutter auf dem Bett, seufzend, stöhnend. Über ihr ein Mann mit tiefdunkler Haut und verfilzten Dreadlocks. Der Anblick war so verstörend und gleichzeitig beeindruckend, dass er nur stocksteif stehen blieb. Der Mann merkte es zuerst. Mit einem lang gezogenen »Uuuuaaaah!« rollte er von seiner Mutter herunter und zog sich die Decke über den Schoß. Seine Mutter schrie ebenfalls auf und schnappte sich die andere Seite der Decke.

»Milan!«, rief sie dann, völlig außer Atem. »Was machst du denn hier?«

»Ich … bin wieder zu Hause«, antwortete er schwach. »Tut mir leid, ich wusste nicht …«

»Ist er der Pferdeflüsterer?«, meldete sich nun auch der Rastaman zu Wort. Dabei sah er seine Mutter an, zeigte aber aufgeregt auf Milan. Er war höchstens zehn Jahre älter als er selbst.

»Ja«, sagte seine Mutter grinsend und warf die Haare in den Nacken. Dabei sah sie *stolz* aus. Aber das konnte nicht sein, oder?

»Oh, wow, freut mich, dich kennenzulernen, Zirkustyp. Du sollst megagut sein!«, sagte der Rastaman. Er machte Anstalten, sich die Decke umzuwickeln und aus dem Bett zu steigen.

»Bleib hier, Raoul, zieh dir erst mal was an, bevor du meinen Sohn kennenlernst«, lachte seine Mutter und zog ihren schwarzen Liebhaber wieder ins Bett.

Milan stolperte rückwärts aus dem Zimmer und schloss die Tür. Er ging ins Badezimmer, wusch sich das Blut von den Händen. Sein Gehirn schaltete er auf Durchzug, in Ermangelung einer Strategie, wie er sonst mit all diesem Chaos umgehen sollte. Am Ende fand ihn seine Mutter am Wohnzimmerfenster stehend, wie er hinaus auf den Herzbaum starrte und sich seinen dritten doppelten Espresso antat. Sie trug einen geblümten Morgenmantel, hatte rote Wangen, und die Haare an ihrem Hinterkopf waren zu einer Palme toupiert, was garantiert nicht das Werk eines Kamms war. Mit glänzenden Augen trat sie neben ihn, dann lächelte sie und nahm ihn in den Arm.

»Was ist das alles hier?«, fragte Milan mit einem Wink auf die zahlreichen Buschtrommeln und Rhythmusinstrumente, die über das ganze Sofa verteilt waren.

»Ach, die gehören Raoul. Er ist Straßenkünstler mit einer kleinen Band. Sie machen Reggae-Musik.«

»Das ist ziemlich toll«, sagte Milan.

»Ja, finde ich auch«, kicherte seine Mutter.

»Hast du noch diesen … Hausmeisterjob?«

Sie schüttelte den Kopf. »Raoul fand, ich sehe blass aus in dem Grau.«

Raoul. Dieser fremde Mann mit den Buschtrommeln. Er hatte sie geheilt. Er hatte wiedergutgemacht, was Milan verkackt hatte, das wurde ihm jetzt schlagartig bewusst. Er hatte die Magie zurückgebracht, wahrscheinlich ohne es zu wissen, einfach so, mit einem Lächeln, einem lockeren Spruch zur rechten Zeit. Wahnsinnige Eifersucht stieg in Milan hoch und unglaubliche Erleichterung. Sanft strich seine Mutter seine Ärmel nach oben und ließ ihre kühlen Finger an den Wunden entlanggleiten, die nun aufgehört hatten zu bluten.

»Du hasst dich immer noch so sehr«, flüsterte sie.

Da merkte er, dass er hier nichts mehr zu suchen hatte. Nicht noch einmal. Er würde seine Mutter kein zweites Mal mit sich in den Höllenschlund hinabreißen. Denn irgendwann half auch kein Raoul mehr, da war er sicher. Dies war seine letzte Chance, seine Schuld zu begleichen – indem er aus ihrem Leben verschwand.

»Es tut mir leid, Mama«, sagte er leise. »Ich hätte nicht herkommen sollen.«

»Was? Aber nein, Milan, du …«

In dem Moment wurde ihre Zweisamkeit jäh unterbrochen. Raoul kam in den Raum gepoltert, nein, getanzt. Er hatte dieses typische Temperament der Südländer, füllte das ganze Wohnzimmer mit seiner Leichtigkeit. Ganz klar eine Gabe, und zwar eine wundervolle. »Pferdeflüsterer!«, schrie er und klatschte dabei in die Hände. »Wann ist deine nächste Show? Wann trittst du hier in der Gegend auf? Ich bin Raoul, zu deinen Diensten!« Daraufhin ließ er die Dreadlocks fliegen und machte er eine Art Verbeugung vor ihm, die glatt aus dem Zirkus stammen konnte. Milan fand es immer noch befremdlich, dass dieser Mann mit seiner Mutter schlief. Aber man konnte nicht anders, als ihn irgendwie ins Herz zu schließen.

»Hi. Ich bin Milan«, sagte er.

»Caballerino!«, fügte Raoul lautstark hinzu. »Ich weiß alles über dich!«

»Woher, von ihr?« Er deutet auf seine Mutter.

»Aber natürlich, von deiner großartigen Göttin von einer Mutter!« Er hob sie hoch und schleuderte sie durch die Gegend. Da lachte sie wieder. Trotz der Wunden, die sie gerade gesehen hatte, und trotz der schweren Gedanken, die er ihr verursacht hatte.

»Okay, war wirklich nett, dich kennengelernt zu haben«, sagte Milan zu Raoul. »Ich glaube, ich muss jetzt wieder zurück.«

»Was, schon? Bleib doch noch ein bisschen und erzähl vom Zirkus!«

Milan sah seine Mutter an. Er glaubte zu sehen, dass in ihrem Kopf dieselben Gedanken vorgingen wie in seinem. Für eine Sekunde. Dann schüttelte sie den Kopf. »Nein, du wirst jetzt nicht gehen. Stattdessen setzt du dich hin und erzählst deiner Mutter und ihrem jamaikanischen Lover, was passiert ist. Wir sind gute Zuhörer, beide.«

Sie hatte recht. Raoul konnte tatsächlich die Klappe halten. Er konnte auch die Luft anhalten oder an der richtigen Stelle seufzen, wenn man ihm etwas erzählte. Genau wie seine Mutter hörte er zu. Am Ende schüttelte er den Kopf. »Wieso genau bist du abgehauen?«, fragte er.

»Na, weil sie sich ausklinken will! Weil sie in zwölf Metern Höhe ohne Sicherung einen Todessprung machen will. Und die verrückte Wahrsagerin hat Dinge gesagt, die man so interpretieren könnte, dass sie …«

Seine Stimme versagte.

»... dass sie fällt«, ergänzte seine Mutter.

Milan nickte.

»Und du glaubst, wenn das passieren würde, wärst du schuld daran?«

»Ja.«

»Warum? Weil du Jo nicht retten konntest?«

Er wandte den Blick wieder zum Herzbaum hinaus. Die Weide stand immer noch da, als wäre in der Zwischenzeit nichts passiert, mit demselben Stamm, an dem sie hochgeklettert waren, und derselben Gabel, in der sie gesessen waren.

»Ich will nicht mit dir über Jo reden. Du hasst Jo«, murmelte er.

Seine Mutter legte eine Hand auf seine Schulter. »Nein, Milan, ich hasse Jo nicht. Ich habe sie nie gehasst. Ich war nur hilflos, als ich das gesagt habe, das passiert auch einer Mutter. Jo war eben so, wie sie eben war. Dafür haben wir sie geliebt. Für ihr wundervolles Chaos, für ihre innere Not, für ihren Wagemut. Das hat sie ausgemacht. Aber das hat sie auch umgebracht.«

Milan schlug die Hände vor die Augen. Er wollte nicht vor dem Rastaman und seiner Mutter weinen, aber die Tränen bahnten sich unaufhaltsam ihren Weg.

»Und jetzt«, auch die Stimme seiner Mutter wackelte bedenklich, »liebst du erneut eine solche Frau. Aber wenn du nicht bereit bist, dein Herz ein weiteres Mal aufs Spiel zu setzen, dann hättest du ihres nicht berühren dürfen. Versuch, sie liebevoll zu überzeugen. Doch wenn es nicht funktioniert, dann sei einfach bei ihr, wenn sie fällt. So, wie du bei Jo warst.«

»Das kann ich nicht!«, rief Milan, brüllte es fast. Was erwartete sie da von ihm? Wollte sie ihn umbringen? Wusste sie nicht, was das für Konsequenzen für sie selbst haben konnte?

»Doch, du kannst«, antwortete sie gefasst. »Aber was du nicht mehr kannst, ist, ohne Julie und den Zirkus leben.«

Das war der Moment, in dem er ihr in die Arme fiel, in dem er heulte wie ein kleines Kind, vor Angst und Verzweiflung und Geborgenheit. Erst eine Million Jahre später tauchte er wieder aus der unendlichen Umarmung seiner Mutter auf. Da war die Welt etwas heller, und die Luft hatte sich geklärt. Der Rastaman stand noch da, lächelte auf sie beide herab. Er sah aus, als hätte er am liebsten mitgemacht bei dieser Umarmung, die den Klang des Universums in sich barg. Gleichzeitig drang von dem Balkonfenster ein lautes Picken an ihre Ohren. Milan fuhr herum und erkannte Spirit. Aufgeregt und wahrscheinlich wütend flatterte er auf dem Fensterbrett herum und hackte auf den Rahmen ein.

»Ist das … dieser Vogel?« Seine Mutter konnte es kaum glauben.

Milan öffnete das Fenster, um Spirit hereinzulassen. Er flog auf seine Schulter, tschilpte wie verrückt und hackte ihm schließlich einmal kräftig ins Ohrläppchen. Dann schien seine Wut verraucht. Sein Schnäbelchen wanderte an Milans Hals und kuschelte sich dort ein.

»Was für ein ultrakrasser Vogel«, urteilte Raoul.

»Ja, das kann man wohl sagen«, bemerkte Milan.

»Wo ist dein Handy?«, fragte seine Mutter.

»Mittlerweile? Ich weiß nicht. Das letzte Mal, als ich es gesehen habe, verschwand es gerade unter einer großen Ladung Tigerscheiße.«

Raoul hielt sich den Waschbrettbauch vor Lachen. »Sehr geil, sehr geil!«, grölte er.

»Dann nehmen wir meines. Kannst du Julies Nummer auswendig?«

Er nickte. »Ja, aber … sprich du mit ihr, bitte.« Er fühlte sich nicht in der Lage dazu. Was, wenn sie immer noch wütend auf ihn war? Wenn sie ihn nie mehr sehen wollte? Wenn sie ihn jetzt hasste?

Seine Mutter wählte die Nummer. Es klingelte nur einmal, dann wurde abgehoben.

»Hallo, Julie, hier ist Milans Mutter.« Das andere Ende der Leitung schien tot zu sein, zumindest hörte Milan nichts. Aber seine Mutter redete einfach weiter. »Mein Sohn ist hier bei mir, und ich soll dir ausrichten, dass er ein Feigling und ein dummer Mitreiser ist. Es dauert mindestens drei Stunden, bis ich ihn dir zurückbringen kann.«

Daraufhin sagte Julie wohl etwas, denn seine Mutter nickte nun sinnloserweise und lief mit dem Telefon am Ohr ein paarmal auf und ab. »Ja, der ist gerade hier zum Fenster reingeflogen«, sagte sie dabei und: »Ich bin mir sicher, dass ihr das noch schafft.« Und: »Nein, er beharrt nicht auf seiner Meinung, aber er stirbt fast vor Angst.«

Als sie endlich auflegte, war allen klar, dass ihnen eine Reise bevorstand. »Direkt nach Hannover«, verkündete seine Mutter, »das ist kürzer.«

Natürlich kam Milan mit seiner Mutter und Raoul früher am Ziel an als der Zirkus Salto mit all seinen Wohnwagen, Anhängern und Lkws. Milan ging davon aus, die Lauenbergers würden ihr Zelt zu Hause lassen, wusste aber nicht, was sie mit den Tigern und dem Streichelzoo vorhatten. Für den Fall, dass sie die Tiere mitbrachten, würde hier wahrscheinlich gleich die Hölle losbrechen. Um dem vorzubeugen, reservierte er ihnen ein besonders großes und besonders abgelegenes Campingareal hinter dem Zelt. Es ging hier diesmal wesentlich voller und hektischer zu als beim letzten Mal. Überall parkten Übertragungswagen, und Fernsehjournalisten führten bereits erste Interviews. Milan sah, dass einige der anderen Artisten ebenfalls Seelentiere hatten und daher vor den Kameras Reißaus nahmen. Manche hatten aber wohl noch nie etwas von Vertretern gehört und stürzten sich naiv in deren Rachen.

Dann kam endlich der Zirkus aus dem Kreisverkehr. Milan sah den bunten Pferde-Lkw, die Tiger und die anderen Tiere. Jeder verfügbare Fahrer war eingespannt worden, denn Zirkus Salto reiste tatsächlich komplett an. Julie saß am Steuer ihres Vans, die Fliegerbrille im Gesicht. Sein Herz ging auf und fing an zu bluten. Zusammen mit Raoul und seiner Mutter erklärte er Ricardo, der wie immer vorausgefahren war, den Weg zu ihrem Parkplatz und rannte dann hinter dem Konvoi her. Er hatte nur Augen für Julie. Doch die Überfliegerin war noch lange nicht fertig mit ihm. Sie stieg aus ihrem Wagen, knallte die Tür zu und rauschte auf ihn zu. Milan hielt ihr die Wange hin. Julie zog fast so heftig durch, wie Marcella es damals getan hatte. »Das war eine …«

»Zigeunerohrfeige, ich weiß«, murmelte er.

»Die du verdient hast! Du beschissener Feigling von einem Mitreiser!«

»Ich weiß, es tut mir leid.« Er wollte sie an sich ziehen, ihr zeigen, dass er bei ihr war, dass er sie nicht mehr allein lassen würde, aber Julie wehrte ihn ab. »So einfach ist es nicht, Milan. Ich bin beziehungsgeschädigt. Wenn man mich allein lässt, drehe ich durch. Nun, ich *bin* durchgedreht, aber du warst nicht da, nur dein Vogel. Und selbst den musste ich fliegen lassen, weil er genauso verrückt danach war, dich wiederzusehen, wie ich.«

Die letzten Worte schluchzte sie. Tränen traten in ihre Augen.

»Nimm die Kamera aus ihrem Gesicht, oder ich hetze meine Tiger auf dich«, ertönte plötzlich Damians brummige Stimme neben ihnen. Sie drehten sich um und blickten direkt in die Linse einer Fernsehkamera. Die dazugehörigen Reporter zogen bei der Bemerkung erst die Köpfe ein, dann wandten sie sich Damian zu und fragten ihn nach den Tigern aus. Milan nahm Julie zur Seite.

»Wieso habt ihr sie mitgebracht, die Tiger?«, fragte er leise. »Und ihr habt sogar das Zelt dabei!«

»Wir wollten Pedro nicht mit Khan und Co. allein lassen. Also haben wir beschlossen, dass dies unser Saisonauftakt wird.«

»Wir reisen direkt weiter nach dem Auftritt?«

»Ja, zwanzig Kilometer östlich ist unsere erste Spielstätte.«

Er sah sich suchend nach seinem Wohnwagen um.

»Den musst du selber nachholen«, beantwortete Julie seine ungestellte Frage. »Und der von Pedro ist auch nicht dabei. Er will ... wieder ins Hotel.«

»Oh nein«, murmelte Milan. Wieder versuchte er, sie an sich zu ziehen, doch wieder stieß sie ihn weg.

»Wann wirst du mir verzeihen?«, fragte er.

»Nachdem du noch eine ganze Weile gelitten hast, wie es sich gehört.«

»Wirst du dich sichern?« Er musste die Frage stellen, schon allein um zu wissen, woran er war.

»Das siehst du dann«, antwortete sie. Damit ließ sie ihn stehen und half den anderen, den Stellplatz klarzumachen.

Natürlich gab es wahnsinnigen Ärger wegen der nicht eingeladenen Artisten des Zirkus Salto, ihren Wohnwagen und vor allem wegen der Tiger. Innerhalb von einer Stunde versammelten sich sämtliche Pressevertreter in ihrer Mitte. Auch Sylvia Montalbano tauchte wieder auf, in einem dieser modernen kleinen Elektroautos. Sie sah fast genauso aus wie bei ihrer letzten Begegnung, nur die Farbe ihres Hosenanzugs hatte sich geändert. Er war jetzt grau. Das machte sie blass, wie alle Mütter.

»Das ist nicht erlaubt, Julie«, sagte sie zur Begrüßung. »Ihr könnt doch nicht den Platz mit so vielen Wohnwagen belegen. Und vor allem: Schafft diese verlausten Raubtiere hier weg. Ihr hetzt mir noch die Tierschützer auf den Hals!«

Wahrscheinlich kam sie mit dieser Aufforderung nur ganz wenige Minuten zu spät. Denn in der Zwischenzeit hatte einer der Pressevertreter Damian nach seinem Alter gefragt. Die Antwort – »vierundzwanzig« – war per Smartphone an eine Redaktion weitergeleitet worden, und soeben kam die Reaktion zurück. »Leute, wir haben hier den jüngsten Tigerdompteur Deutschlands!«, rief der Journalist, und eine Sekunde später war Damian von fünf Kameras umzingelt.

Das war gut, um Sylvia Montalbano ohne größere Diskussionen loszuwerden. Aber es sah trotzdem hochgefährlich aus. All diese Vertreter und ihr Angebot vom Rampenlicht. Milan hoffte, dass Damian ihnen standhalten konnte.

Es war ein seltsames Aufbauen, so belagert von allen Seiten. Julies Mutter beobachtete das Geschehen noch eine ganze Weile, bevor sie sich wieder in ihr Elektroauto setzte und davonfuhr. Zuvor verhängte sie aber noch ein Freilaufverbot für sämtliche Tiere. Alle sollten den ganzen Tag in ihren Waggons bleiben, selbst die Seelentiere bekamen eine Käfigauflage. Das gefiel zwar niemandem, am allerwenigsten Damian, dessen Tiger jetzt schon randalierten und dem engen Waggon entkommen wollten, aber man beschloss, sich an die Auflagen zu halten. Zumindest so lange, bis der Vertreterrummel um sie herum abgeklungen war.

Am Abend – Milans Mutter und Raoul hatten Pedro in ihr kleines Zwei-Sterne-Hotel mitgenommen, um ihn nicht wieder den Luxusvertretern auszusetzen – klopfte Milan an die Wohnwagentür von Marcella. Sie öffnete ihm mit einem verdutzten Ausdruck im Gesicht.

»Entschuldige, hast du jemand anderen erwartet?«, fragte er.

Sie sah schnell von rechts nach links, dann bückte sie sich von dem Treppenabsatz, auf dem sie stand, zu ihm nach unten und raunte ihm zu: »Milan, du kannst doch jetzt nie und nimmer bei mir übernachten. Schlaf bei den Pferden!«

»Ich will nicht bei dir übernachten. Ich will nur, dass du mir die Haare schneidest.«

Sie stellte sich wieder gerade hin und blies jede Menge Luft aus.

»Ach so … Gott sei Dank!«

Dann ließ sie ihn herein und drückte ihn auf einen kleinen Drehstuhl, den sie immer zum Haareschneiden verwendete. Sie hatte eine waschechte Friseurausstattung, inklusive einem Umhang, den sie ihm jetzt umlegte und in seinem Nacken zusammenknotete. Da erst erinnerte sie sich daran, dass Milan am nächsten Tag einen wichtigen Auftritt hatte.

»Bist du nicht ein Indianer morgen? Aber da brauchst du doch lange Haare!« Demonstrativ legte sie die Scheren und den Rasierapparat wieder weg.

»Ich werde das Indianerkostüm nicht tragen«, sagte er ruhig.

»Was? Weiß Julie davon?«

»Wenn du es ihr sagst, ja.«

Marcella schüttelte entrüstet den Kopf.

»Aber was, um Himmels willen, willst du denn stattdessen anziehen?«

»Nichts Besonderes. Ich werde Milan sein.«

»Du willst … Milan sein. Na prima. Aber dass das hier ein Zirkus ist, ist dir schon klar, oder?«

Er nickte.

»Und was für eine freakige Milan-Frisur soll ich dir jetzt schneiden?«

Er erklärte es ihr. Je länger er redete, desto mehr schürzte sie die Lippen. »Ich weiß nicht, ob ich das kann«, sagte sie schließlich.

»Doch, das kannst du. Und wenn es nicht klappt, dann passt es trotzdem irgendwie, oder?«

»Wahrscheinlich ja«, sagte sie und zog den Rasierapparat hervor.

Eine Viertelstunde später stand er in ihrer Badenische und betrachtete sich selbst im Spiegel.

»Und, siehst du jetzt so aus, wie du aussehen willst?«, fragte Marcella.

»Ja«, sagte er zufrieden.

»Sollte Julie dich dafür abschießen, komm nicht zu mir und heul mir was vor!«

»Mach ich nicht, keine Sorge.«

Es klopfte an der Wohnwagentür.

»Oh, schon zehn Uhr«, fiel Marcella plötzlich ein. »Ich muss dich leider rausschmeißen.« Hastig zog sie ihn von ihrem Spiegel weg und verfrachtete ihn zur Tür. Milan war sich sicher: Hätte es einen Hinterausgang gegeben, so hätte sie ihn dort hinausgeworfen. So aber musste er an dem Typen vorbei, der dort vor dem Wohnwagen stand. Es war nun beileibe nichts Neues, dass Marcella Private abschleppte, aber dieser Journalist mit den sauber geföhnten Haaren und dem Klemmbrett unter dem Arm behagte Milan gar nicht. Er drehte sich noch einmal auf der Treppenstufe um. »Wo hast du eigentlich deine Schlange?«

»Moses? Im Terrarium. Ist doch Anordnung.«

»Hol ihn besser raus und stell ihn deinem Besuch mal vor.«

Mehr als das konnte er nicht tun. Der Journalist grüßte ihn freundlich, dann verschwand er mit einer entzückt lächelnden Marcella in ihrem Wohnwagen. Milan hoffte, die Schlangenfrau würde seinen Ratschlag beherzigen.

Nachdenklich ging er in Richtung von Julies Wohnwagen. Es brannte kein Licht mehr darin, was um diese Uhrzeit eher untypisch für sie war. Vielleicht, so hoffte er, saß die Überfliegerin jetzt gerade im Dunkeln hinter ihrem Fenster und sah ihn. Vielleicht verzehrte sie sich genauso nach ihm wie er sich nach ihr. Vielleicht kam sie heraus und rief ihn zu sich. Aber nichts dergleichen geschah. Dafür saßen Damian und Nancy noch unter ihrem Vorzelt und brieten Stockbrote. Seufzend schlug Milan den Weg zu ihnen ein.

»Oh, guck mal, ein obdachloser Mitreiser mit einer freakigen Frisur«, witzelte Damian, sobald er ihn sah. »Sollen wir Julie wecken und ihn ihr zeigen?«

»Besser nicht«, entschied Nancy und hielt Milan einen Stock mit einem Batzen Hefeteig entgegen. »Hier, Pferdeflüsterer, iss was. Sonst kommst du auf noch mehr blöde Ideen.«

Milan nahm dankbar den Stock entgegen, ruckte sich einen Campingstuhl zurecht und setzte sich zu ihnen. Von drinnen aus dem Wohnwagen drang das kurze Aufjammern eines Kindes, das von nächtlichen Traummonstern heimgesucht wurde, dann war wieder alles still.

»Findest du es so schlimm?«, fragte er Nancy und zeigte auf seinen Kopf.

»Nein, es passt irgendwie«, antwortete sie. »Hat nur nicht mehr viel von einem Indianer.«

»So würde ich das jetzt nicht sagen«, mischte Damian sich ein. »Es gab auch welche mit solchen seitlich abgeschorenen Stellen. Pawnees. In den Filmen sind das immer die Bösen. Bloß war es bei denen wenigstens gleichmäßig geschoren, und Milan hat auf der einen Seite fast eine Glatze, aber auf der andern sind noch ganz viele Haare. Und dann dieses anliegende Zöpfchen am Scheitel ... also ich würde sagen: Damit geht er ins Guinnessbuch der Rekorde ein für die unpassendste Zirkusfrisur, die je eine Manege betreten hat.«

»Ist doch egal, Hauptsache, ihm gefällt's«, entschied Nancy.

Sie saßen noch eine Weile am Feuer, brieten Stockbrote und unterhielten sich leise. Damian erzählte, er würde am nächsten Tag auf gleich drei Fernsehsendern laufen und bereits für den kommenden Morgen hätte sich ein weiteres Filmteam angekündigt.

»Du weißt aber, dass das alles Vertreter sind, oder?«, fragte Milan.

Nancy pflichtete ihm bei und schalt ihren Mann dafür, einem von denen die Adresse von Ricardos Stammsitz gegeben zu haben.

»Aber doch nur, um die Zeitung zuzuschicken«, verteidigte sich Damian.

»Pah«, machte Nancy. Dann wandte sie sich wieder an Milan. »Weißt du, was das Einzige war, was die interessiert hat? Angst! Sie fragten alle, ob er keine Angst vor den Tigern hätte, und ließen sich jede einzelne Narbe zeigen. Horrorszenarios haben die heraufbeschworen. ›Was würdest du tun, wenn ein Tiger dich angreift? Was würdest du tun, wenn ein Tiger deine Familie angreift? Hast du nicht manchmal *Angst,* wenn du so ganz *alleine* mit denen in der Manege bist?‹ Also, wenn du mich fragst: Ein bisschen zu viel Beschäftigung mit dem Thema Angst für einen Tag.«

Damian verdrehte die Augen. »Weiber!«, sagte er zu Milan, tippte sich an die Schläfe und wechselte das Thema. »Jetzt ist kaum mehr jemand wach. Hilfst du mir, den Käfig aufzubauen? Ich muss die Katzen rauslassen, sonst drehen sie mir durch.«

»Aber das Verbot ...«, warf Milan ein.

»Scheiß auf das Verbot. Ich kann sie nicht über zwei Tage im Waggon halten, sonst bin ich ein Ti-ger-quä-ler. Nachts kriegt das keiner mit, und morgen früh bauen wir den Käfig wieder ab.«

»Ist okay«, entschied Milan.

Sie schufteten eine ganze Stunde lang, auf Zehenspitzen, so leise wie möglich. Dann entließen sie die Tiger in ihre zwanzig Quadratmeter Freiheit und beobachteten sie zufrieden dabei, wie sie sich im Gras räkelten und ihre Krallen ausfuhren.

»Die Pferde sollen auch raus«, sagte Milan. Also verbrachten sie eine weitere Viertelstunde mit dem Aufstellen eines Elektrozauns, was zum Glück wesentlich weniger arbeitsintensiv war als der Käfig der Tiger.

Damian drückte Milan einen Schlafsack in die Hand, ehe er in seinem Wohnwagen verschwand. »Tut mir leid, Bruder, aber bei uns ist echt kein Platz mehr.«

»Schon okay. Nightwatch passt auf mich auf. Danke für den Schlafsack.«

Er legte sich auf den blanken Boden, direkt neben die Hufe des Arabers. Eine Weile sah er dem Hengst noch dabei zu, wie er das wenige Gras unter seinen Füßen ausrupfte. Das Nächste, woran er sich erinnerte, war der schwere Körper des Pferds, der sich vorsichtig neben ihn bettete und ihn warm hielt. Er schlief wie ein Baby, fast bis Sonnenaufgang. Als er dann kurz erwachte, glaubte er für einen Moment, Ole zu sehen. Der Vierjährige stand direkt vor ihm, in der einen Hand ein abgeliebtes Kuscheltier, von der anderen Hand steckte der Daumen bis zum Anschlag in seinem Mund. Ole starrte ihn an, doch es konnte auch ein Traumbild sein. So geschah es, dass Milan wieder die Augen schloss und nicht mitbekam, wie der Vierjährige noch eine Weile an seinem Daumen lutschte und dann eine Umzäunung weiterging.

Er erwachte nur wenig später von dem Geschrei. Es war irgendein fremder Artist, der die Entdeckung machte, wer sonst war um diese Uhrzeit schon wach? Gleichzeitig mit Damian und Nancy erreichte Milan den Tigerkäfig. Da lag Ole, ebenso friedlich schlummernd wie Milan zuvor neben seinem Pferd. Allerdings hatte er sich nicht an ein Fluchttier gekuschelt, das jeden seiner Befehle von seinen Gesten ablas, sondern an einen Tiger mit messerscharfen Reißzähnen. Im ersten Moment atmete Milan auf, denn er erkannte Shira, die Ole mehr oder weniger an die Käfigwand presste. Sie selbst hatte sich davorgelegt und fauchte, aber nicht in Richtung der Menschen, die nun aus allen Ecken des Stellplatzes hervorgekrochen kamen, sondern in Richtung von Khan, der ihr gegenüber in Angriffsposition stand, den Körper flach auf den Boden gedrückt, den Schwanz vor Erregung zuckend. Alle anderen Tiger hatten sich in den Waggon verzogen, von wo aus sie die Auseinandersetzung der beiden ranghöchsten Tiere beobachteten.

»Ole … Oh Gott, Ole!«, japste Nancy wie von Sinnen. Sie packte Damian und rüttelte ihn. »Hol ihn sofort da raus! Hol ihn raus!«

Damian sagte kein Wort. Er stürzte sich einfach auf den Käfig und wollte hineinspringen.

»Warte!«, hielt Milan ihn auf. »Weißt du, was du tust?«

»Fleisch!«, stotterte Damian nun mit wirrem Blick auf seinen Wohnwagen. »Hol welches! Lenk ihn damit ab!« Damit legte er eine Hand auf den Riegel des Käfigs, bereit, sich jederzeit zwischen sein Kind und den Tiger zu werfen. Milan rannte zum Wohnwagen, riss den Kühlschrank auf und fand mehrere Lappen Fleisch darin. Er packte zwei Stück davon, fiel über die Trittleiter und schlug der Länge nach hin, rappelte sich wieder hoch und griff noch nach einem der Stöcke, mit denen sie gestern Brot gebacken hatten. Gerade wollte er zurück zum Käfig hetzen, da stand plötzlich Junior vor ihm, in der Hand einen Elektroschocker.

»Der böse Stock«, schluchzte er.

»Her damit!«

Drei Sekunden später war er zurück, drückte Damian den Elektroschocker in die Hand und spießte das Fleisch auf den Stock.

»Da rüber!«, wies der Dompteur ihn an. »Zu Khan!«

Milan rannte. Es war hell, heller als gewohnt. Lampen überall. Er schob das Fleisch durch den Käfig, direkt vor die Nase des Tigermännchens. Doch davon wurde Khan nur wütend. Blitzschnell drehte er sich um, schlug das Fleisch lediglich vom Stock und hieb mit seiner Pranke nach Milan. Die Krallen drangen durch die Gitterstäbe, verfehlten ihn nur um Haaresbreite. Er wich zurück, steckte neues Fleisch auf den Stock, mit zitternden Fingern und rasendem Herz. Milan sah, wie Damian die Tür zum Käfig öffnete, sah Nancy, die sie hinter ihm wieder schloss, mit Tränen der Verzweiflung in den Augen. Er sah Kameras und Lichter und die wirr durcheinanderfliegenden Streifen der Tiger, ein kleines, besonderes Kind, das soeben erwachte und sich die Augen rieb. Unkoordiniert schob er das nächste Fleisch durch die Gitterstäbe. Da griff jemand nach seiner Hand und zog es ein Stück zurück. Es war sie, die Überfliegerin, mit ihrem Erscheinen ging die Sonne auf.

»Weniger nah!«, raunte sie. Dann ging sie neben dem Käfig auf die Knie, lauernd, fast so wie die Raubtiere selbst.

»Hey, Tiger, Tiger! Schau hierhin, schau! Tiger, Tiger, komm her!«

Es funktionierte. Für eine Sekunde riss Khan den Blick von Shira und Damian und wandte sich stattdessen ihr zu. Das Fleisch baumelte vor seiner Nase. Er hieb danach, unambitioniert und mit hochgezogenen Lefzen. Das Fell auf seinem Nasenrücken schlug dicke Falten, als er seine Zähne entblößte und grollte.

»Tiger, Tiger, bleib hier!«, rief Julie und schnippte mit den Fingern. Aber es half nichts mehr. Khan verlor das Interesse an ihnen, genau in dem Moment, als Damian seinen Sohn hinter Shira herauszog.

»Papa!«, lachte Ole und fing an, vergnügt zu glucksen. »Ich Shira schlafen hab.«

Da ging Khan auf die beiden los. Damian ließ Ole herunter, stellte sich vor ihn und zückte den Elektroschocker. Nancy riss mitten in der Stadt einen Käfig voller Tiger auf und griff nach Ole. Und Shira flog durch die Luft und stürzte sich auf Khan. Das alles ging so schnell, dass ein menschliches Auge kaum folgen konnte. Aber die Kameras konnten es und taten es auch. Erst jetzt fiel Milan das auf. Sie standen voll im Scheinwerferlicht, jede ihrer Bewegungen wurde für die Ewigkeit festgehalten.

Damian hätte sich jetzt zurückziehen und die beiden kämpfenden Tiger sich selbst überlassen können. Nancy schrie ihm zu, dass er es tun sollte. Ole schrie, und Junior schrie. Es war, als schrie die ganze Welt. Aber Damian fasste durch die Gitterstäbe und schob den Riegel des Käfigs zu. Tief, viel zu tief sah er Nancy in die Augen, dann wandte er sich zu den Tigern um.

»Geh da weg!«, schrie er Khan an, doch das Tigermännchen kümmerte sich gar nicht um ihn. Stattdessen grub es seine Zähne in Shiras Nacken. Die richtete sich auf die Hinterbeine auf und schlug nach ihm, um ihn loszuwerden. Genau in dem Moment setzte Damian den bösen Stock in Khans Rücken und drückte ab. Zu Tode erschrocken ließ der Tiger sein Opfer los und trollte sich zwei oder drei Meter weiter weg. Dabei standen seine Haare zu Berge, und er zog den Schwanz ein wie ein getretener Hund.

»Jetzt ist gut!«, sagte Damian und hielt die Hand mit dem Elektroschocker hoch. Der Tiger und sein Dompteur fixierten einander mit ihren Blicken.

Milan und Julie standen Damian genau gegenüber. Da sahen sie es: das verräterische Flackern in seinen Augen. Die Erkenntnis, dass er schwächer war. Die grauenhafte Gewissheit, dass es wehtun würde. Angst. Nein, Panik. Julie klammerte sich an Milan. Milan klammerte sich an Julie. Sie konnten nichts tun, nichts tun. Khan setzte auf Damian zu, schlug ihm den Elektroschocker aus der Hand, öffnete das Maul und fauchte. Damian wich zurück, dabei hielt er sich den Arm. Blut rann daran herunter, in Strömen. Über seinen gesamten Unterarm zog sich eine tiefe, klaffende Wunde. Nancy wurde jetzt von ihrer Mutter festgehalten, damit sie den Käfig nicht wieder öffnete. Sie krümmte sich zusammen, schrie ohne Ton, das Gesicht zu einer Fratze verzerrt. Die Kinder heulten.

Hinter den Gitterstäben umrundete Damian nun Khan, die Augen aufgerissen, mit einer verräterisch pulsierenden Schlagader am Hals. Milan sah, dass er wieder an den Elektroschocker kommen wollte. Doch Khan sah es auch. Genau in dem Moment, als Damian sich bückte, griff er an. Er warf sich auf ihn, biss erneut in seinen Unterarm und schleuderte ihn durch den Käfig. Dann sprang er auf ihn und begrub Damian unter sich. Während nun alle Menschen rings um den Käfig in Panik schrien, stürzte sich auch Shira wieder auf das kämpfende Knäuel auf dem Boden. Da fiel ein Schuss. Und noch einer. Beide Tiger brachen zusammen. Die anderen flüchteten sich in ihre Käfige im Waggon. Zitternd blickte Milan neben sich: Da standen zwei Polizisten in Uniform, einer davon mit gezogener Waffe. Seine Kugeln hatten beide ihr Ziel gefunden. Doch ihm war nicht klar gewesen, auf wen er geschossen hatte. Nicht nur Khan lag da in seinem eigenen Blut, auch Shira. Damian richtete sich auf, wuchtete den zentnerschweren, blutüberströmten Körper von Khan von sich herunter. Dann fasste er Shiras Kopf mit beiden Händen und bettete ihn auf seinen Schoß. Ein schrecklicher Ton, ein Todesschrei, drang aus seinem Mund. Milans Herz krampfte sich zusammen, wie so oft, oh, wie so oft. Julie weinte offen an seiner Brust. Und Junior? Der ging zum Waggon und schloss die Käfige der restlichen Tiger.

Absturz

Das Chaos war ausgebrochen. Alles, was die Welt an Vertretern zu bieten hatte, stürzte sich auf den Zirkus Salto. Journalisten, Polizisten, Anwälte, Psychologen, Beamte, Tierschützer. Sie klagten an, spielten Ratgeber, gaben vor, sich um das Wohl der Kinder zu sorgen. Aber im Grunde wollten sie nur eines: Ihrer Welt acht weitere Opfer einverleiben. Damian wurde erst in einen Krankenwagen und dann wieder in eine Untersuchungszelle gesteckt, Nancy wurde von einem Anwalt und einem Vertreter vom Jugendamt verhört, Ricardo und Rosa schlossen sich mit den Kindern in ihrem Wohnwagen ein. Die Tierkörperverwertungsanstalt beseitigte die zwei toten Tiger. Und mitten in all dem Wahnsinn stand Sylvia Montalbano und sah irgendwie zufrieden aus.

»Sie ist eine Teufelin. Sie hat all das über uns gebracht!«, zischte Madame Veritas und fixierte Julies Mutter mit zusammengekniffenen Augen.

»Ach, hör doch auf mit diesem Mist«, fauchte Julie. »Mit deiner Schwarzseherei hat alles angefangen.«

»Wie meinst du das denn bitte?«, fragte die Wahrsagerin pikiert.

»Na, Ole ist in den Käfig geklettert, weil er Milan nachgemacht hat, der neben einem Seelentier geschlafen hat.«

»Eben. Also ist der Mitreiser schuld. Das kennen wir doch schon«, verteidigte sich Madame Veritas.

»Eben nicht«, zischte Julie. »Denn Milan hätte nicht bei den Pferden geschlafen, wenn ich ihn in mein Bett gelassen hätte. Und das hätte ich getan, hätte er mich nicht am Tag davor sitzen lassen. Und das wiederum hat er nur getan, weil du ihn mit deiner Prophezeiung völlig aus dem Konzept gebracht hast.«

»Falsch«, sagte Madame Veritas. »Er ist abgehauen, weil du ohne Netz und doppelten Boden aufs offene Meer hinausschwimmen willst.«

Sie starrten sich alle an, unfähig, die Wahrheit herauszufinden, bis sie schließlich erkannten, dass es keine Wahrheit gab. Es gab nur das Leben und die Tücken, die es sich so ausdachte. Wenn man zusammenhielt, konnte man ihnen manchmal entkommen. Aber nur manchmal.

Milan und Julie holten die verlorene Nacht nach. Sie gingen in den Wohnwagen, zogen sich aus und liebten sich, hielten die Zeit einfach an. Langsam und innig verbanden sie ihre Körper miteinander, dabei ließen sie sich keine Sekunde aus den Augen. Erst danach, als das Feuerwerk der Leidenschaft in ihnen verglommen war, fuhr Julie durch Milans Haare und fragte: »Was ist das eigentlich für eine Frisur?«

»Es ist meine«, sagte Milan. »Gefällt sie dir?«

»Ja«, sagte sie. »Sieht gut aus.«

Dann legte sie die Stirn in Falten und grübelte. »Ich glaube, ich habe noch irgendwo eine Indianerperücke.«

»Nein«, sagte er bestimmt. »Mein Outfit wird eine Überraschung.«

»Oha«, ließ Julie verlauten. Sie setzte sich auf, strich mit den Händen über seine schweißnasse Brust. Dabei tanzten ihre Brustwarzen so keck vor seinen Augen, dass ihm schwindelig wurde. Schließlich beugte sie sich hinunter, ließ den Vorhang aus schwarzen Haaren über sein Gesicht gleiten und flüsterte in sein Ohr: »Dann wird das, was ich plane, eben auch eine Überraschung.«

»Bitte«, flüsterte er, »bitte sag mir, was du vorhast!«

Doch anstatt ihm eine Antwort zu geben, biss sie ihn ins Ohr, wie es eigentlich nur Spirit tat, und ihre Lippen glitten langsam tiefer, so tief, dass er für einen kurzen Moment vergaß, wovor er solche Angst hatte.

Julie und Milan hatten dazugelernt: Was auch immer das Leben dir für Steine in den Weg legt, lass dich nicht von ihm abbringen. Also machten sie sich am Nachmittag mitsamt ihren Pferden und dem Musik-Stick auf den Weg zum Zelt zur Generalprobe. Zum allerersten Mal würden sie ihre neue Show nun gemeinsam proben, und das allein war schon Grund zur Aufregung. Noch aufregender war allerdings, zu erfahren, was der jeweils andere sich für eine seltsame »Überraschung« ausgedacht hatte. Leider wurde weder aus dem einen noch aus dem anderen etwas. Julies Mutter stand mit verschränkten Armen im Zelteingang und sah ihnen bereits von Weitem entgegen.

»So kommt ihr zur Generalprobe? Ohne Kostüme und mit dreckigen Gäulen?«, fragte sie pikiert.

»Nun, wir verbringen heute noch genug Zeit mit Pferdeputzen«, erklärte Milan. »Und unsere Kostüme … holen wir gleich.«

»Das ist nicht nötig«, sagte Sylvia Montalbano. »Denn die Generalproben wurden abgesagt. Schuld daran sind eure wenig verantwortungsbewussten Zirkuskameraden, die um ein Haar halb Hannover einer Tigerattacke ausgesetzt hätten. Wir fanden es pietätlos, einfach weiterzuproben, als wäre nichts geschehen.«

»Aber vor einer Stunde wurde doch noch geprobt«, warf Milan ein.

»Ja, das ließ sich leider nicht verhindern. Eine eigenmächtige Aktion dieser Artisten. Aber jetzt stehe ich hier, um weiteres Üben zu unterbinden. Es reicht, wenn ihr heute Abend auftretet.«

»Aber wir konnten die Nummer noch nie zusammen proben!«, beschwerte Julie sich.

»Das, meine liebe Tochter, ist dein Problem«, antwortete ihre Mutter kühl. »Du wolltest ja unbedingt zu einem kleinen Zirkus voller Versager und Habenichtse. Nun sieh, was daraus geworden ist. Und denk noch einmal darüber nach, ob du nicht lieber auf die Veranstalterschiene wechseln möchtest. Ich finde sicher einen guten Job für dich.«

»Lieber schmore ich in der Hölle!«, presste Julie hervor. Sie machte auf dem Absatz kehrt, drängte sich durch die Pferde hindurch und marschierte zurück zum Stellplatz. Milan folgte ihr mit acht arabischen Rappen, die nicht verstanden, was für ein seltsames Spiel die Menschen nun schon wieder spielten.

Kaum jemand interessierte sich überhaupt noch für ihren Auftritt, wie sie feststellen mussten. Selbst Marcella öffnete nicht gleich die Tür, als sie bei ihr klopften. Irgendwann machte sie zwar auf, aber sie sah müde und niedergeschlagen aus. »Lasst mal, ich hab noch Besuch«, sagte sie kopfschüttelnd und schlug ihnen die Tür vor der Nase zu.

»Sie hat noch Besuch?«, murrte Julie. »Aber es war noch nie jemand länger als Mitternacht bei ihr … Na ja, außer einer. Mit dem ist sie im Pferdestall eingeschlafen.«

Milan versuchte, ihren letzten Kommentar irgendwie zu überhören. »Der Journalist, der bei ihr ist, ist seltsam«, berichtete er stattdessen. »Wir sollten ihn checken.«

Und das taten sie. Mit dem kompletten Dreiergespann aus Jack, Spirit und Fauntleroy in einem einzigen Käfig, den sie in ihrer Mitte zu Marcellas Wohnwagen schleppten. Dort stellten sie ihn vor der Trittleiter ab und klopften erneut. Marcella öffnete ihnen ungehalten. »Was denn noch?«

»Wir wollen deinen Besuch sprechen«, sagte Julie.

»Oh nein! Ihr glaubt doch wohl nicht, dass ich Marco euer durchgeknalltes Verhalten zumute?«

»Marco? Ist er jetzt dein fester Freund, weil er bis nach Mitternacht durchgehalten hat?«, fragte Julie.

Marcella ballte die Hände zu Fäusten. »Wenn das das Auswahlkriterium für meine Freunde wäre, stünde der Mitreiser jetzt nicht neben dir.«

Julie sog so tief die Luft ein, dass sie um ein Haar vom Boden abgehoben wäre. Dann ließ sie alles wieder mit einem einzigen Satz heraus: »Boaaaah, du Schlampe, Marcella!« Es hörte sich stinkwütend an, aber keineswegs hasserfüllt. Glücklicherweise stellte der Vertreter sich von selbst, ehe das Thema doch noch ausarten konnte. Seine akkurate Föhnfrisur tauchte ganz plötzlich hinter Marcella auf. Er spähte über ihre Schulter und warf einen Blick auf die seltsame kleine Versammlung vor dem Wohnwagen. Da ging das Donnerwetter in dem Käfig los. »Nein! Nein! Nein!«, krächzte Jack, Spirit flatterte wild tschilpend gegen die Gitterstäbe, und Fauntleroy quietschte den Takt dazu.

»Warte mal«, sagte Marcella und schob ihren Lover ein Stück zurück, sodass er wieder im Wohnwagen verschwand. Sofort kehrte Ruhe in dem Käfig ein. Dann packte sie ihn am Arm und zog ihn wieder in den Türrahmen. Da startete das Konzert von Neuem. Milan war überzeugt davon, dass Marcella sie nun verstanden hatte. Aber stattdessen bat sie ihren Journalisten, doch bitte am Küchentisch Platz zu nehmen, damit er außer Sichtweite war. Sobald er verschwunden und das Konzert wieder verstummt war, stemmte sie die Hände in die Hüften und sah mit störrischem Blick auf den Käfig. »Eure Seelentiere sind genauso verrückt wie ihr!«, beschloss sie.

»Was?«, rief Julie. »Jetzt belügst du dich selber, das ist dir doch wohl klar?«

Derweil ging Milan vor dem Käfig in die Hocke und fragte den Kakadu: »Ist dieser Marco ein Vertreter, Jack?«

»Ja, ja, ja!«, antwortete der Vogel.

»Ist er gefährlich für Marcella?«

»Ja, ja, ja!«

»Sollte sie noch eine weitere Sekunde mit ihm allein sein?«

»Nein, nein, nein!«, krächzte Jack in voller Lautstärke.

Milan richtete sich wieder auf. »Da siehst du's: Marco wurde hundertprozentig entlarvt.«

Aber Marcellas Gesichtsausdruck änderte sich dadurch nicht im Geringsten. Er blieb spöttisch, wütend und besserwisserisch. »Weißt du immer noch nicht, wie das geht?«, fragte sie Milan. »Der Vogel erkennt deine Körperspannung. Je nachdem, welche Antwort du ihm suggerierst, antwortet er so oder so. Bei hochsensiblen Tieren liegt die Trefferquote nahezu bei hundert Prozent, selbst wenn ihr Trainer gar nicht weiß, was er tut. Glaubst du etwa, deine Pferde würden anders funktionieren?«

Milan und Julie blieb jedes weitere Wort im Mund stecken. Nur Jack schrie weiter: »Nein! Nein! Nein!« Das war nicht Marcella. Ebenso wenig, wie Pedro noch Pedro war und Damian wahrscheinlich auch kein Damian mehr. Die Vertreter hatten sie gefangen, nach ihren Ängsten gegraben und ihre Gespenster auf sie losgelassen.

»Was war es bei dir?«, fragte Milan leise. »Was hat er dir erzählt?«

Regungslos stand die Schlangenfrau in der Tür, schien nachzudenken, ob ihre Freundschaft ihr eine Antwort wert war oder nicht. Aber schließlich rückte sie damit heraus, mit einem Unterton in der Stimme, der keinen Widerspruch duldete: »Marco ist nicht nur Journalist, sondern auch Physiotherapeut. Er hat mich untersucht und festgestellt, dass meine Bandscheiben bereits vollkommen überbelastet sind. Wenn ich so weitermache wie bisher, werde ich mit Mitte dreißig im Rollstuhl sitzen.«

»Aber …«, wollte Milan einwerfen, doch Marcella schnitt ihm den Satz im Mund ab. »Nein, ich brauche keine Röntgenbilder, um sicher zu sein. Ich spüre es auch so. Es ist nicht gesund, was ich mache. Und du, Julie … solltest diesen Sprung heute Abend auch streichen.«

Also wollte sie es doch tun. Den Todessprung. Ohne Sicherung. Milans Brust wurde eng. Julie sah von einem zum anderen, dann entschied sie wohl, dass es Zeit war, ein klein wenig von der Angst wegzunehmen, die sie nun seit Tagen schürte. »Keine Sorge. Ich habe den perfekten Gurt. Meinen Bandscheiben wird nichts passieren.«

»Du … hast einen Gurt?«, stammelte Milan erleichtert. »Du springst also nicht?«

Julie legte beide Arme um seinen Hals und schlang theatralisch ein Bein um ihn. »Mir kann nichts passieren, Liebster. Denn wenn ich sterbe, dann stirbst du mit mir, und das kann ich nicht zulassen. Aber glaub nicht, ich würde dir mehr als das verraten.«

Ihre Augen flackerten dämonisch. Schließlich ließ sie ihn los und griff nach dem Käfig. »Schick ihn weg, Marcella. Noch ist nicht alle Magie verloren.«

Die Schlangenfrau schwieg beharrlich. Milan fasste den Käfig auf der anderen Seite an. Die Wurzel allen Übels, Marco, spähte jetzt wieder über Marcellas Schultern, und das Pfeifkonzert erschall von Neuem. »Machen wir, dass wir wegkommen«, beschloss Julie, doch Milan drehte sich noch einmal zu Marcella um. Es war ihm ein Bedürfnis, ihr das zu sagen: »Heilung ist möglich. Ich habe es gesehen. Wenn dir Zweifel kommen, gibt es immer einen Weg zurück.«

»Verpiss dich, Mitreiser!«, antwortete Marcella und schlug die Tür des Wohnwagens zu.

Die Gäste strömten um siebzehn Uhr zum Zelt. Sie bekamen dort auch Zuckerwatte und Popcorn, aber beides kostete fünf Euro und sah aus, als wäre es in einer Fabrik geklont worden. In erster Linie wurde in diesem Vorzelt Champagner ausgeschenkt und ein bitterer, orangefarbener Aperitif. Milan hätte nichts von all dem mitbekommen, hätte Raoul es ihm nicht erzählt, der sich durch den Artisteneingang gemogelt hatte, um ihm mitzuteilen, er hätte mit seiner Mutter und Pedro einen guten Platz in der Loge erstanden. Raoul quasselte und quasselte. Dabei funkelten seine Augen, und er deutete mal hierhin, mal dorthin.

»Deine Pferde sind wunderschön!«, sagte er schließlich, während er Nightwatch über das glänzende Fell strich, in dem kein einziges Staubkorn mehr zu finden war. »Aber deine Freundin … die ist noch schöner!«

Milan drehte sich um und sah Julie auf sich zukommen. Sie hatte ihr Kostüm leicht abgeändert. Es war immer noch schneeweiß, aber an ihren Ärmeln hing eine neue Ladung Stoff, die sich, als sie die Arme ausbreitete, als Flügel herausstellte.

»Du bist die Überfliegerin«, hauchte Milan verzückt.

»Genau«, antwortete sie und küsste ihn auf den Mund.

»Wer ist die Überfliegerin?«, fragte Raoul irritiert. So wie ihm würde es allen Zuschauern gehen, aber das war egal. Das hier war ihre Show, ihr ganz persönlicher Auftritt, der Persönlichste, den sie jemals haben würden. Das wurde Milan erst jetzt bewusst. Ihre Kostüme passten zueinander, als hätten sie sich abgesprochen.

»Und du?«, fragte sie Milan. Er stand barfuß neben seinen Pferden, nur mit einer schwarzen Cargohose und einem T-Shirt bekleidet. Das zog er sich jetzt auch noch über den Kopf. Übrig blieb ein Junge mit einer freakigen Frisur, einem gruseligen Tattoo und jeder Menge Narben auf seinem Körper.

»Du bist der Mitreiser«, flüsterte Julie. Feuchtigkeit trat in ihre Augen.

»Oh, nicht weinen! Die schöne Schminke!«, sagte Raoul rechtzeitig, und sie riss sich zusammen. Dann merkte der Rastaman, dass es Zeit war, die beiden allein zu lassen. »Also … krasse Show bis hierhin, Leute«, sagte er. »Richtig krass. Ich bin gespannt auf den Rest.« Sie nickten ihm zu, und winkend verschwand er durch die immer größer werdende Schar von Artisten vor dem Zelt.

Milan legte seinen Arm um Julie, dabei streifte er den Gurt, den er bis dahin überhaupt nicht wahrgenommen hatte, da er genauso weiß war wie ihr Kostüm. Er verlief nicht einfach nur um ihren Bauch, sondern zog sich in mehreren Teilen auch über ihre Schultern und an ihren Seiten entlang. In ihrem Rücken endete er in einer kleinen, ebenso weißen Öse, in die man einen Karabiner einhaken konnte. »Was hast du vor?«, fragte er verwundert.

»Du wolltest, dass ich einen Gurt trage. Also habe ich mir einen besorgt, der der Show einer Überfliegerin würdig ist.«

»Aber was machst du?«, versuchte er, in sie zu dringen.

Sie legte eine Hand auf seine beiden Herzen, das zerrissene und das andere, das immer noch schlug. »Ich sorge dafür, dass es stehen bleibt, dass es rast und hüpft. Aber es soll nicht mehr bluten, nicht wegen mir.«

Er wusste: Noch tausend Fragen mehr, und sie würde ihm immer noch nicht verraten, was der Sinn dieses Gurts war. Also bog er sanft ihr Kinn nach oben und hauchte einen Kuss auf ihre roten Lippen. Ein Blick auf die Uhr sagte ihm, dass sie nicht mehr viel Zeit hatten. Sie waren als Zweite dran, und die Artistentruppe vor ihnen rannte gerade durch den offenen Vorhang ins Zelt. Tausende Lichter fluteten von dort zu ihnen heraus, klassische Zirkusmusik und ein Ansager mit einer Stimme wie aus dem Fußballstadion. Er versuchte, die Nervosität zu unterdrücken, die ihn dabei überkam. »Wo, zum Geier, bleibt Marcella?«, fragte er ungehalten.

»Sie kommt nicht«, antwortete Julie ganz ruhig.

»Wegen dieses Vertreters Marco?«

»Nein, sondern weil ich sie nicht brauche.«

Also kein zweites Trapez? Kein Flug von einer Todesschaukel zur anderen? Wozu diente nur dieser Gurt?

In dem Zelt brandete Applaus auf. Sie gingen zur Seite, machten der Truppe Bodenakrobaten Platz, die mit vollem Speed herausgerannt kamen, lachten, sich gegenseitig abklatschten. Milan gab den Pferdepflegern ein Zeichen, dass sie mit den hinteren Tieren zu ihnen aufrücken sollten. Dann wurde der Vorhang angehoben. Der Ansager verkündete ihre Namen. Jetzt, das konnten sie nur ahnen, wurde der Film an die Leinwand hinter dem Trapez geworfen: Spirit, das Fohlen, gleich nach seiner Geburt. Wild und frei und voller Magie. »*Ein junges Leben, wild und frei, voller Kraft und Stolz dabei*«, sang die Stimme vom Band. Milan drückte Julies Hand. Sie lächelte ihm zu, dann rannte sie in die Manege. Ganz allein. Milan sah sie von hinten im Scheinwerferlicht. Während die Zuschauer verfolgten, wie Spirit größer und zum Leithengst seiner Herde wurde, tanzte Julie mit dem Trapez, ließ sich hochziehen und wieder absenken, breitete die Arme aus, flog über die Manege. »*Die Welt ist magisch und riesengroß. Jetzt komme ich, jetzt lass ich los!*«

Das war Milans Stichwort. Zusammen mit seinen Pferden rannte er in die Manege. Die Lichter blendeten ihn. Das war gut, denn er sah nichts von dem Publikum und der Jury und den Fernsehkameras. Nur noch die Überfliegerin, die jetzt zwölf Meter über seinem Kopf ihr Trapez zum Schwingen brachte wie eine riesige Himmelsschaukel. Und die Pferde, die sich um ihn scharten, mit stampfenden Hufen und fliegenden Mähnen, bereit, ihre Geschichte zu erzählen. Die Musik wechselte, wurde aggressiver.

»*Wieder mal im Dunkeln stehn, fast dem Tod ins Auge sehn. Ich will jetzt nur noch gehn, ohne mich mehr umzudrehn.*«

Für die Zuschauer war es die Geschichte von Spirit und dem Indianer, die sich kennenlernten, Vertrauen zueinander fassten und schließlich diesen unglaublichen Sprung über den Felsen wagten. Aber Milan wusste es besser. Das, was sie hier zeigten, war die Geschichte vom Mitreiser und der Überfliegerin. Sie erzählte von Julies Einsamkeit unter dem Dach des Zirkuszelts, von Milans Narben und seinem zerstörten Herz. Im Zeitraffer zeigte er den Zuschauern, wie er sich den Pferden angenähert hatte, ließ sie um sich tanzen und sich auf die Hinterbeine erheben. Dabei machte Julie einen Kopfstand auf dem Trapez und breitete die Arme aus.

»*Schau mich an und schließ die Lider. Fühl mein Herz und dann komm wieder.*«

Barfuß und halb nackt, wie er war, schwang er sich auf Nightwatchs Rücken. Jetzt hatte er den Scheinwerfer genau auf seiner Brust, breitete die Arme aus und zeigte sich dem Publikum, das er selbst weiterhin nicht sah. Er drehte sich im Oberkörper um seine eigene Achse, so lange, bis Nightwatch die Bewegung aufnahm und ebenfalls zu drehen begann, rasant, wie die Westernpferde in Robins Stall. Dabei nahm er auch alle anderen Pferde mit, die es ihm gleichtaten. Sie waren ein achtfacher Pferdekreisel, der genau gleichzeitig stoppte und in die Gegenrichtung weiterdrehte.

»*Ich geb trotzdem niemals auf, denn zusammen sind wir stark. Wir! Ja, ich vertraue dir.*«

Er wusste genau, was Julie gerade über ihm tat, wusste, wann sie ein Bein hob und wann sie mit dem Kopf nach unten hing. Doch er blickte nicht zu ihr hoch, konzentrierte sich ganz auf seinen Tanz mit den Pferden. Die sieben Rappen liefen im Kreis um Nightwatch und ihn herum, vier im äußeren Ring nach rechts und drei im inneren Ring nach links. In der Mitte zeigte Milan die Galopp-Pirouette wieder nach rechts. Es war ein perfekter Kreislauf, ein elektrisierender Tanz. Wieder wechselte die Musik zu einem dramatischen Instrumentalthma, denn nun wurde der Showdown eingeleitet – Spirits Sprung über den Abgrund. Milans Sprung nach oben. Julies … er wusste es nicht. Die Rappen bildeten einen Kreis um ihn und Nightwatch, gingen allesamt ins Kompliment. Und Milan griff mit beiden Händen in die Mähne seines Hengstes, bat ihn aus ganzem Herzen, er möge springen, möge es der spanischen und der mexikanischen und der italienischen Reitschule gleichzeitig zeigen. »Hopp!«, flüsterte er auf seinem Rücken, und Nightwatch sprang in die Kapriole, nach oben und nach vorne gleichzeitig. In dem Sekundenbruchteil, als er mit allen Beinen gleich hoch in der Luft war, schlug er nach hinten aus, Milan warf die Arme in die Luft, und der Applaus brandete auf. Eine weitere Sekunde später schrie das Publikum aus vollem Hals. Da blickte Milan nach oben, und sein Herz stand still, denn auch Julie sprang. Aber nicht zur Seite an ein anderes Trapez, sondern nach unten, genau auf ihn zu. Sie hatte ihre Arme ausgebreitet, ließ ihre Flügel flattern, fiel. Nur wenige Meter weit, dann griff das beinahe unsichtbare Seil in ihrem Gurt und federte sie zurück. Sie drehte sich einmal um sich selbst, nahm eine grazile, seitlich schwebende Position ein und hielt diese, während das Seil zu ihm herabgelassen wurde. Milan nahm sie entgegen, nein, er fing sie auf. Dies hier war keine Zirkusvorstellung, es war Magie. Und in dieser magischen Geschichte fing er sie auf, aus luftiger Höhe, nach einem Sturz ohne Netz und doppelten Boden. Sie landete zielsicher in seinen narbigen Armen. »Mach das nie wieder!«, flüsterte er ihr ins Ohr. Dann legte er einen Arm um ihren Bauch, griff mit der anderen Hand in die Mähne und ließ Nightwatch noch einmal im Kreis galoppieren. Die Lichter schwenkten nach oben, und zum ersten Mal sah er das Publikum: seine Mutter, die aufgesprungen war und hysterisch klatschte, Raoul, der neben ihr einen jamaikanischen Rastatanz aufführte, Pedro, dessen Augen feucht waren, weil er genau hingesehen hatte. Und etwas weiter weg saßen – wahrscheinlich zum ersten Mal in ihrem Leben auf der anderen Seite der Manege – Rosa und Ricardo mit ihren Enkeln. Auch sie applaudierten, doch die Zukunftsangst hockte in ihrem Nacken, so düster, dass sie riesige Schatten an die Zeltwand warf.

Milan ließ Julie hinunter, und sie verbeugten sich – in ihrem Rücken machten die Araber das Gleiche, nur Nightwatch blieb stur aufrecht stehen und strafte die Jury mit Missachtung. Das Scheinwerferlicht fiel nun auf die fünf Personen, die dort vor ihnen aufgereiht saßen. Die Erste war eine zierliche kleine Person, wahrscheinlich eine ehemalige Artistin, die Julies Darbietung vollkommen auseinandernahm. Sie sprach von fehlender Balance und durchschnittlicher Entwicklung der Choreografie, lobte lediglich die

Anzahl unterschiedlicher Übungen, die sie auf dem Trapez gezeigt hatte. Der Zweite war ein breitschultriger Kerl mit spanischem oder italienischem Akzent, der Nightwatchs Kapriole als argen Eingriff in die klassische Zirkusdarbietung abtat und der Meinung war, ein solcher Schulsprung gehöre eher in die Hofreitschule, wo er zweifelsohne auch korrekter ausgeführt würde. Die Dritte war wieder eine Frau, die scheinbar aus dem Publikum hinzugezogen worden war. Sie lobte ihre Vorführung über alle Maßen, konnte aber nicht ansatzweise in Worte fassen, warum sie so ergriffen davon war. Der Vierte war der Zirkusdirektor. Er war völlig begeistert von Julies Sprung, der sämtliche Zuschauer »fast von den Stühlen geworfen« hätte, rügte aber Milan für sein »absolut unpassendes Outfit« und schlug vor, ein Indianerkostüm zu benutzen. Dann kam Julies Mutter.

»Nun«, sagte sie in die völlige Stille hinein, während die Kameras abwechselnd Großaufnahmen von ihr und von Milans Tattoo zeigten. »Das war zweifelsohne eine sehr emotionale Vorführung, und Emotionen sind es ja, die wir beim Zirkus wecken wollen. Die beste Artistik aller Zeiten jedoch, die wir heute Abend küren werden, ist nicht nur emotional, sondern auch hochprofessionell. Deshalb müssen wir hier leider einige Abzüge für diejenigen Teilbereiche vergeben, die nicht ganz so fachmännisch vorgeführt wurden, wie wir das von unseren Siegern erwarten.« Aus dem Publikum war ein enttäuschter Laut zu hören. Vielleicht hing es doch mehr an Emotionen, als die Vertreter zugeben wollten. »Darüber hinaus werde ich noch einen Punkt abziehen für dieses übertrainierte Pferd, das das einfachste aller Kunststücke nicht kann, nämlich die Verbeugung«, sagte Sylvia Montalbano, dabei sah sie tatsächlich beleidigt aus.

Am Ende erhielten Milan und Julie für ihre Darbietung dreißig von fünfzig möglichen Punkten. Die Frau aus dem Publikum vergab tatsächlich die Höchstzahl von zehn Punkten, während Julies Mutter – wie nicht anders zu erwarten war – nur zwei Punkte »für die Emotionen« herausrückte.

Hand in Hand, gefolgt von ihren Pferden und begleitet von einem stehenden Applaus, rannten sie schließlich hinaus. Dort fielen sie sich in die Arme, während der Zelteingang von den Arabern blockiert wurde. Ein Sicherheitsvertreter schob sie allesamt zur Seite, doch sie küssten sich einfach weiter.

»Wow, das muss ja ziemlich gut geklappt haben«, mutmaßte der Rollschuhkünstler, der als Übernächstes dran war.

»Nein, ich glaube, wir haben verloren«, sagte Milan lachend.

»Na dann«, meinte der Rollschuhkünstler irritiert, »wenn Verlieren so schön ist, braucht man ja keine Angst davor zu haben.«

»Nein, das muss man nicht«, sagte Milan. Ohne auf die Pferdepfleger zu warten setzte er sich in Bewegung und brachte seine Herde zurück nach Hause.

Weiter

Milan lebte an seinem neunzehnten Geburtstag. Er spürte es ganz genau, dieses Leben. Es lag in der Berührung von Julies Fingern an seinem Hals, in dem Wiehern der Pferde hinter seinem Wohnwagen, in dem nervtötenden Geräusch des Stromaggregats, das wieder einmal genau hinter seinem Badezimmer platziert worden war. Es lag auch in dem Tigerbaby, das zwei Tage nach ihrem Auftritt in Hannover völlig überraschend geboren worden war. Junior zog es mit der Flasche auf, doch Damian war zumindest wieder so weit, ihm dabei Ratschläge zu erteilen. An diesem Morgen, als Milan sich ungewohnt früh aus dem Bett schälte, langsam, um Julie nicht zu wecken, saß der kaputte Tigerdompteur vor seinem Wohnwagen und steckte zum ersten Mal selbst den Sauger in das Maul von »Keira«.

»Hey, sieht gut aus, was du da machst«, sagte Milan und setzte sich zu ihm.

»Was bleibt mir anderes übrig?«, seufzte Damian. »Wenn ich es nicht mache, zieht Junior sie auf. Dann wird sie sein Seelentier, und er wird kein Clown, sondern Tigerdompteur. Und weißt du was – lieber steige ich wieder selbst in den Käfig.«

Alle wussten, dass Damian seit dem Vorfall mit Khan panische Angst davor hatte, den Käfig zu betreten, ohne Shira, die ihn beschützte, aber vor allem ohne die Magie, die ihm dort in Hannover abhandengekommen war. Bis heute wusste hingegen niemand genau, wie Ole es geschafft hatte, den Käfig zu öffnen und hinter sich wieder zu schließen. Denn bevor der Vierjährige sich dort hineingeschlichen hatte, war der Riegel mit einem Vorhängeschloss mit Nummernkombination verschlossen gewesen. Alle vermuteten, dass Oles Gedächtnis doch besser funktionierte, als alle ihm zutrauten, nur eben anders. Er schien die Nummernkombination einfach gekannt zu haben. Zwei Wochen hatten beide Kinder in einer Pflegefamilie verbracht, bevor eine Jugendamtsfrau mit Restmagie sie zurückgebracht hatte. Die Kinder seien schon zu sehr in das Zirkusleben integriert und überdies schwer zu zähmen, hieß es in der offiziellen Erklärung. Das bedeutete zwar, dass nun ein Lehrer der mobilen Zirkusschule drei Tage die Woche mit ihnen reiste und all sein Streben in den Plan legte, auch Ole das Lesen beizubringen (was aktuell eher hoffnungslos anmutete), aber es war kein Geld da, um den Jungen eine wirklich vollständige Schulbildung zu bezahlen.

»Egal«, hatte Nancy beschlossen, »wir hatten auch nichts anderes. Und aus uns ist auch was geworden.«

Es war schade, dass sie die hunderttausend Euro nicht bekommen hatten. Am Ende waren Milan und Julie auf dem siebten von insgesamt zehn Plätzen gelandet, aber zumindest eine Zeitung hatte sich getraut, sie als »Sieger der Herzen« zu bezeichnen. Überdies war es schrecklich, dass sie so viel Magie eingebüßt hatten. Aber auch das war das Leben, und auch das sog Milan in sich auf.

»Hey, hast du gehört, dass dieser Marco mit Marcella Schluss gemacht hat?«, fragte Damian.

»Hat er? Wie geil!« Milan hielt ihm die Hand entgegen, und Damian klatschte ab. »Was für einen Grund hat er dafür gefunden?«

Damian prustete. »Er sagte, sie sei ihm zu ungebildet. Nicht zu fassen, oder? Dabei hat er selbst keine Ahnung von der Welt, das Stadtbürschchen. Nicht im Geringsten!«

»Wohl wahr«, sagte Milan und dachte darüber nach, welche Art von Bildung im Leben eigentlich wirklich nützte. Wirklich das, was Marco und er auf dem Gymnasium gelernt hatten? Oder vielleicht doch eher Damians Wissen darüber, wie man auf dem Standstreifen einer Autobahn eine gebrochene Anhängerkupplung zurechtschweißte? Marco wusste mit Sicherheit, wer den Dreißigjährigen Krieg gewonnen hatte. Marcella wusste wahrscheinlich nicht einmal, dass es ihn gegeben hatte. Aber Milan war ganz sicher, dass dieses Journalistenbürschchen einfach nur abkacken würde, müsste es einen Van mit Wohnwagen rückwärts in eine Parklücke schieben, wie Marcella es regelmäßig tat. Er sollte einfach das Maul halten. Und abzischen. Was er nun scheinbar ja auch getan hatte.

Der Fliegenvorhang raschelte, und Nancy kam ebenfalls aus dem Wohnwagen. »Morgen, Milan, alles Gute zum Geburtstag!«, sagte sie sofort und schloss ihn in die Arme.

»Du hast Geburtstag? Mensch, sag doch was!«, grummelte Damian, setzte das Tigerbaby in einen Puppenwagen und stand ebenfalls auf, um Milan an seine Brust zu drücken.

»Nun bist du fast ein ganzes Jahr bei uns«, stellte Nancy fest. »Und, hat sich gelohnt, oder?«

»Auf jeden Fall«, antwortete Milan. Was für eine schwache, nichtssagende Antwort! Treffender wäre schon gewesen: »*Ja, denn ihr habt mein Leben gerettet.*« Oder: »*Ja, denn ihr habt meinem Dasein einen Sinn gegeben.*« Aber das war nichts für Leute wie Nancy und Damian. Überdies verstanden sie ihn auch so.

Er ließ sich eine Tasse Kaffee von Nancy bringen. Doch er hatte erst ein paarmal an dem schwarzen Gebräu genippt, da stand auf einmal Julie vor ihm, mit Nightwatch und einem weiteren Araber an der Hand sowie Spirit und Fauntleroy auf den Schultern. Beide Pferde trugen Zaumzeuge, aber nur der Wallach hatte einen Gurt um, an dem ein geheimnisvolles Bündel baumelte. Julie trug ein Fransen-T-Shirt, durch dessen Fransen ihr Bauchnabel hindurchspitzelte, und eine Leggins, die so abartig grün war, dass es in den Augen schmerzte. Sie streckte ihm die Hand entgegen. »Komm, Geburtstagskind, wir machen einen Ausflug. Bevor die Privaten aufstehen, müssen wir aus dem Dorf raus sein«, verkündete sie ihm. Das ließ Milan sich nicht zweimal sagen. Er sprang auf, kippte seinen Kaffee mit einem Schluck hinunter und hüpfte schließlich mit Anlauf und einem Indianerschrei auf den blanken Rücken seines Pferds. Julie verstaute erst Fauntleroy in dem geheimnisvollen Bündel, bevor sie sich selbst auf den Wallach schwang. »Sag ihm bitte, er soll sich benehmen. Ich falle nicht runter, aber ich habe keine Ahnung, wie man ihn lenkt.«

»Ist gut.« Milan schnippte mit den Fingern, und der Wallach gesellte sich einfach an die Seite von Nightwatch. Er selbst ergriff die Zügel, aber nur so lange, bis sie aus dem Dorf heraus und von der Bundesstraße herunter waren. Dann legte er sie einfach auf den Pferdehals und ließ Nightwatch alleine weiter geradeaus laufen.

»Zwischen Marcella und diesem Vertreter ist Schluss«, erzählte er Julie.

»Wundervoll«, entgegnete sie. »Und Pedro hat immer noch kein Zimmer im betreuten Wohnen. Die haben überall Wartelisten.«

»Sehr gut. Also sind wir weiterhin vollzählig.«

»Ja … wenn sie nicht so kaputt wären«, seufzte Julie. »Kein Clown mehr, keine Tiger, keine Schlangenakrobatik.«

»Wir sind schuld, oder?«, fragte Milan leise.

»Kannst du diese Mitreiser-Logik irgendwann mal sein lassen? Wenigstens an deinem Geburtstag?«

Er versprach, sein Bestes zu geben, und sie ritten weiter in den Wald hinein. Julie suchte ständig nach einem guten Platz für irgendetwas, das konnte er ihr ansehen. Gespannt beobachtete er sie dabei, bis sie endlich einen verlassenen Steinbruch fand, der ihr würdig erschien. Sie ließen die

Pferde grasen, und Julie befreite den Wallach von dem Gurt und dem Bündel. Den Inhalt schüttete sie erst auf den Boden, breitete dann das Tuch aus, um sich darauf zu setzen. Am Ende kramte sie zwei Muffins, zwei Kerzen und zwei Sektgläser aus Plastik sowie einen Piccolo heraus. Sie ließen den Korken knallen.

»Warum zwei Kerzen?«, fragte er.

»Die zweite ist für Jo.«

Dafür liebte er sie. Weil sie die Dinge nicht verdrängte und darüber hinwegging, sondern sie ansprach. Weil sie es erlaubte, dass Jo weiter zu seinem Leben gehören durfte. Er blies die Kerzen aus und reichte einen der Muffins an Fauntleroy und Spirit weiter, den anderen teilte er sich mit ihr.

»Ich habe noch ein Geschenk für dich«, verkündete Julie und hielt ihm einen Umschlag entgegen. Fieberhaft riss Milan ihn auf. Daraus hervor kam eine selbst gebastelte Karte, auf dessen Vorderseite er bei seinem Auftritt zu sehen war, halb nackt, mit ausgebreiteten Armen auf einem schwarzen Pferd, das die Kapriole sprang. Es sah wild und ein wenig schief aus.

Er lachte und klappte die Karte auf. »Gutschein für einen Besuch in der Spanischen Hofreitschule«, stand da. Milan bekam große Augen. »Oh wow, das ist … fantastisch! Aber bist du sicher, dass es nicht doch die italienische war?«

»Ganz sicher«, sagte sie grinsend. »Und jetzt rate mal, wo die Spanische Hofreitschule ist!«

»In Barcelona?«, riet er.

»Nein, in Wien.«

»Aber das ist doch in Österreich!«

»Eben. Ich dachte, wir fahren nächste Woche mal hin und fragen sie, ob sie ein besseres Pseudonym wollen.«

»Eine super Idee«, entschied Milan. Er zog sie an sich, diese fantastische Frau, die das Schicksal höchstpersönlich in sein Leben geführt hatte. Oder war es Spirit gewesen? Sie kuschelte sich an seine Brust. »Madame Veritas prophezeit dir übrigens ein glückliches Jahr voller erfolgreicher Auftritte«, verriet sie ihm. »Dafür habe ich drei Euro bezahlt. Ich glaube, wenn ich ihr fünf gegeben hätte, hätte sie noch einen Geldsegen und das Ausbleiben von Erkältungskrankheiten hinzugefügt. Aber ich hatte nicht mehr Kleingeld dabei.«

»Oh, je weniger sie über mich sagt, desto besser«, beschloss Milan.

Eine Weile starrten sie auf den kleinen Tümpel, der am Grunde des Steinbruchs stand und die Heimat von Horden von Wassermolchen war.

»Glaubst du wirklich daran? Dass Heilung möglich ist?«, fragte Julie plötzlich nachdenklich.

»Ja, aber ich denke, das Heilmittel ist nicht bei jedem das gleiche.«

»Aber wir könnten anfangen, sie zu suchen, diese Heilmittel. Irgendwo da draußen müssen sie doch sein.«

»Ja«, sagte Milan. »Irgendwo da draußen, wo das Leben wild und ungezügelt ist.«

Als die Sonne eine Handbreit über dem Horizont stand, packten sie ihre Sachen zusammen und setzten sich wieder auf die Pferde. Milan wollte zum Zirkus reiten, doch Julie lenkte ihren Wallach ungeschickt zurück zu dem Felsen, auf dem sie gerade gesessen hatten. Er folgte ihr auf Nightwatch. Fragend blickte er sie an. Ihre Augen funkelten.

»Weißt du was? Dies hier ist der richtige Ort, und es ist der richtige Zeitpunkt. Es ist so weit«, verkündete sie.

»Was ist so weit?« Wenn sie in dieser Stimmung war, konnte das alles bedeuten.

»Dass wir den Frühlingsschrei machen müssen!«

»Willst du jetzt wirklich …«

Sie ließ ihn nicht ausreden. Stattdessen ließ sie die Zügel fallen, warf die Arme nach hinten und den Kopf in den Nacken. Dann drang ein Schrei aus ihrer Kehle, der so irre, so laut und so steinzeitmäßig war, dass Milan nicht anders konnte, als selbst mitzuschreien, schon allein, um sein Trommelfell wieder in die Gegenrichtung zu dehnen. Sie schrien so lange, bis ihnen die Luft ausging, und dann noch ein paar Sekunden länger durch das Echo, das durch den Steinbruch fegte. In diesem Moment wusste Milan ganz genau, wer er war: Milan Caballerino, auf der Suche nach den großen Heilmitteln dieser Welt. Er würde seinen Kaffee immer schwarz trinken, und seine Narben würden nie mehr verschwinden, eher würden noch weitere dazukommen. Dennoch keimte so etwas wie Zuversicht in seinem geschundenen Herzen. Also griff er nach der Hand der Überfliegerin und ritt mit ihr nach Hause. Dorthin, wo die Liebe das einzige Fundament war, das man wirklich brauchte. In eine Welt voller Kostüme, aber ohne Masken. In das große Abenteuer, das man das Leben nannte.

Ende

Lostcrow

Über die Autorin

Mira Valentin ist Journalistin und Autorin für Jugend- und Fantasybücher. Nebenberuflich machte sie eine Ausbildung zur Reitlehrerin und arbeitete ein halbes Jahr auf einem kleinen Pferdehof an der dänischen Küste. Später reiste sie als Reporterin durch viele Teile der Welt. So durfte Mira Valentin auch die »Welt hinter dem Zaun« kennenlernen und war davon ebenso fasziniert wie von den zahlreichen Zirkusvorführungen, die sie schon besucht hat.

368 Seiten
12,99 € (D) | 13,40 € (A)
ISBN 978-3-95761-182-6

Mitch Albom

Die magischen Saiten des Frankie Presto

Frankie Presto ist ein Waisenjunge, der von einem blinden Musiklehrer in einer spanischen Kleinstadt großgezogen wird. Im Alter von neun Jahren schickt ihn sein Ziehvater in die USA, mit nur einer alten Gitarre und sechs wertvollen Saiten im Gepäck. Frankie fasst rasch Fuß in dem neuen Land und wie von Zauberhand wird er schnell geachteter und respektierter Teil der Musikszene des 20. Jahrhunderts. Er trifft und beeinflusst auf vielerlei Weise Elvis, Carole King, Wynton Marsalis, KISS und viele weitere. Irgendwann wird er selbst zum Star, nimmt eigene Platten auf und wird verehrt. Doch seine Begabung wird zur Bürde, als er feststellt, dass er durch seine Musik das Leben der Menschen verändern kann. Denn jedes Mal, wenn eine Saite seiner Gitarre blau leuchtet, hat er Einfluss auf das Leben eines Menschen genommen. Auf dem Zenit seines Erfolgs verschwindet Frankie spurlos, seine Legende wächst. Erst Jahrzehnte später taucht er wieder auf, nur um kurz vor seinem eigenen Tod noch ein letztes Menschenleben zu verändern.

LAGO